ERLÖSUNGSLIED

TANYA ANNE CROSBY

Übersetzt von
ANGELIKA DÜRRE

Dies ist ein Roman. Namen, Personen, Orte und Ereignisse sind das Produkt der Phantasie der Autorin oder werden fiktiv verwendet. Eine Ähnlichkeit mit tatsächlichen Personen, lebendig oder tot, Unternehmen, Ereignissen oder Schauplätzen ist rein zufällig und ist weder von der Autorin noch dem Verlag beabsichtigt.

Copyright © 2018 Tanya Anne Crosby

Buchumschlag Design von © Cover Art by Cora Graphics

Aus dem Englischen von Angelika Dürre

Redaktion: Tanja Dürre

0 9 8 7 6 5 4 3 2 1

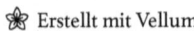 Erstellt mit Vellum

Für meine Mama, Isabel, deren Geburtsstadt Jerez als Inspiration für Erlösungslied diente und die in mir nicht nur eine Liebe für alles Spanische, sondern auch die Liebe für das Erzählen von Geschichten auslöste. Madre mia, tu eres mi luz.

Und auch für meinen Mann, Scott Straley, dessen Liebe mich zu jeder Geschichte inspiriert.

*In den geheimen Pfad trat mit dem Führer
ich ein, zur lichten Welt
zurückzukehren,
und ohne irgend mehr der Ruh' zu pflegen,
ging's aufwärts, er voran und ich ihm
folgend, bis ich
vom schönen Schmuck des Himmels etwas
wahrnahm durch eine runde Kluft
zu der wir Heraus dann tretend,
wiedersahen die Sterne.*

— Dante Alighieri, Göttliche Komödie, Die Hölle, 34. Gesang

PINOCCAÍA

Das Leben ist ungerecht.
Oder wie Caías Freundin Lucy aus Athens zu sagen pflegte: „Das Leben ist nicht gerecht gewesen, meine Freundin. Aber wer hat das auch jemals behauptet?"

Im Gegenteil, wie oft hatte Caía genau diese Worte gehört: „Das Leben ist ungerecht." Oder noch wortgewandter: „Wenn das Leben gerecht wäre, würde man keine Rollstühle bauen."

Trotzdem wagte es Caía, sich gegen diesen Leitspruch zu verwehren. Warum auch nicht? Als Kind war sie sehr glücklich gewesen und ihr Leben bestand vorwiegend aus Superlativen. Als Einzelkind hatte sie von allem das „Beste" bekommen. Ihre Mutter hatte sie so oft an den Wangen gezwickt, dass sie das Gefühl wie eine muskuläre Erinnerung immer noch spüren konnte. Fleisch, das fest zwischen Daumen und Fingerknöchel gefangen war - meistens an der rechten Wange, da ihre Mutter Linkshänderin war.

„Caía, mein Liebling, du bist so hübsch, dass ich dich aufessen könnte", pflegte sie so überschwänglich zu sagen, dass Caía es einfach glauben musste. Und natürlich hatte eine solch heftige Erklärung eine doppelte Bedeutung. Obwohl Caía sich sehr freute, so hübsch zu sein, wollte sie nicht wieder zurück in den Bauch ihrer Mutter. Aber obwohl sie diesen besagten Bereich verlassen hatte, blieb es doch eine furchtbare Möglichkeit. Manchmal drückte ihre Mutter ihre liebevolle Aggressivität auch in anderen Sprüchen aus: „Caía, du bist so schlau, dass ich sterben könnte", oder, „Babi-siu, du bist so süß, dass ich es nicht ertragen kann."

Natürlich wollte Caía nicht, dass ihre Mutter starb, also war es vielleicht besser „schlau" für sich zu behalten. Und obwohl „süß" keine so bedrohliche Konsequenz nach sich zog, konnte sie auch das gut entbehren.

Und bei all dieser großartigen Hingebung hatte Caía angefangen, sich für unsterblich schön zu halten - zumindest bis sie zehn Jahre alt wurde und schon bald danach stellte sie fest, dass ihre Nase wesentlich schneller wuchs als der Rest ihres Gesichts; Robbie Bowles stellte dieses kleine Detail an jenem Tag fest, als er ihr den Spitznamen PinocCaía gab.

Verstehst du, Jack? Caía plus Pinocchio macht PinocCaía.

Was für ein kluger, kleiner Mistkerl.

Der Spitzname sorgte dafür, dass Caía heulend nach Hause zu ihrem Vater lief und besagte Nase so rot wurde wie rote Beete. Robbie Bowles war ein süßer Junge und Caía war ewig lange in ihn verschossen, aber an jenem schrecklichen Tag offenbarte Robbie ihr das Undenkbare: Caía war weder perfekt, noch unsterblich schön. Daher war sie natürlich am Boden zerstört. Der einzige Beweis, den sie jemals brauchte, dass sie nur eine unglückselige Sterbliche war, lag in der unerträglichen Wahrheit. Robbies höhnische Bemerkungen taten so weh, dass Caía Angst hatte, dass sie an dem Herzschmerz, den sie an jenem Tag erlitten hatte, sterben würde. Schlimmer noch, sie hatte Angst, dass sie es hier an Ort und Stelle auf dem schmutzigen, grauen Boden ihres Viertklässler-Klassenzimmers tun würde.

„Du bist zur Hälfte Polin", hatte ihr vernünftiger Vater ihr erklärt, als sie tränenüberströmt aus der Schule kam. „Deine Nase ist vollkommen in Ordnung, Caía. Eines Tages wird es sich ausgleichen." Er hatte eine sachliche Art und obwohl Caía spürte, dass ihre Tränen ihn berührten, hätte er es niemals zugelassen, dass sie sich in Selbstmitleid suhlte.

Er erinnerte sie daran, dass ihre Großmutter Polin gewesen und das Caía nach ihr benannt worden war, allerdings mit einem wichtigen Unterschied: Caía Alicja Nowakowa war eine „owa", weil sie Witwe gewesen war und Caía wurde Nowakówna genannt, weil sie noch nicht verheiratet war. Caía kam es ebenso wenig in den Sinn, dass sie niemals von einer ówna zu einer owa werden würde, wie sie nie über ihren eigenen Mangel an Perfektion nachgedacht hatte. So war es nun mal bei Einzelkindern von älteren Einwanderern der ersten Generation, die ihr erstes und einziges Kind mit all ihren Hoffnungen überschütteten.

Ihr Vater versicherte ihr, dass die erste Caía, Caías Großmutter, ein schönes Gesicht mit einer passenden Nase gehabt hatte, die zwar nicht gerade zierlich gewesen war, aber doch von den meisten Leuten als kultiviert erachtet wurde. Und Caía musste zugeben, dass dies stimmte, während sie das Schwarzweißfoto betrachtete, das ihre Mutter auf der Anrichte im Esszimmer stehen hatte. Sie hatte hellblondes Haar und zierliche Schultern, die in eine üppige Stola aus Pelz gehüllt waren und sie starrte aus dem Bild mit einer Gelassenheit, bei der Caía felsenfest überzeugt war, dass sie von einer tiefen inneren Sicherheit herrührte. Diese zeigte die Überzeugung, dass ganz gleich, welche Probleme einem in den Weg gelegt wurden, das Leben trotzdem in der Tat ziemlich schön war.

„Halte den Kopf hoch", hatte ihre Mutter geschimpft. „Jak cie widza, tak cie pisza." *Wie man dich sieht, so nimmt man dich wahr.* Und bewaffnet mit dieser Einstellung verbannte Caía die Robbie Bowlesens dieser Erde aus ihrem Leben. Sie nahm ferne Ziele ins Visier, weil ihr immer klar war, dass das Leben mehr zu bieten hatte als das, was sie in Athens in Georgia erwartete. Ihre Mutter sagte, dass sie überaus sprachbegabt sei. Vielleicht könnte sie eines Tages sogar Dolmetscherin werden oder die Botschafterin in Polen? Aber wäre das klug?

Schließlich kam es, wie ihr Vater es versprochen hatte und Caías Nase wurde schön und wurde hin und wieder mit der von Helen Mirren verglichen. Sie wurde etwas spitz, lang und gerade und als sie zwanzig wurde, war ihre Nase nicht mehr zu groß für ihr Gesicht.

Sie heiratete Gregg Paine, den Star-Quarterback des High-School Football-Teams, obwohl Gregg der festen Überzeugung war, dass der Platz einer Frau im Haushalt war. *Puff.* Das war das Ende von Caías Träumen, Botschafterin in Polen zu werden, aber das machte nichts aus, denn sie schwebte auf Wolke sieben, insbesondere, als man ihr ihr neugeborenes Baby in den Arm legte.

Das bist du, Jack.

Perfekte Nase. Zehn Zehen. Zehn Finger. So winzig und fantastisch. Jack Lawrence Paine war alles, was Caía sich als Mutter erträumt hatte und noch nicht einmal die ungerechte Tatsache, dass sie scheinbar keine weiteren Kinder bekommen könnte, minderte ihre Freude. Das Leben war wie ihr Vater vorhergesagt hatte, so grundsätzlich perfekt wie ihr Sohn es war.

Aber im Alter von vierunddreißig wachte sie eines Morgens so hasserfüllt und verzweifelt auf, dass sich angesichts ihres Zornes sogar der Himmel verdunkelte. Sie war so zornig, dass das Wort Zorn ihren extremen Zustand nicht ausreichend ausdrücken konnte. Sie war so weißglühend zornig, dass sie bereit war zu töten, weil das Leben so verflucht ungerecht war.

Aber wer hat auch jemals das Gegenteil behauptet?

1

Die Wahrheit wird dir Freiheit schenken, aber zuerst wird sie dich erzürnen.

— GLORIA STEINEM

Jeréz, Spanien, Gegenwart, 15:12 Uhr

Da war er. *Pünktlich auf die Minute.* Er spazierte die Straße entlang mit dem hübschen, kleinen Mädchen in ihrem lindgrünen Kleidchen und den hellroten Leinenschuhen. Es war unmöglich, die knalligen Farben zu übersehen. *Und was trug er?* Jeans und ein verwaschenes blaues T-Shirt, lässig und ausgebeult, als hätte er keinerlei Sorgen. Wann hatte Caía das letzte Mal keine Trauerkleidung getragen?

Wie war dies möglich? Das Mädchen klammerte sich an ihn und vertraute darauf, dass er sie beschützen würde. Aber wie konnte man jenem Mann vertrauen? Was hatte er, das auch nur im Entferntesten vertrauenswürdig war?

Wie ein Nazi-Verbrecher versteckte er sich hier in diesem sonnigen, kleinen Dorf in Südspanien. Aber war die Situation nicht angemessen? Er, der entkommene Bösewicht; Caía, die Botin der Gerechtigkeit ...

Aber Caía wusste nicht, was die Gerechtigkeit beinhalten sollte. Sie konzentrierte ihre Aufmerksamkeit auf das bunte Paar und versuchte, die Taubenschwärme zu ignorieren. Einige saßen auf den Zinnen einer uralten Burgruine neben dem Café. Andere hüpften umher und stibitzten das, was die Kunden bei Rincon Escondido, einem kleinen Café, hatten fallen lassen. Es lag an dem Weg, von dem Caía wusste, dass er ihn nehmen würde.

In den letzten paar Wochen hatte sie seinen Tagesablauf beobachtet und wusste genau, wann er wohin ging.

Alte in schwarz gekleidete Männer mit leicht nach vorn geneigten Bolero-Hüten, um ihre alten Augen vor der unbarmherzigen Nachmittagssonne zu schützen, ahnten nichts von Caías möglichem, monumentalen Zornesausbruch. Sie zogen unablässig an ihren filterlosen Zigaretten und backten sich von innen und außen, wobei sie das Feuer in ihren Lungen mit kleinen Bieren löschten.

In der Nähe eines von Tauben befallenen Springbrunnens spielte ein Straßenmusiker auf seiner Gitarre unter einem Schatten spendenden Orangenbaum. Er hielt immer mal wieder inne, um an der Zigarette, die er am Rand des Springbrunnens abgelegt hatte, zu ziehen. Danach spielte er wieder weiter. Er sah zufrieden aus, als er ausatmete und er schenkte dem Rauchen fast so viel Aufmerksamkeit wie seiner Musik.

Die ganze Zeit liefen schwarzgekleidete Kellner hin und her und schoben Kaffeetassen und Teller auf die Tische. Aber immerhin war niemand damit beschäftigt, auf sein Telefon zu starren.

Caía gab vor, abgelenkt zu sein und biss in das Brötchen aus ihrem Brotkorb. Sie zerkrümelte es zwischen ihren Fingern und verteilte die teigigen Teile neben ihrem Tisch. Aus dem Blickwinkel sah sie eine fette, gierige Taube zum Festmahl herbeieilen. Aber sie ließ den Mann, der die Straße entlang ging, nicht aus den Augen.

Wer war das Mädchen?

Lächelnd hüpfte das Kind neben ihm her und sie zusammen zu sehen ließ Caías Gesicht heißer als die Glut der Zigarette des Straßenmusikanten werden.

Jack. Jack. Jack. Jack. Zorn stieg in ihr auf, der so mächtig war in seiner Verkörperung, dass sie tief durchatmen musste. Tränen brannten in ihren Augen. Der Zorn hielt sie zurück.

Er sollte nicht mit einem Kind über eine Straße gehen dürfen und schon gar nicht mit jenem Kind. Er sollte ihre kleine Hand nicht halten dürfen oder der Empfänger ihrer liebevollen, unschuldigen Blicke sein.

Bei Gott, der Anblick des unschuldigen Lächelns des Kindes drohte Caías Herz von sämtlicher Feindseligkeit zu befreien ... außer, dass sie es nicht konnte.

Nein, sie würde es nicht zulassen.

Jack würde nie wieder einen Menschen so anschauen können.

Sie wiederholte den Namen wie eine Litanei in ihrem Kopf, als wenn die Gefahr bestünde, dass sie ihn vergessen würde. Hier und jetzt sehnte sie sich danach, seinen Namen auszurufen, den Klang auf ihren Lippen zu testen. Jack! wollte sie schreien. Würde er sich umdrehen? Und erinnerte er sich überhaupt an den Namen ihres Sohnes?

Mein süßer, süßer Jack, klagte Caía im Stillen.

Wie lange war es her, seit sie seinen Namen laut

ausgesprochen hatte? *Viel zu lange.* Und vielleicht würde sie es ja nie wieder tun. Diese Möglichkeit brannte wie Säure in ihrem Magen. Denn wer war jetzt noch übrig, um zu hören, was sie über Jack zu erzählen hatte? Erst zwei kurze Jahre waren vergangen und schon jetzt wandten sich die Leute ab, wenn sie von ihm erzählte, und warfen einander Blicke zu, die sagten: „Caía, oh Caía, bist du immer noch nicht über ihn hinweg?"

Nein.
Das bin ich nicht.
Ich werde nie über dich hinwegkommen, Jack.

Aber vielleicht dachten sie das ja gar nicht. Vielleicht war es in Wirklichkeit ihr eigenes Unbehagen über ihre Unfähigkeit, die unabänderliche Wahrheit zu akzeptieren. Jeder musste sterben. Sogar Babys, die ihr ganzes Leben noch vor sich hatten. Sogar das kleine Mädchen. Sogar Jack.

Oder vielleicht war es eher so: Bei ihren eigenen Kindern, insbesondere bei denen, die um ihre Unschuld kämpften, war es möglicherweise, als würden sie in Schneewittchens Spiegel blicken. „Spieglein, Spieglein an der Wand", konnte sie sie alle sagen hören. „Wer ist das traurigste und bedauernswerteste Elternteil im ganzen Land?"

„Nun, das ist immer noch Caía Paine", würde der Spiegel antworten. „Aber gebt Acht …"

Zu diesem Zeitpunkt waren Caías Eltern schon von ihr gegangen. Gegangen - eine beschönigende Umschreibung für tot. Aber tot war nun mal tot. Und doch musste es auch eine positive Seite bei tot und begraben geben. Beiden Eltern würde es erspart bleiben, eine Welt ohne Jack zu erleben. Trostlos und leer so ganz im Gegensatz zum hellblauen Himmel mit all den zwitschernden Vögeln. *Und all der Heiterkeit.*

Die Dame am Tisch hinter Caía kicherte und die nachfolgende leichte Unterhaltung machte sie neidisch, ein hässliches Gefühl, das einen Schatten auf den taubenblauen Tag warf. Wie bei einem schmutzigen Schornstein verdunkelten die schwelenden Abgase ihres Zorns die Sonne und verbreiteten Verzweiflung und senkten die Wolken, bis sie ihr fest auf den Scheitel drückten. Sie sprachen zu leise, als dass Caía ihre Worte hätte hören können, aber ihr Tonfall sagte alles. Sie waren Liebende, kokett und vertraut miteinander. Wieder spürte sie, wie Neid - und Zorn- sie durchfuhren. Sie war ein großer Ball aus Zorn, eine heiße Masse, die wie die Sonne brannte.

Nein, ihr Zorn war eher wie ein Tsunami, der drohte, alles auf seinem Weg zu verwüsten. Er entwickelte sich weit draußen auf dem Meer und gewann an Dynamik wie ein Wirbelsturm, der auf eine unbestimmte Küste zu donnert. Caía konnte nicht wissen, wann und wo und wie er zuschlagen würde. Sie wusste in diesem Augenblick nur, dass jeder Tag ohne Erlösung die anstehende Katastrophe nur noch furchterregender machte. Weil er da war. *Jener Mann.* Derjenige, der mit dem süßen Kind über die geschäftige Straße ging, als hätte er keinerlei Sorgen. Er war so verdammt selbstbewusst, dass er niemanden um sich herum wahrnam. Auf jeden Fall hatte er Caía nicht einmal bemerkt.

Sie schaute zu, wie er das Kind über die Straße führte. Autos krochen die schmale Straße entlang und sie waren so langsam, dass sie sich vorstellte, wie ihre Reifen in die Lücken zwischen den heißen Pflastersteinen schmolzen.

Es könnte jetzt passieren, während das Mädchen ihren roten Leinenschuh auf den Bürgersteig setzte und der abscheuliche Gedanke löste Herzschmerzen bei Caía aus.

Symbolisch hob sie die Zeitung hoch, die sie gelesen hatte, rollte sie auf und drehte sie in der Mitte. So fühlte sich ihre Seele an. Ausgewrungen. Jedes Mal, wenn sie den Mann das Kind über die Straße führen sah, wurde noch ein wenig mehr von ihrer Menschlichkeit herausgedrückt. Weil sie in ihrem Kopf die Schreie der Passanten hörte - oder waren es vielleicht ihre eigenen? Sie stellte sich wieder diesen schrecklichen Aufprall vor, das Geräusch, wie Metall Knochen zerschmetterte. Sie konnte es so deutlich hören und sehen, als wäre sie selbst dabei gewesen ...

Aber du warst nicht da, nicht wahr Caía?

Tatsächlich war sie nicht dagewesen, um die Sonne auf eine blutverschmierte, silberne Stoßstange blitzen zu sehen. *Jacks Blut.* Ihr süßer, kleiner Junge.

Jack. Jack. Jack. Jack.

Brutal rupfte sie das Brot auseinander und warf noch mehr Brocken auf den Bürgersteig, wobei sie den Mann und das Kind nicht aus den Augen verlor.

Das Mädchen warf ihm einen weiteren Blick voller Verehrung zu, lächelte zu ihm auf und lachte über etwas, was er sagte und plötzlich riss sie ihre Hände los und klatschte und Caía schlug das Herz bis zum Hals. Aber der Mann, dessen Namen sie sehr wohl kannte, ergriff wieder ihre Hand.

Jetzt passt du also auf.

Jetzt macht es dir etwas aus, dass die Autos kreischend vorbeifahren.

Außer, dass sie es jetzt nicht taten. *Hier nicht.*

Noch mehr Schreie quälten Caías Hirn, aber dies waren Schreie der Angst. Und es waren wirklich ihre. Aus den Tiefen ihres Bewusstseins tauchte ein Bild auf, ein bösartiges, aber ängstliches, blutverschmiertes Gesicht mit hellblauen Augen, das sie durch die dünnen Risse eines Badezimmerspiegels anstarrte.

Gewaltsam schob Caía die Erinnerung beiseite, lehnte sich zurück und beobachtete, wie das Paar flüchtete, während die ganze Zeit über Stimmen in ihrem Kopf kreischten. *Oh, mein Gott, Caía! Was hast du nur getan? Bewege dich nicht.*

Und dann konnte sie im Hintergrund dem hektischen Telefonat ihres Mannes mit dem Notdienst, was Alprazolam-bedingt verzerrt klang. *Beeilen Sie sich! Es geht um meine Frau. Sie ... blutet.*

Caía schluckte. Vielleicht hatte Gregg Recht gehabt, sie einweisen zu lassen, aber sie hasste ihn trotzdem dafür. Ehrlich gesagt vertraute Caía sich immer noch nicht selbst. Sie wollte bestimmt nicht, dass das kleine Mädchen verletzt wurde, aber sie wollte, dass er litt - so wie sie gelitten hatte. Sie wollte, dass er weinte und schrie und stöhnte und seinen Kopf gegen die Wand schlug und die ganze Zeit über die Ungerechtigkeit des Ganzen schimpfte. „Das Leben ist ungerecht!", wollte sie schreien.

Nein, das war es nicht. Bei Gott, das war es nicht.

Und es stimmte schon, dass sie vielleicht gewollt hatte, dass er das Kind identifizierte. Sie wollte, dass er sich jede Nacht in den Schlaf weinte. Jede einzelne Nacht. Sie wollte, dass er das Essen verweigerte und zwanzig Pfund abnahm, damit seine Freunde sich alle um seine Gesundheit sorgen würden.

Sie wollte, dass er seine Partnerin mit seiner überwältigenden und endlosen Trauer nervte und dann wollte sie, dass alle ihn im Stich ließen wegen dem, was er nicht vergessen konnte.

Aber wie konnte irgendjemand erwarten, dass Caía jemals vergessen würde? Denn wie konnte man ein Baby neun Monate unter dem Herzen tragen, zusehen, wie es Jahr um Jahr wuchs - dreizehn Jahre, um genau zu sein - und dann einfach ... vergessen? *Wie sollte das gehen?* Wie man Windeln wechselte, kleine Schuhe kaufte, Zehen zwickte ...?

„Wie fühlen sie sich an, Jack?", erinnerte sie sich, dass sie ihn mit drei gefragt hatte. Die Erinnerung war so deutlich wie die Mirren-Nase in Caías Gesicht.

„Gut", hatte er gesagt und hatte mit seinen kleinen Händen geklatscht.

Natürlich waren sie *gut*. So wie es immer für Caía gewesen war, war auch für Jack alles immer *gut*. Er war ein kluges, sorgloses Kind.

„Hmmm", sagte sie und inspizierte die nagelneuen Turnschuhe für sechzig Dollar. Sie waren feuerwehrrot. „Ich glaube, da ist nicht genug Platz, Jack."

Sie würden in ein paar Monaten schon zu klein sein. Selbst im Angebot für die Hälfte waren sie noch immer teuer. So sehr sie sie auch geliebt hatten, aber ihre sparsamen, altmodischen Eltern hätten niemals teure Markenschuhe für einen Dreijährigen gekauft, insbesondere, wenn er so schnell aus ihnen herauswachsen würde. Caía erachtete sich vielleicht als ein wenig spendabler, aber in ihr war immer noch viel von der Sparsamkeit ihrer Eltern. Als sie und Gregg sich Häuser in Chicago anschauten, zog es Caía zu den bescheideneren Häusern in Roscoe Village, die allerdings renovierungsbedürftig waren und etwas Zuwendung brauchten. Gregg hatte darauf bestanden, dass ihre Nachbarn weiß waren.

„Ich mag aber diese, Mama!" An Jacks geröteten kleinen Wangen war seine Aufregung abzulesen.

Caía schürzte ihre Lippen, versuchte nicht zu grinsen, resignierte und kaufte ihrem Sohn die Turnschuhe, ganz gleich, was sie kosteten. Aber sie fragte die Verkäuferin noch: „Haben Sie sie auch in einer Größe größer?"

Die Frau schüttelte den Kopf. „Nein, es tut mir leid. Wir haben nur noch das, was Sie hier auf dem Regal sehen ..."

Neben ihr führte Jack einen kleinen Freudentanz auf, wenn man es einen Tanz nennen konnte. Er sah aus wie ein Kleinkind, das mit Tequila in Berührung gekommen war und sie sagte mit einem Lächeln zu der Verkäuferin: „Wir nehmen sie."

„Wie könnte man zu einem so süßen Gesicht auch *nein* sagen?", antwortete die Frau. „Er ist so entzückend, dass man ihn glatt aufessen könnte."

Scheinbar war es eine schon fast wissenschaftliche Sache, Kinder und kleine Hunde und alles, was so unerträglich niedlich war, aufessen zu wollen. Caía hatte irgendwo gelesen, dass ein Forscher in Yale irgendwie entdeckt hatte, dass diese dimorphen Ausdrücke ein nützliches Werkzeug waren, dass Eltern ihre unkontrollierten Gefühle eindämmen konnten.

Unglücklicherweise gab es nichts, das helfen könnte, den Zorn unter Kontrolle zu bekommen, den Caía nun fühlte. Und erst jetzt wurde ihr klar, dass sie hätte lernen sollen, *nein* zu sagen. Gregg hätte *nein* sagen sollen. Keiner hatte jemals *nein* gesagt.

Das lindgrüne Kleid war nun kaum noch sichtbar zwischen all den Erdtönen. Nick Kelly musste keine Geschäftsanzüge mehr tragen und hatte die Straßen Chicagos gegen gepflasterte Gassen mit schlicht gekleideten Männern und Frauen, die zur Markthalle schlenderten statt zur Börse zu hetzen, eingetauscht. Caía streckte sich, um die beiden zu sehen, verlor sie aber, als eine große, schlanke Spanierin in ihr Blickfeld rauschte und das letzte bisschen grün mit ihrem schwingenden, roten Gitana-Rock verdeckte.

Stirnrunzelnd lehnte Caía sich zurück. Das war es dann erst einmal. Ihre Arbeit für den Tag war getan und ihr Lebensinhalt erfüllt bis 8.45 Uhr am nächsten Tag, wenn sie sich wieder auf den Weg zum Plaza neben dem Colegio la Sala Santiago machen würde. Und dort würde sie warten, bis er kam und das Mädchen zur Schule brachte und dann würde sie wieder hier in diesem Café warten, um sie zu beobachten, wenn sie am Nachmittag vorbeikamen.

Seit drei Wochen war das nun Caías Tagesplan, wobei sie nur beobachtete. Das war alles, was sie tat. Tatsächlich fühlte sie sich ein wenig wie eine Detektivin, obwohl niemand sie für ihre Arbeit bezahlte. Sie war so gut, dass sie hätte eine sein können, weil sie allen Widrigkeiten zum Trotz Nick Kelly hier gefunden hatte. Er hatte weder eine Nachsendeadresse, noch eine Kundennummer oder sonst irgendetwas hinterlassen.

„Es tut mir leid", hatte die Empfangsdame gesagt, als Caía den Mut gefunden hatte, in seinem Büro anzurufen. „Wie war Ihr Name bitte?"

„Beth Smith", log Caía, weil es in und um Chicago Millionen von Beth Smiths geben musste. Zumindest eine von ihnen musste Nick Kellys Klientin gewesen sein.

„Es tut mir leid, Nick Kelly ist nicht mehr bei uns. Aber ich kann Sie mit Sam Starr verbinden, wenn Sie wollen. Er hat Mister Kellys Klienten übernommen."

Sam Starr? Was für eine Art Name war Sam Starr? Manchmal erschien es Caía, als wenn Namen vielleicht Etiketten wären, als wenn Gott oder einer seiner Verwalter Menschen in Kategorien einordneten. *Starr, ja. Der wird erfolgreich. Gebt ihm alles, was er will. Paine hingegen stand an und für sich für Schmerz. Nein. Armes Ding. Nur zu, tötet ihren Sohn.*

Erlösungslied

„Oh nein, danke", sagte Caía höflich und legte auf.

Unbeirrt schickte sie eine E-Mail an Nick Kelly, die zurückkam mit einer Nachricht, dass alle weitere Korrespondenz an s.starr@starrwealthmanagement.co geschickt werden sollte. Und dann hatte sie einen richtigen Brief geschickt – einer von der Art, die nicht als Spam markiert werden konnte – für den unwahrscheinlichen Fall, dass jemand wusste, wo er hingeleitet werden könnte. Eigentlich war Nick Kelly so schnell verschwunden, dass es keine Spur mehr von ihm gab mit Ausnahme des „Zu Verkaufen"-Schilds in seinem Vorgarten. Diese Nummer schrieb sie sich auf und rief an. Und rief an. Und rief an. Bei jedem Anruf verstellte sie ihre Stimme, bis sie genug Informationen gesammelt hatte, um abzuleiten, wo er hingegangen war. Es war so einfach zu lügen, wenn man erst einmal erkannt hatte, was man tun musste. Und so war sie jetzt auf der anderen Seite des Ozeans und wusste immer noch nicht, was sie tun wollte ...

Was sollen wir jetzt machen, Jack?

Sie erhielt eine unruhige Stille als Antwort. Autos brummten an ihr vorbei. Fahrradklingeln bimmelten. Frauen schwatzten. Der Straßenmusiker spielte immer weiter. Aber was Caía unbedingt hören musste und sei es nur in ihrem Kopf, nämlich die Stimme ihres Sohnes, fehlte und hinterließ eine ohrenbetäubende Stille bei ihr.

Bitte, Jack ...

Caía blinzelte ihre Tränen weg und konzentrierte sich auf ihre Mission. Das Kind könnte Nick Kellys Tochter sein, obwohl sie ihm überhaupt nicht ähnlich sah. Außerdem hatte Caía keinen Grund zu glauben, dass er jemals Frau oder Kind gehabt hatte. Irgendwie schien er trotz allem nicht die Art von Typ zu sein, der sich eines ohne das andere zulegte, weil er in erster

Linie nicht die Art Mann zu sein schien, der irgendetwas dem Zufall überließ. Er hätte immer ein Kondom dabei. Er würde sicherstellen, dass seine Freundin regelmäßig die Pille nahm. Und vor dem Sex würde er sogar jedes Mal fragen: „Liebling, hast du die Pille genommen?"

Also wäre er natürlich egoistisch und auf sich selbst konzentriert. Kinder würden ihm nicht in seinen „Plan" passen. Er würde ein ordentliches, sauberes Haus haben und Angestellte, die seine Holzböden polierten. Zweifellos Tropenholz, weil er sich nicht um die Umwelt oder die rechtmäßige Beschaffung scherte und er hätte sein Handy immer griffbereit, damit er keinen Anruf verpasste.

Aber ... wenn das alles stimmte, wer war das Kind?

Schweiß tropfte zwischen Caías Brüsten herunter und ein kalter, feuchter Film erschien über ihrer Oberlippe. Es war ein brütend heißer Tag und zu heiß, um nachzudenken.

„¿Algo más?", fragte der Kellner.

Caía wandte sich dem Kellner zu und zupfte ihre Bluse weg von ihrer feuchten Haut. „Gracias, no", sagte sie und legte schuldbewusst eine Hand auf die Zeitung, die sie im Zorn verdreht hatte.

Der Kellner lächelte und zeigte auf die Schüssel vor ihr. Sie war noch voll mit Gazpacho, die wahrscheinlich wunderbar schmeckte, aber Caía hatte sie kaum angerührt. „Delicioso", log sie und fügte hinzu, „so gut, dass ich morgen wiederkomme."

Der Kellner runzelte die Stirn.

Das war richtig, sie würde mañana wiederkommen. Und den Tag danach auch. Sie wusste noch nicht, was sie machen würde, aber sie war gezwungen, irgendetwas zu unternehmen. *Für Jack.* Für jetzt war's das erst einmal. Dies war ihre feige, verkorkste Art und Weise, sich mit dem Tod ihres Sohnes auseinanderzusetzen.

Caía schob die Schüssel weg und der Kellner stellte sie daneben ab, um die Krümel von Caías Tisch hinein zu wischen. Um ihn herum watschelten Tauben und er schaute Caía durch seine dunklen Wimpern vorwurfsvoll an. Inzwischen warteten noch mindestens sechs Tauben auf Krümel. „Son como ratas", schimpfte der Kellner und ihre Blicke trafen sich, während er ihren Tisch fertig abwischte.

Caía nickte und merkte erst zu spät, dass sie sie vom Springbrunnen in das Café gelockt hatte. Son como ratas, hatte er gesagt. *Sie sind wie Ratten.*

Sie nahm ihr Portemonnaie und ihre Zeitung und huschte nach drinnen, um ihre Rechnung zu bezahlen und dann ging sie zum Springbrunnen hinüber.

Der steinerne Brunnen war leer. Er war über und über mit Taubenkot bedeckt. Ein einsamer Vogel saß dort, während Caía schaute und machte sich dann davon, wobei er sein zweifelhaftes Kunstwerk freilegte. Der Straßenmusiker lächelte Caía an und zwinkerte, als er nach seiner Zigarette griff und Caía wandte sich von den Rauchwölkchen, die ihr ins Gesicht stiegen, verärgert ab.

Sie hatte in der Zeitung gelesen, dass man Futterstellen mit Nicarbazin, einer Art von Verhütungsmittel, einrichten wollte, um ihre Zahl zu steuern. Der Stadtrat hatte ursprünglich vorgeschlagen, die Vögel zusammenzutreiben und sie zu erschießen, was eine weitaus schnellere Lösung für das Problem gewesen wäre.

Sie stellte sich Nick Kelly am Ende eines Gewehrlaufs vor und die Vorstellung verengte ihren Hals. *Na ja, er war eine Ratte. Und was machte man mit Ratten? Man rottete sie aus.*

2

Der Zorn ist eine kurze Raserei.

— Horaz

Chicago, Donnerstag, 9. Juni 2016

Nick

„Nick ... da ruft immer wieder jemand an und hinterlässt keine Nachricht."

Nick Kelly rollte auf seinem Stuhl vom Schreibtisch weg - ein Stuhl von Parnian, der hunderttausend Dollar kostete. Und der mächtige Schreibtisch demonstrierte seine wichtige Stellung noch mehr als der Standort seines Büros. „Jemand?"

„Eine Frau, immer die gleiche."

„Woher weißt du, dass es immer die gleiche Person ist, Amy?"

Seine Sekretärin hob ihre perfekt geformten Augenbrauen. „Weil ich ihre Stimme erkenne, Nick."

Ihr Sarkasmus ärgerte Nick und er zog einen Schlüsselbund aus der obersten Schreibtischschublade, stand auf und steckte sie in seine Hosentasche. Er schaute Amy an, während er seinen Stuhl an den Schreibtisch schob. Hätte sie den Anrufer erwähnt, wenn es ein Mann gewesen wäre? *Wahrscheinlich nicht.* Wiederholte Anrufe waren in dieser Branche nicht ungewöhnlich. „Ich habe dich gebeten, meine Telefonanrufe entgegenzunehmen; frage sie also einfach immer wieder." Er zog seine Jacke von der Rückenlehne seines Stuhls. Australische Merino Wolle von Ermenegildo Zegna, die so teuer war, dass seine irische, katholische Mutter sich gleich zweimal bekreuzigt hätte. Sie fing an, ein wenig eng zu werden. „Irgendwann wird sie eine Nachricht hinterlassen", sagte er und kämpfte sich in die Jacke.

„Wo gehst du hin?"

Nick legte einen Daumen an seine Schläfe und drückte fest. Er ärgerte sich mehr über sich selbst als über sonst wen. „Mittagessen", sagte er.

Amy folgte ihm aus dem Büro in ein Großraumbüro mit einem Meer von abgetrennten Arbeitsplätzen. „Wann kommst du zurück?" Sie hörte sich besorgt an und er machte den Fehler, sich umzudrehen und sie anzuschauen. Ihre Gefühle waren im Begriff, aus den Fugen zu geraten, aber man musste ihr zugutehalten, dass sie sich zusammenriss und alles so weit wie möglich durch ihre grünen Augen ausdrückte.

„Heute nicht", sagte er und wandte sich ab, wobei er ihren Blick im Rücken spürte. Aber jetzt fühlte er sich wie ein Esel. Wie hatte er nur eine Beziehung anfangen können? Vielleicht hatte er gehofft, dass sie ihn von seiner Trübsal erlösen könnte? *Ziemlich dumme Entscheidung.*

Zu diesem Zeitpunkt hatte er alles auf seiner Liste erreicht und mit siebenunddreißig gab es nicht mehr viel, was er vor seinem Lebensende noch schaffen wollte. Er hatte einen funkelnagelneuen 7er BMW, ein Haus in Roscoe Village und er arbeitete in einem Unternehmen, das ihn in weniger als einem Jahr zum Partner machen wollte ... aber er hatte dafür alles auf eine Karte gesetzt.

Was zum Teufel machst du bloß?
Lebst du nur, weil du das kannst?

Er verließ das Büro mit all den klingelnden Telefonen und ging zum Lift. Bevor er diesen betrat, klingelte sein Handy und er fischte es aus seiner Tasche und nahm das Gespräch an, nachdem er die Nummer des Anrufers geprüft hatte. Es war seine Schwägerin. Wortlos legte er wieder auf und steckte das Telefon in die Tasche, da er nicht mit Marta in einem Lift voller Menschen sprechen wollte.

„Verdammt", sagte er.

„Sie sind ein gefragter Mann", witzelte ein Begleiter im Aufzug. Nick wandte sich zu dem Mitarbeiter, dessen Namen er nicht kannte. „Ja.", sagte er und schwieg, weil er den Blick in den Augen des Mannes erkannte. Er war ein junger Mann von ungefähr zweiundzwanzig und schaute zu Nick auf, so wie dieser einst zu seinem Vater aufgeschaut hatte. Aber Nick verdiente diese Hochachtung ebenso wenig wie sein Vater sie verdient hatte. Es war richtig, dass der Apfel nicht weit vom Stamm fiel. Außer im Fall von Jimmy. Sein Bruder war ein besserer Mann geworden und lebte ein Leben ohne Fehl und Tadel. Wenn jeder bekam, was er verdiente, dann sollte Jimmy dieses luxuriöse Leben genießen und nicht er.

Er starrte auf seine Schuhe. Marco Vittorio. Verflucht, er wollte noch nicht einmal über ihren Preis nachdenken.

Die Aufzugtüren öffneten sich und Nick trat heraus, wobei er seinen kraftvollen Gang zum Einsatz bringen konnte. Dieser hatte den Vorteil, dass Unterhaltungen eher entmutigt wurden. Jeder, der ihn in diesem Gang sah, verstand sofort, dass er ein beschäftigter Mann war - zu beschäftigt, um schwatzend herumzustehen. Er bedeutete, dass er Dinge zu erledigen hatte, obwohl dem in Wirklichkeit gar nicht so war. Keine Verabredungen zum Mittagessen. Keine Verabredungen zum Sex. Keine Geschäftstermine. *Nichts. Null. Null Komma nichts.* Er hatte einfach keinen Augenblick länger auf dem Stuhl im Büro sitzen können.

Draußen nahm er sein Handy wieder aus der Tasche, entsperrte den Bildschirm und rief Marta zurück, wobei er eine Hand an sein Ohr legte, um besser hören zu können.

Sie nahm beim ersten Klingeln ab und sagte: „Nico."

„Was ist los, Marta?"

Sie schluchzte.

„Jimmy?"

„Ja", antwortete sie und weinte immer noch.

Nicks Schultern spannten sich an. Er blieb stehen und drückte das Telefon fest ans Ohr. Einen langen Augenblick lang konnte er nicht sprechen, weil er Angst vor dem hatte, was sie ihm sagen wollte. Er starrte auf das Ziegelsteingebäude und konzentrierte sich auf einen langen breiten Riss in der Mauer. Selbst die robustesten Fundamente wurden irgendwann rissig. Nichts währte ewiglich.

„Bitte komm ..."

„Nach Spanien?"

„Sí."

„Ich weiß nicht, Marta. Ich versuche es."

„Aber du musst", beharrte sie.

„Was ist mit Jimmy?"

„Er wird wütend sein, aber ich brauche dich."

„Ja, in Ordnung. Ich schaue, was ich tun kann", sagte er und legte auf; dann steckte er das Telefon wieder in seine Hosentasche. Einen Augenblick stand er da und starrte auf seine glänzenden italienischen Lederschuhe und war sich nicht sicher, was er nun tun sollte. Und dann wandte er sich um und machte sich auf den Weg zum Parkhaus, wobei er das Gefühl hatte, als befände sich ein Sack spitzer Nägel in seinem Bauch. Er hatte keinen Hunger. Es war noch zu früh für Alkohol und so entschied er sich wieder für Endorphine, um seinen Körper zu bestrafen und seinen Kopf abzuschalten.

Nick nahm seine energische Gangart wieder auf und bahnte seinen Weg durch ein Meer an Gesichtern, wobei er jedes ignorierte. Augen, Nasen, Münder zogen sich zu formlosen Linien aus kaleidoskopisch angeordnetem Fleisch.

Jeréz, Gegenwart

Caía lehnte sich an die Ziegelsteinmauer des Supermarktes an der Ecke, wo sie amerikanischen Kaffee statt der spanischen Sorte kaufen wollte. Jedes Café in dieser Stadt servierte Arabica-Kaffee, der viel stärker war als der, den sie gewohnt war und sie wusste, dass es in diesem Markt eine Marke gab, die sie kannte. Auch befand der Markt sich zufälligerweise gegenüber von der Nr. 5 Calle Lealas.

Caía konnte natürlich stehen bleiben, wo sie wollte. Es machte keinen Unterschied, dass der Laden gegenüber dem Haus war. Im Augenblick war dies auch ihre Stadt. Andererseits war es ungünstig, dass sie schon fünfundvierzig Minuten vor der Öffnungszeit des Marktes gekommen war.

Vielleicht noch zweifelhafter war jedoch die Tatsache, dass sie dastand und eine eklige Zigarette rauchte, weil ihr das einen Grund zum Herumlungern lieferte. Dabei rauchte sie gar nicht. Wenn das nicht reichte, dass sie ihre Motive noch einmal überdachte, wusste sie nicht, was noch passieren müsste.

Einerseits wartete sie an einem öffentlichen Ort und erwartete, dass jemand vorbeikommen würde - oder wusste sogar, dass jemand vorbeikommen würde. Andererseits erschien sie wie ein Einbrecher, der ein Haus inspizierte. Abgesehen von ihrer Arbeit als Privatdetektivin verursachte ihr die Sache an sich Magenschmerzen. Aber genau da lag ihr Dilemma: Sie war überzeugt, dass Nick Kelly ein schlechter Mensch war und sie wollte verzweifelt, dass er ihr in die Augen schaute und zugab, was er getan hatte.

Sie wollte, dass er ihr sagte, dass er nicht gerade Aufträge bearbeitete oder irgendeinem Typ eine Textnachricht schickte, als er ihren Sohn überfuhr. War das vielleicht schon alles, was sie wollte? *Einen Abschluss.*

Bevor sie Chicago verließ, hatte Caía sich über ihn erkundigt. Sie verstand genau, was für eine Art von Mann Nick war: Er benutzte andere. Er nahm Geld von Klienten an und versprach Renditen auf Investitionen, die er nicht garantieren konnte. Aber waren die Börsenhändler nicht sowieso alle Haie? So oder so, was auch immer Nick Kelly hier machte, Caía konnte nicht glauben, dass es etwas Gutes sein könnte.

Sie betrachtete das Haus auf der anderen Straßenseite. Das Gebäude aus dem 18. Jahrhundert besaß etwas Surreales in dem gesprenkelten Licht des alten Ahornbaums. Etwas Zeitloses und Schönes. Etwas, das ihren Zorn ein wenig besänftigte, auch, wenn es gleichzeitig ihre Verbitterung erregte.

Der Morgenhimmel passte zum lachsfarbenen Anstrich. Die Farbe hob die schmiedeeisernen Geländer an den oberen Balkonen und Fenstern, von denen es jeweils drei oben und unten gab, wunderbar hervor.

Sie wusste bereits, wem das Haus gehörte.

Marta Herrera Nuñez.

Caía hatte dies anhand der Gravur auf dem Briefkasten herausgefunden. Wahrscheinlich war Marta die Mutter des geheimnisvollen Kindes, aber das war eine reine Vermutung, da Caía es nicht genau wusste. Im Gegensatz zu den unbeständigen Lagen an Klebstreifen auf ihrem eigenen Briefkasten, etwas weiter entlang der Straße, zeigte Martas Briefkasten an, dass das Haus, in dem sie lebte, nicht oft weiterverkauft wurde; dies bedeutete für Caía, dass die Frau Geld haben musste.

War sie der Grund, dass Nick nach Spanien gekommen war?

Welche Verbindung hatte er zu der Frau und ihrem Kind? Alle drei lebten hier zusammen und obwohl es denkbar war, dass er wie Caía Mieter war, glaubte sie dies nicht. Warum sollte jemand jeden Tag ein Kind zur Schule begleiten, wenn er keine Verpflichtung dazu hatte? Nein, die Aufgabe war zu viel für einen einfachen Mieter, auch wenn er besonders gutmütig war und das war Nick Kelly sicherlich nicht.

Du bist nicht die Weltpolizei, Caía.

Wie auch immer.

Müssen Frauen nicht aufeinander aufpassen?

Die Antwort auf diese Frage war eindeutig: „Ja."

Caía zog noch einmal an ihrer Zigarette und ihr Magen drehte sich.

Das Bild, wie Nick Kelly auf Dating-Webseiten unterwegs war, kam ihr in den Kopf. Ja, natürlich, das hatte er gemacht. Obwohl ... warum sollte er sein erfolgreiches Leben aufgeben, um Kindermädchen für ein kleines Mädchen zu spielen?

Es ergab keinen Sinn.

Zugegebenermaßen passte keine der Antworten, die ihr in den Sinn kamen, in Caías Geschichte, mit einer Ausnahme. So sehr ihr die Wahrheit auch missfiel, unglücklicherweise war er nicht auf der Flucht vor der Polizei. Fazit: Um strafrechtlich haftbar für den Tod ihres Sohnes zu sein, hätte die Verkehrspolizei beweisen müssen, dass der Fahrer rücksichtslos oder grob fahrlässig gehandelt hatte wie beispielsweise im Fall von zu hoher Geschwindigkeit, Benutzung des Handys beim Fahren oder Ähnliches . Nick Kelly war vom ersten Tag an ein freier Mann. Aber das hieß nicht, dass er keine Schuld trug. Verflucht, er hatte ein Kind überfahren - ihr Kind.

Wie war es möglich, dass jemand davon einfach freigesprochen wurde?

Caía inhalierte einen weiteren Zug und ihr Hals zog sich zusammen. Sie schaute auf die Zigarette in der Hand, warf sie auf den Boden und drückte sie mit der Sohle ihrer Sandale aus.

Sie wusste noch nicht einmal, wie man rauchte. Es machte sie krank. Bei Gott, jetzt fühlte sie sich wirklich schlecht. Es war schwere Arbeit, jemanden die ganze Zeit zu hassen und so langsam forderte es seinen Tribut.

Erst ihre Mutter. Dann ihr Sohn. Dann ihr Vater. Und als wenn das noch nicht reichte, hatte Gregg sie verlassen, als sie ihn am meisten brauchte, aber gut. Wie auch immer. *Das sind doch immer deine Worte, Gregg. Jetzt verstehe ich sie. Es fühlt sich gut an, sie zu sa-*

gen. Befreiend. Es war, als würde man eine Verantwortung ablegen. *Wie auch immer.*

Angeblich war eine Scheidung eine schwierige Angelegenheit, aber Caías war einfach. Einen Tag war ihr Mann noch da und den nächsten war er weg. Aber im Gegensatz zur Abwesenheit ihres Sohnes war Greggs eine Erleichterung.

Monatelang saß Caía in ihrem Krankenhauszimmer, starrte aus dem Fenster und hoffte das Gesicht ihres Sohnes im Glas zu sehen ... und das war natürlich ganz unmöglich.

Stattdessen sah sie immer wieder ihr eigenes Spiegelbild in jenem Badezimmerspiegel mit den dünnen Rissen, die von dem Punkt ausgingen, wo ihre Stirn auf das Glas gestoßen war.

Einen Augenblick lang verlor sie sich in dieser Erinnerung, wobei sie Nikotin hinten in ihrem Hals schmeckte. Irgendwann hatte Gregg sie gefunden, wie sie oben in dem Bad stand, das Jacks Zimmer am nächsten war und ihre Arme hatten schlaff an ihren Seiten gehangen und ihr Blut sickerte auf die Kacheln und verfärbte die Fugen. Schwarze, hässliche Verzweiflung brodelte tief in ihrem Bauch wie flüssig-gewordener Hass, der in einem Kessel kochte. Sie hatte da in dem Bad gestanden und in den sauberen Spiegel geschaut, auf dem nicht ein Zahnpasta Fleck zu sehen war und in ihr stieg der Zorn auf und baute sich zu einem furchterregenden Höhepunkt auf ... so wie es jetzt wieder geschah.

Später im Krankenhaus sickerten vom Flur aus Stimmen herein. „Glauben Sie, dass sie es absichtlich getan hat?"

Man musste ihrem Mann zu Gute halten, dass in seiner Antwort ein wenig Trauer mitschwang. „Ich weiß es nicht", hatte er gesagt, „ich weiß es nicht."

Nach einer Pause fragte die gleiche weibliche Stimme: „Mr. Paine, lassen Sie mich die Frage anders formulieren. Glauben Sie, dass Ihre Frau eine Gefahr für sich selbst ist?"

Es dauerte lange, bis Gregg antwortete und dann sagte er: „Ja." Und er wiederholte mit mehr Sicherheit in der Stimme: „Ja."

Und das war's dann.

Später, als sie allein waren, erklärte Dr. Hale: „Ein gewisses Maß an Zorn ist normal, Caía. Es ist ein normaler Teil des Trauerprozesses. Verstehen Sie, was ich Ihnen sage?" Caías Hals fühlte sich zu geschwollen an, als dass sie hätte sprechen können. Irgendetwas Großes befand sich dort und verschluckte ihre Worte, bevor sie diese bilden konnte.

„Caía, hören Sie mir zu?" Die Stimme der Frau hörte sich ein wenig ungeduldig an und das reichte, um Caía davon abzuhalten zu antworten. „Oftmals werden Episoden intensiver wahrgenommen bei einer Wutstörung." Und dann fragte sie mit festerer Stimme: „Caía ... verstehen Sie, was ich sage?"

Wie konnten sie erwarten, dass sie so viel verarbeitete? Ihre Mutter zu verlieren war schwierig genug. Aber dann war ihre ganze Welt innerhalb eines Jahres zunichte gemacht worden. Caías Mutter gab ihren Kampf gegen den Krebs ein Jahr vor Jacks Tod auf. Danach ging es mit ihrem Vater schnell bergab. Die beiden waren unzertrennlich gewesen und Jacks Tod gab ihm den Rest. Caía begrub ihren Sohn am 18. Juni 2016 und ihren Vater am 5. August 2016 - bumm, bumm, bumm - Herzzerbrechen im Takt eines Maschinengewehrs. Und dann verließ Gregg sie und irgendetwas zerbrach.

Wie auch immer.

„Caía?"

Caía hatte als Antwort geblinzelt, da ihr Hals sie fast erstickte.

Ihre Schultern spannten sich an, bis sie nur noch aus Schmerzen bestanden.

Sie brauchte niemanden, der ihr erklärte, warum sie das, was sie fühlte, so empfand. „Mein Sohn ist tot", antwortete sie eiskalt.

Die Ärztin senkte den Blick und schaute auf die Papiere auf ihrem Schoß - wahrscheinlich die Dokumente, die besagten, dass Caía nicht in der Lage war, für sich selbst zu sorgen. „Ja, ich weiß", hatte sie gesagt.

Ich weiß.

Ich weiß. Ich weiß. Ich weiß.

Ob sie wohl auch wusste, dass Jack an seinem Geburtstag starb, hatte sie wohl eine Ahnung, dass Caía ihm ein neues Skateboard und ein weiteres Überraschungsgeschenk gekauft hatte?

Das Skateboard war schmal und schwarz mit einem weißen Halbmond und Jack hatte es sich schon seit einigen Wochen im Internet angeschaut, aber noch nicht einmal Caía wusste, was in dem zusätzlich gelieferten Karton war. Was auch immer es war, es war doppelt so viel wert wie das, was sie für das Skateboard bezahlt hatte. „*Unbekannte Schätze, handverlesen für den begeisterten Skateboarder*", stand auf der Beschreibung.

Bis heute wusste sie nicht, was in dem verfluchten Karton war. Sein altes Skateboard wurde unter Nick Kellys Auto zerquetscht und nachdem ihr Sohn gestorben war, hatte Caía das ungeöffnete Packet in den Müll geworfen und das Skateboard mit einer Axt kaputtgeschlagen. Und dann hatte sie die Reste in der Feuerstelle im Garten verbrannt, einschließlich der Räder und allen anderen Teilen. Sie hatte den Gummigeruch immer noch so deutlich in der Nase wie den Geruch ihres eigenen Bluts.

Die Ärztin hatte ihr erklärt, dass eine Wutstörung üblicherweise als sekundäres Symptom auftrat. Sie war nicht ungewöhnlich in einem Trauerfall, aber da Caía sich bereits einmal Schaden zugefügt hatte, sollte sie besser unter fachkundiger Überwachung bleiben, damit sie ihr „auf dem Weg zur Besserung" helfen könnten, als wenn das möglich gewesen wäre.

In Wirklichkeit versuchten sie ihr zu sagen, dass Gregg nicht für Caía oder ihre Trauer verantwortlich sein wollte. Ihr Mann war zu beschäftigt um um ihren Sohn zu trauern. Er hatte Dinge zu erledigen, Orte, wo er hingehen musste und Leute, die er aufsuchen musste. Freundinnen, die er vögeln musste.

Caía hingegen hatte nichts Besseres zu tun, als alle fünf Stufen der Trauer zu durchleben. Es gab wirklich fünf Stufen. Aber wer waren diese schlauen Leute, die sich anmaßten, etwas zusammenzufassen, was im Wesentlichen eine Explosion der Seele war, und sogar so weit gingen, dass sie jeder Stufe unterschiedliche Namen gaben, die man wie auf einer Gebotsliste abhaken könnte.

Und letztlich bezog sich keine dieser Stufen auf Caía, außer Wut. Sie hatte weder die Fähigkeit, den Tod ihres Sohnes zu leugnen, noch hatte man ihr die Freiheit erlaubt, ihn in Frieden zu betrauern. Selbst jetzt war der Mangel an Aufgaben als Jacks Mutter unerträglich.

Jedes Mal, wenn sie nicht rechtzeitig aufwachte, um sein Schulbrot einzupacken oder nicht nach Hause eilte, um seine Fußballsachen zu waschen, erinnerte sie sich. Sie erinnerte sich auch jedes Mal, wenn sie seinen Badezimmerspiegel nicht putzen musste ...

Caía schluckte einen Kloß hinunter.

Gegenüber öffnete sich die Haustür zu Nr.5 Calle Lealas. Es war eine massive Tür, die von schmückendem, barockem Mauerwerk gerahmt war. Auf der Innenseite befand sich zum Schutz eine weitere schmiedeeiserne Tür. Das einzige, wovon sie jemals über diese Barrieren hinaus einen flüchtigen Blick erhascht hatte, war der weiche Schimmer von weiterer Lachsfarbe und der entfernte Eindruck von sonnendurchfluteten hinteren Räumen.

Eine ältere, rothaarige Frau mit einem Schlüsselbund kam heraus. Auf der Außenseite der Tür war kein Knopf, sondern nur ein Schlüsselloch. Sie schloss die Tür ab und ging weg.

Eine Haushälterin? Vielleicht eine Großmutter?

Caía dachte, dass sie vielleicht eine Haushälterin war, weil sie sich die Leute lieber als verwöhnt und privilegiert vorstellte und bei einem Haus dieser Größe hatte man sicherlich Angestellte. Obwohl es wirklich unmöglich war, zu bestimmen, wie groß das Haus sein könnte.

Seiner Tiefe entlang der Gasse nach zu urteilen konnte es nicht gerade klein sein.

Davor stand ein wunderschöner Ahornbaum und sein immer größer werdender Umfang wölbte den Bürgersteig um seinen Stamm herum - die hartnäckige und umtriebige Bedrohung der Natur gegen die Zivilisation.

Ohne dauernde Fürsorge wehrten sich Menschen und Orte gegen ihre Natur. Es war unmöglich, dass nur Caía einen dauernden Krieg gegen ihre Dämonen führte.

Der Beweis dafür marschierte vorbei, während Caía darauf wartete, dass der Supermarkt öffnete. Er kam in Form einer betrunkenen, braunhaarigen Frau

Erlösungslied

mit zu viel schwarzem Augen Make-up, das ihren spanischen Augen nicht zum Vorteil gereichte. Der wasserlösliche Kajalstift war auf ihren Wangenknochen verschmiert und hatte sich in ihre Falten gesetzt. Sie hatte die Schuhe ausgezogen und schwang sie wie Waffen, wobei sie laut schrie: „¡Hijo de puta!" *Hurensohn.* „¡Asqueroso!" *Widerlicher Mann.* „¡Boracho!" *Trunkenbold.* Und sie zeterte immer weiter, als sie vorbeiging und ihre Stimme hallte pervers in der leeren Straße.

Später würde sie sich zusammenreißen.
Vielleicht.

Nr. 5 Calle Lealas lag an einer ruhigen Ecke. Der Supermarkt befand sich direkt gegenüber.

An der südöstlichen Ecke befand sich eine hübsche Kirche. Iglesia de la Victoria stand auf der Plakette. Ein einzelner Turm ragte über die Straße, als wenn er auf das Haus aufpasste - ein uralter Turm mit einer Kuppel mit blauen und weißen Kacheln. Caía war in keinster Weise mehr gläubig, aber Schuld und Scham gehörten keiner einzelnen Konfession an.

Um sie herum sah sie Bewegung im Markt. Ihr war schlecht und sie blieb noch einen Augenblick stehen, starrte auf die Tür auf der anderen Straßenseite und schaute dann der schreienden Frau hinterher; sie fühlte sich verloren. Wie tief musste sie noch fallen, bis auch sie ein solches Ende nahm?

Vielleicht bist du schon zu weit gegangen?

Die Frau im Markt schloss die Tür auf und schob sie auf, um Caía herein zu lassen. Aber Caía ging nicht hinein. Sie hatte ja noch nicht einmal eine verdammte Kaffeemaschine. Vor Enttäuschung fühlte sie sich plötzlich verstört. Sie lächelte die Frauen matt an, schüttelte den Kopf und ging weg.

3

Wenn du lange in einen Abgrund blickst, blickt der Abgrund auch in dich hinein.

— Friedrich Nietzsche

Chicago, Freitag, 10.Juni 2016

Nick

Wie ein Kinnhaken von einer ranzigen Faust stieg der Uringestank in Nicks Nase. An den meisten Tagen konzentrierte er sich auf den Duft des Fair-Trade Kaffees. Heute konnten der blaue Himmel, die mürrischen Gesichter und der Wind, bei dem einem der Hintern abfror, den Gestank des gärenden Urins in Chicagos früherem Schlachterviertel nicht übertünchen. Dies war die äußere urbane Grenze, die Heimat angesagter Galerien, von Probierstuben und aufstrebenden Vermögensanlageberatern. Hey, wenn es gut genug für Google war, sollte es auch für Starr Wealth Management reichen. Auf seinem Weg in das Gebäude stellte sich Nick vor dem

Parkhaus eine Frau in den Weg. „Das Fahrgeld bitte?", bettelte sie.

Trotz ihres schmutzigen blonden Haars und ihrer verletzten Haut hätte sie hübsch sein können, wenn ihr Gesicht nicht vollständig mit Schorf bedeckt gewesen wäre. Sie hielt eine Hand auf. Das war die Schattenseite des industriellen Aufstiegs; sie war wirklicher, als manche Leute bereit waren zu akzeptieren.

Automatisch steckte Nick die Hand in seine Tasche. Aber er hielt inne, als er das Zittern ihrer Hand bemerkte. Der Schorf zeigte an, dass sie Crystal Meth spritzte. Sie trug lange Ärmel bei warmem Wetter. Sie zitterte, als sie zu ihm hochstarrte. Ungefähr zwanzig. Er tat ihr keinen Gefallen, wenn er ihr eine weitere Dosis bezahlte. „Es tut mir leid", sagte er und ertastete die Münzen in seiner Tasche, „ich habe nichts dabei." Und doch hätte er am liebsten die Münzen aus der Tasche genommen und sie in ihre Hand rieseln lassen.

Einen kurzen Augenblick lang schwankte er und ihr vernichtender Blick fiel auf seinen neuen Anzug und wanderte zu seiner Aktentasche und zurück zu seinem Gesicht. „Verpiss dich", sagte sie hasserfüllt und ihr Gesicht verzog sich zu abgrundtiefer Verachtung. Nick schüttelte den Kopf und wollte an ihr vorbei. „Hältst du dich für etwas Besseres?", kreischte sie. „Verpiss dich, du Kohlenbrecher!" Nick war Ire, aber er war noch nie in einem Kohlebergwerk gewesen. Das galt auch für seinen Vater und Großvater. Aber mancher Hass saß tief und konnte ebenso wenig ausgemerzt werden, wie der Uringestank mit ein bisschen North Side Toilettenspülung wegging.

Seine Schultern spannten sich an, als er wegging und er hielt seine Aktentasche fester. *Du kannst die Welt nicht retten*, sagte er sich, aber seine Gedanken wanderten zurück zum Telefongespräch mit Marta.

Ohne weitere Ablenkung auf dem restlichen Weg ins Büro, dachte er über die Frau seines Bruders nach.

In der Eingangshalle und auf dem Weg nach oben im Lift vermied er Augenkontakt mit anderen Mitarbeitern und erreichte sein Büro, ohne noch etwas sagen zu müssen.

Obwohl sie normalerweise lange vor Nick kam, war Amy noch nicht da. Er hatte an diesem Morgen mit ihr darüber sprechen wollen, wie sie ihre Arbeitsbeziehung am besten handhaben sollten. Er stellte die Aktentasche auf dem Stuhl gegenüber seinem Schreibtisch ab und löste seine Hand mit den inzwischen weißen Knöcheln vom Griff; er wollte ihren Inhalt erst angehen, wenn er eine Tasse Kaffee getrunken hatte. Er streckte die Finger und betrachtete die Abdrücke in seiner Hand, wobei er den Kopf über die andauernde Anspannung schüttelte. Kaffee war keine Lösung, aber er konnte den Morgen nicht ohne beginnen.

Er hatte Amy noch nie darum gebeten, ihm eine Tasse zu holen, aber nachdem sie ihn begrüßt hatte, eilte sie üblicherweise los. Heute war das Büro still, da noch keiner der Schreibtische besetzt war und daher stürzte er schnurstracks in die Küche. Dort angekommen fummelte er mit der Kaffeemaschine herum, um heraus zu bekommen, wo man die Tasse hineinstellte. Die verdammten Dinger waren wie die Wasserhähne in Badezimmern; jeder funktionierte ein wenig anders. Er drückte und schob und drückte und fand es schließlich heraus und dann wartete er äußerst ungeduldig, dass seine Tasse sich füllte, wobei er die ganze Zeit auf Geräusche von Leben jenseits der Küchentür achtete. Noch mehr als sonst hatte er keine Lust auf leeres Geschwätz.

Er hatte Glück. Aber in dem Augenblick, als er in

sein Büro ging, wurden die Deckenlampen eingeschaltet. Mit der dampfenden Tasse in der Hand ließ Nick sich in seinen Stuhl fallen. Und dann saß er einen langen, verwirrten Augenblick da und starrte auf seine Aktentasche und schlürfte seinen Kaffee.

Klack. Klack. Klack.

Keine Absätze. Hartes Leder. Lange, zielgerichtete Schritte. Die Schritte wurden immer lauter, setzten sich durch die gesamte Länge des Büros fort, das halb so groß wie ein Fußballfeld war, und kamen schließlich in Nicks Büro an. Er hatte die Tür für Amy offengelassen, aber Sam Starr stand in der Tür und klopfte an den Türrahmen. „Guten Morgen", sagte er.

Nick lächelte seinen Chef, der auch sein Freund war, halbherzig an. „Bist du den ganzen Weg gekommen, um mich mit einem Küsschen zu begrüßen oder hast du etwas auf dem Herzen?"

Sam schlenderte herein, nahm Nicks Aktentasche vom Stuhl und setzte stattdessen seinen in Prada gekleideten Arsch darauf ab. Mit einem perfekt manikürten Fingernagel strich er über seine grau werdenden Koteletten; diese waren ein Beweis dafür, welchen negativen Effekt diese Branche auf den Körper hatte. „Schlagfertig und genau auf den Punkt - das gefällt mir am besten an dir, Nick."

Nick schlürfte an seinem Kaffee. „Ja?"

Der Chef lehnte sich zurück und schlug die Beine übereinander. „Es geht um Amy", sagte Sam.

Nick nickte, und hatte dies schon fast erwartet. „Hat sie heute Morgen mit dir gesprochen?"

„Nein, gestern, aber nicht wegen etwas, was du denken könntest. Sie hat mir alles erzählt, Nick."

Die Anspannung in Nicks Schultern kehrte zurück. „Dir was erzählt?"

„Über Jimmy."

„Oh", sagte er und lehnte seinen Kopf an den Stuhl an. Leise sagte er: „Scheiße."

„Du kannst sie nicht dafür entlassen, dass sie uns informiert hat. Eigentlich solltest du kein Bettgeflüster mit ihr teilen." Sam war der Richtige, so etwas zu sagen. Andererseits hatte Nick bislang kein Verhältnis mit einer Mitarbeiterin gehabt, obwohl das Büro für seine Techtelmechtel berüchtigt war. Gemeinsame glückliche Stunden machten es nur allzu einfach, in das Bett einer Kollegin zu schlüpfen. Aber so war es bei Nick nicht. Er ließ seine Hose normalerweise geschlossen. In einem schwachen Augenblick war Amy ein bereitwilliger Trost gewesen.

Aber das war keine Entschuldigung. Nick war ihr Chef. Er stellte seine Kaffeetasse auf dem Tisch ab, lehnte sich vor und legte eine Hand an seine Schläfe. „Wirst du ihr also eine neue Aufgabe zuweisen?"

Sam gab ihm einen Augenblick, die möglichen Konsequenzen durchzugehen; schließlich war dies sein unerschütterliches Recht als der „Starr"-Partner der Firma. Außer, dass Nick in neun von zwölf Monaten bessere Ergebnisse erzielt hatte als er. Mehr noch als die Tatsache, dass er und Sam an der Uni ein Zimmer geteilt hatten, war dies Nicks Versicherung, dass die „Konsequenzen" für ihn unerheblich sein würden und er mit einem blauen Auge davonkam. Er war eher um Amy als um sich besorgt. „Sie braucht den Job", sagte Nick.

„Mach dir keine Gedanken, wir finden eine Lösung."

„Gut."

Im Großraumbüro trafen die Mitarbeiter der Morgenschicht ein. Lichter wurden angestellt, Telefonhörer abgenommen und immer mehr Knöpfe gedrückt, aber in Nicks Büro herrschte absolute Stille.

Nach einem langen, unbehaglichen Augenblick sagte Sam: „Gibt es irgendetwas, was wir tun können?"

„Nein."

„Wenn du Urlaub brauchst, sag mir Bescheid."

„Es wird keinen Einfluss auf meine Ergebnisse haben."

Sam nickte. Er griff sich ans Kinn und massierte es fest; eine nervöse Geste, die Nick nur allzu gut kannte. Sam hatte noch etwas sagen wollen, sich aber dagegen entschieden.

„Ich halte dich auf dem Laufenden", sagte Nick.

„In Ordnung." Sam stand auf und wandte sich zum Gehen. „Sag Jimmy, dass wir an ihn denken."

Jeréz, Gegenwart

Caía ging in Geschäfte und wieder hinaus wie ein Zombie. Ab und zu hatte sie klare Momente wie furchtlose kleine Wesen in einer mutigen neuen Welt. Heute Morgen hatte sie es zum ersten Mal verpasst, zu beobachten, wie Nick seinen Schützling zur Schule brachte und jetzt neigte sie dazu, das Café heute ganz sausen zu lassen.

Hier zu sein und alte Gewohnheiten zu durchbrechen begann Caías Entschlossenheit zu untergraben. Aber das war nicht alles. Die Klarheit ging mit einer bitteren Dosis Realität einher.

Eventuell hatte sie etwas gelernt in ihrer sechsunddreißig wöchigen Wut-Management-Behandlungszeit, selbst wenn die positivsten Ergebnisse erst jetzt sichtbar wurden.

Es war durchaus möglich, dass sie ihn einfach nur sehen musste. Oder vielleicht fühlte sie sich zu Nick

Kelly aus Gründen hingezogen, die sie noch nicht bestimmt hatte. Sicherlich war Caía niemandes alleiniger Richter.

Auch war sie niemandes Henker. Sie war noch nicht einmal eine Befürworterin der Todesstrafe. Sie war einfach nur eine verrückte Mutter, die ihre Sonne nicht loslassen konnte; und das war keine Fehlbezeichnung. Jack war ihre Sonne. Ihr kleiner Junge war das Zentrum ihres Universums gewesen.

„Glück gibt es nur durch Akzeptanz", hatte ihre Therapeutin in jenem entschlossenen zen-artigen Tonfall, der für Yogalehrer, Therapeuten bei den anonymen Alkoholikern und psychiatrische Fachkräfte reserviert ist, gesagt.

Nun, scheiß drauf. Akzeptanz war etwas, das Caía nicht vorhatte, sich zu eigen zu machen. Die Unvermeidbarkeit des Todes ihres Sohnes akzeptieren? *Auf gar keinen Fall.*

Andererseits akzeptierte sie folgende Dinge: Sie würde nie wieder Jacks Haar zerzausen, würde nie die Freude erfahren, zu sehen, wie er zu einem Mann wurde; sie würde niemals seine erste Freundin kennenlernen ... *Hätte er gerne getanzt? Wäre er ein guter Ehemann und Vater geworden? Wäre er eines Tages Architekt geworden? Ingenieur?*

Ganz gleich, was man ihm in die Hand drückte und was es gekostet hatte, Jack nahm die Sachen gern auseinander, überlegte, wie sie funktionierten, und er setzte sie dann ebenso gern wieder zusammen. Unglücklicherweise konnten manche Dinge nicht wieder in einen funktionierenden Zustand versetzt werden.

So wie du, Jack.

Ungerechterweise war sie vom Rest der Geschichte ihres Sohnes ausgeschlossen worden. Sein Leben war ein verwüstetes Buch, aus dem die Seiten mit Gewalt herausgerissen worden waren und nur Fetzen von dem, was hätte sein können, blieben zurück ... ein halbes Wort hier und da, das hinter den dezimierten Seiten hervorlugte.

Sie dachte über das letzte Jahr ihres Lebens und die Veränderungen, die sie vorgenommen hatte, nach; sie hatte Chicago urplötzlich verlassen und suchte nach dem, was nun hiernach kommen würde ... nach was auch immer.

Ungebunden durch bedeutsame Beziehungen präsentierte sich die Zukunft als eine leere Seite - so leer wie die Seiten im Lebensbuch ihres Sohnes.

Nick Kelly war nur ein Mann und ehrlich gesagt, noch nicht einmal ein furchterregender. Er wirkte an sich traurig und lächelte nur, wenn er das kleine Mädchen ansprach. *War es möglich, dass Jacks Tod auch ihn zu Grunde gerichtet hatte? War er hierhergekommen, um zu flüchten?*

Während sie über diese und weitere Fragen nachdachte, schlüpfte sie in einen kleinen Kunstgewerbeladen, in dem Flamenco-Figuren gefährlich nahe an den Regalrändern aufgestellt waren. Einige trugen lange, fließende rot und weiß getupfte Röcke. Aber mehr noch als die Flamenco-Puppen gefielen Caía die handbemalten Fächer.

Der Ladenbetreiber, ein Mann mit lederner Haut und ganz in schwarz und mit einem saphirblauen Schal gekleidet, eilte herüber und zeigte auf die Signatur aus Blattgold unter den Falten des schwarzen Fächers, den sie in der Hand hielt. „Mira", sagte er. *Schauen Sie.* „Éste." Er tippte mit dem Finger auf die Stäbe und Schutzvorrichtungen. „De sándalo", sagte er betont. „Tajada a mano." Er sprach die Worte sehr deutlich aus, als wenn er Caía bereits als Touristin abgestempelt hätte.

Der Fächer war aus Sandelholz geschnitzt und vom Künstler signiert worden. Angesichts des Stolzes auf dem Gesicht des Ladeninhabers war er vielleicht sogar eben jener gewesen. Er nahm Caía den Fächer aus der Hand und öffnete ihn mit der Anmut und Geschwindigkeit, mit der ein Gangster von der South Side ein Messer schwang. Aber anstatt sie damit zu erdolchen, fächerte er sich nur selbst Luft zu, stampfte mit seinen Füßen auf wie ein Flamenco-Tänzer und flatterte mit den Wimpern wie eine Jungfrau. Dann gab er Caía den Fächer zurück.

Er sah verwegen, wenn auch ein wenig zu klischeehaft aus - ein Gitano, der einen Bolero und Absätze trug, die laut klackten. Und vielleicht flirtete er auch ein wenig. Obwohl Caía sich rein gar nicht von ihm angezogen fühlte. Der Versuch brachte sie jedoch zum Lächeln.

Sie strich mit dem Finger über die etwas hervorgehobene Signatur. „Muy bonito", sagte sie und der Mann belohnte sie mit einem aufrichtigen Lächeln. Caía ahmte die flüssige Bewegung seiner Hand nach und breitete die gefalteten Blätter des Fächers auseinander und rosafarbene Rosen, die auf schwarzem Holz gemalt waren, wurden offenbart. Sie hob den Fächer an ihr Gesicht, um ihr Lächeln zu bedecken und fächerte sich kokett Luft zu, bevor sie innehielt, um über den gerüschten Rand zu blicken. Wie der Ladenbetreiber zuvor flatterte sie spielerisch mit den Wimpern.

„¡Olé, olé!", sagte der er und klatschte in die Hände. Caía lächelte. Dieses Mal war es nicht aufgesetzt. Tatsächlich verzogen sich ihre Lippen zum ersten Mal seit dem Tod ihres Sohnes von allein zu einem Lächeln. Also kaufte sie den Fächer natürlich.

Sie fühlte sich so beschwingt wie seit Jahren nicht

mehr, dankte dem Ladenbetreiber, verließ sein Geschäft und ging hinaus auf die Straße und atmete den zitronigen Duft von Sonnenschein ein ... und von Brot. Sie überquerte die Straße zum Bäcker, um ein frisches Baguette zu kaufen.

Ihr Appetit war noch nicht wieder da, aber sie wollte sich selbst in Versuchung führen und hoffte, ihre einstige Lebensfreude wiederzufinden. Früher war alles ein neues Abenteuer für Caía gewesen. Sushi. Zumba. Kajaken. Jetzt interessierte sie eigentlich nichts. Die Gazpacho gestern hatte fad geschmeckt und die Gewürzkörner hatten sich wie Glasstückchen an ihrer Zunge angefühlt.

Im Bäckerladen reflektierte die Nachmittagssonne von den Rändern der Verkaufstheke. Eine kurze Schlange hatte sich bereits gebildet. Zu dieser Tageszeit bereiteten sich die Geschäfte darauf vor, über den Nachmittag zu schließen und zogen daher noch eilige Einkäufer an, und der Schlange nach zu urteilen, war dieses Brot äußerst beliebt.

Weitere Leute wurden von dem Duft angezogen, der herausgeströmt war, als Caía die Tür geöffnet hatte und sie folgten ihr hinein, bis der Laden brechend voll war und sie wie die Sardinen eng beieinanderstanden. Aber ausnahmsweise machte es Caía nichts aus. Sie stand zufrieden da und wartete, dass sie an die Reihe kam, und bewegte sich, um Platz zu machen, wobei Düfte von Brotkrusten aus jahrelang benutzten Öfen in ihre Nase stiegen.

Butter auf Toast, vielleicht ein wenig Zucker. All diese Düfte erinnerten sie an ihre Mutter. Rezepte, die von ihrer Großmutter weitergegeben worden waren - einer Frau, die sie leider nie kennengelernt hatte. Und trotz dieser faszinierenden Düfte gab es keinen Adrenalinstoß, keine prickelnde Vorfreude - nicht, bis sich die Frau ganz vorn in der Schlange umwandte und Caía ihr Gesicht sah. Caías Herz machte einen kleinen Satz.

Einen winzigen Augenblick lang trafen sich ihre Blicke. Caía suchte nach Wiedererkennung, aber das war nicht der Fall. Die Frau nahm ihren Einkauf und bahnte sich lächelnd den Weg durch die Menge zur Tür, wobei sie sich etwas drehte, als sie an Caía vorbei schlüpfte, die daraufhin gezwungen war, wegzuschauen, als sie sich an den wartenden Kunden vorbeischob und auf die in Bernsteinfarben getauchte Straße trat. Sie ignorierte die kleine Stimme in ihrem Kopf, die da sagte: „Tue es nicht." Caía verließ die Schlange und folgte.

4

Ich messe jede Trauer, der ich begegne, mit prüfendem Blick und überlege, ob sie wohl so schwer wiegt wie meine oder ob sie doch leichter ist.

— Emily Dickinson

Bleib stehen. *Schlüpfe in ein Geschäft, Caía. Irgendein Geschäft. Lenke dich ab.* Das Klappern ihrer eigenen Absätze auf dem gepflasterten Bürgersteig machte Caía physisch krank. Da ihr überhaupt nicht bewusst war, dass Caía sie verfolgte, blieb Marta Herrera Nuñez stehen, um sich mit einer Frau vor dem Geschäft zu unterhalten. Caía hielt sich zurück und gab vor, eine Speisentafel auf dem Bürgersteig zu lesen.

Jamón ibérico. Papas bravas. Pimientos fritos.

Sie konnte sich nie merken, was was war: *pimiento* oder *pimienta*. Wenn die auf diesem Menü gebraten waren, musste es sich um das Gemüse handeln. Es war ja klar, dass das scharfe Zeug weiblich war. Sie verdrehte die Augen. Sie war jetzt schon seit Wochen in Jeréz und hatte immer noch keine der einheimischen Speisen probiert, die auf fast jeder Tapas-Karte in der Stadt standen. Wenn sie ein Glas Wein bestellte, wurde sie gelegentlich mit einem Gericht überrascht; sie stellte es immer neben ihr Getränk, hatte aber nur wenig Verlangen danach, diese Reise kulinarisch zu zelebrieren. Trauer und Schuldgefühle - ja, Schuldgefühle - verliehen allem einen widerlichen Geschmack in ihrem Mund. Schuldgefühle waren jedoch eine Facette ihrer Trauer, die sie noch nicht wagte, weiter zu erforschen. Wie ein in ihrem Kopf gefangener Nachtfalter flatterte etwas Abscheuliches am Rand ihres Bewusstseins, etwas, worüber Caía nicht nachdenken wollte ...

Die Frau, mit der Marta sich unterhielt, nickte und verschwand dann in ihrem Laden. Sie kam gleich wieder zurück mit einem kleinen, braunen Beutel, den sie Marta gab. Die beiden tauschten Küsse aus und Marta ging weiter die Straße entlang. Wieder nahm Caía die Verfolgung auf.

Das ist also aus dir geworden? Eine Stalkerin?

Das war noch etwas, wofür sie Nick Kelly die Schuld geben konnte, weil Caía in ihrem Verhalten nicht sie selbst war. Ein plötzlicher Zornesausbruch bedrohte ihre Selbstbeherrschung und erschütterte sofort den Elan, den sie noch am Morgen an den Tag gelegt hatte. *Warum? Warum machst du das hier? Warum? Warum? Warum?*

Und wie damals, als Caía in der vierten Klasse war, hatte sie Angst, dass sie im Boden versinken und über die Ungerechtigkeit des Ganzen schluchzen würde. Aber das tat sie nicht. Sie ging weiter und ihr Blick wanderte von den schönen Pflastersteinmustern auf den uralten Bürgersteigen zu der Frau, die ihre Verfolgung nicht bemerkte. Der Duft von Zitronen schwebte durch die Luft. Die Straßen wurden von Orangenbäumen gesäumt, die voll im Laub standen und deren

Früchte tief herunterhingen. Niemand achtete auf die Orangen. Es wäre einfach, im Vorbeigehen eine zu pflücken. Wie bei der zierlichen, braunhaarigen Frau vor ihr war die Versuchung einfach zu groß.

Natürlich hatte Caía nichts gegen Marta. Wenn überhaupt tat ihr die Frau leid. Und eigentlich befand sie sich ja auch nicht in Gefahr, außer dass Caía sie so fest schütteln wollte, dass sie zur Vernunft kam. Was um Himmels Willen machen Sie bei dem Mann?

Arme, arme Marta. Sie schien so verletzlich zu sein, wie sie da mit ihrem Einkaufskorb und dem sehr langen Baguette unter dem Arm die Straße entlang lief. Sie merkte noch nicht einmal, dass Caía ihr in den Markt folgte und als sie drinnen war, wurden Caías Selbstvorwürfe intensiver.

Du bist wirklich eine Stalkerin, sagte sie sich.

Bis du jetzt glücklich, Caía? Reiß dich zusammen. Geh nach Hause.

Es war schon fast 14.00 Uhr. Die Stände schlossen gerade, aber wenn man dem Fischgeruch in die Mitte des Marktes folgte, waren hier noch keine leeren Stände zu sehen. Der Grund dafür war einfach: Fisch blieb nur kurze Zeit frisch. Natürlich wollten die Fischhändler ihren Fang so schnell wie möglich verkaufen. Caía spürte eine ähnliche Dringlichkeit, während sie beobachtete, wie Marta stehen blieb, um den auf Eis gelegten Fisch in der Auslage zu inspizieren. Sie waren in ordentlichen kleinen Reihen angeordnet, wobei die Köpfe und Schwänze intakt und die Mäuler aufgerissen waren und eine Unmenge winziger schwarzer Augen den Passanten zuzwinkerten. Sie ging etwas näher heran, um zu lauschen. „Wo ist Ihr Bruder?", fragte Marta auf Spanisch.

„No está aquí", antwortete der Händler und Marta murmelte etwas Verärgertes, während sie sich umschaute. Seufzend wandte sie sich wieder dem Fischhändler zu und war sichtlich frustriert, dass sie es mit ihm statt seines Bruders zu tun hatte.

„¿Hay atún?"

Mit sachlicher Miene und einem gefährlich aussehenden Messer in der Hand schaute der Fischhändler Marta an und freute sich offensichtlich ebenso wenig wie Marta, dass er mit ihr zu tun hatte. „Claro", sagte er.

„¿Pero fresco?"

„Mujer, ¿no tienes ojos en la cara?"

„Sí, Jose Luis, pero también tengo nariz." Marta tippte sich an die Nase und die beiden begannen eine erhitzte Unterhaltung, was, soweit Caía es verstand, ein klares Indiz dafür war, dass ihre Fehde nicht neu war. Marta unterstellte ihm, dass sein Fisch nicht frisch war und als er sagte, sie solle doch woanders einkaufen, sagte sie ihm, dass sie seinem Bruder davon erzählen würde und er bat sie in einem wenig höflichen Ton zu gehen.

Caía verbarg ihr Lächeln, als der Fischhändler Marta mit einer Handbewegung wegschickte. „Vete a la mierda", sagte der Mann und Marta zog ihr Baguette heraus wie ein Schwert.

„Hijo de puta", entgegnete sie und Caía errötete bei ihrer Interaktion und ihren leichtfertig geäußerten Beleidigungen. Und doch schien es, als sei ihre Unterhaltung weder unerwartet noch ungewöhnlich und er wandte sich souverän der nächsten Person in der Schlange zu, einer jungen Mutter mit einem Kleinkind auf der Hüfte.

So leidenschaftlich, wie die beiden gestritten hatten, war die Schlacht sofort wieder vergessen und Caía war erstaunt, wie sie so einfach beendet wurde. Sie hatten offen gesprochen und nichts zurückgehalten. Die Frau, die dann an der Reihe war, ignorierte den Streit völlig und lächelte, als sie Jose Luis nach Bacalao fragte.

Die Art und Weise, wie die Mutter so besitzergreifend den Arm um das Kind geschlungen hatte, versetzte Caía in einen Anfall von Kummer. Einen Augenblick lang spürte sie ein Phantom-Gewicht auf ihrer eigenen Hüfte, ein Gefühl, das ihr sofort wieder abhanden kam und ihr Hals verengte sich bei dem erneuten Verlustgefühl.

Sie brauchte einen Augenblick, um sich zu erholen und dann suchten ihre Augen wieder nach Marta.

Diese hatte den Händler schon vergessen und sich zum nächsten Stand begeben, wo sie almejas und mejillones inspizierte. Die Muscheln waren noch fest verschlossen und kampfbereit. Plötzlich wandte Marta sich zu Caía um und ihre Augenbrauen zuckten leicht.

Sowohl vor Verlegenheit als auch Nervosität platzte Caía in Spanisch heraus: „Perdóname, señora. ¿Recomiendas el pesado?"

Marta runzelte die Stirn. „Qué?"

Caía fühlte sich jetzt völlig unbehaglich und nickte in Richtung Fischhändler, der mit wesentlich mehr Erfolg mit seiner neuen Kundin handelte. Die junge Mutter nickte enthusiastisch und lächelte, als Jose Luis einen Fisch zum Ausnehmen herauszog, während sie zuschaute.

„Ach ja", sagte Marta plötzlich voller Verständnis. „Eres Americana, ¿no?"

„Sí."

Martas traurige Augen legten sich an den Seiten in Falten und sie schaffte es, gleichzeitig glücklich und traurig auszusehen. Sie schaute zum Fischhändler und wieder zurück. „Er ist stur. Aber Sie sagen *pesado* und ich glaube, dass sie *pescado* meinen, ¿verdad?" Als Caía verwirrt ausschaute, verlagerte Marta die Sachen in ihren Händen ein wenig und erklärte beharrlich: „Sie sagen zu mir, 'recomien-das el pesado?' und das bedeutet: ‚Empfehlen Sie den Sturen.' Aber ich glaube, dass Sie den Fisch und nicht den Mann meinten, nicht wahr?"

Der Unterschied eines einzigen Buchstabens.

Caía errötete. „Ja", sagte sie. „Ich habe den Fisch gemeint. Es tut mir leid, aber mein Spanisch ist ein wenig eingerostet", erklärte sie.

Marta lächelte. „Nein, es ist recht gut."

„Gracias."

„Und sein Fisch ist auch gut", sagte Marta. „Aber seine Einstellung ist - wie heißt es doch? Fürchterlich. Ich verstehe nicht, dass sein Bruder ihn im Verkauf einsetzt. Männer können ein wirkliches Ärgernis sein, nicht wahr?"

Caía lächelte. „Das stimmt." Aber ein Ärgernis war noch die geringste Beleidigung, die sie über Nick Kelly hätte sagen können. Aber nun, da sie Martas volle Aufmerksamkeit hatte, kam ihr sein Name nicht über die Lippen. Sie brachte keinen Ton heraus und fühlte sich schüchtern und wusste nicht, was sie als nächstes sagen sollte. Tatsächlich traute sich Caía zum ersten Mal seit dem Unfall ihres Sohnes, die undenkbare Möglichkeit in Erwägung zu ziehen, dass Nick Kelly unschuldig sein könnte. Was, wenn sie eine unpassende Bemerkung machte? Sie könnte sein Leben zerstören. So wie er ihres zerstört hatte.

Danke der Frau und geh weg.

Irgendein seltsamer moralischer Zwang ließ Caía schweigend stehenbleiben. Sie konnte Nicks Schuld nicht beweisen, fühlte sich aber verpflichtet, Marta und ihre Tochter zu beschützen.

Außerdem hatte Marta Herrera Nuñez etwas, dass die Sehnsucht in Caía erweckte, sich in ihre Arme stürzen zu wollen ... und zu weinen. „Ihr Englisch ist sehr gut", erklärte Caía.

Marta lächelte. „Me casé con un Americano." Ich bin mit einem Amerikaner verheiratet. „Mein Mann kommt aus Chicago", erklärte sie in einem Englisch mit fast perfekter Aussprache und dann begann sie, ihre Einkaufstasche zur Befüllung auseinanderzufalten. Caía wusste nicht, was sie als nächstes sagen sollte, beobachtete sie und zögerte, wegzugehen. Sie war dankbar, als Marta fragte: „Sind sie schon einmal in dieser Stadt gewesen?"

„In Chicago?"

„Sí."

„Nun . . . ich nehme an, dass die meisten Leute irgendwann durch die Stadt kommen. Sie ist sehr groß."

Marta schenkte Caía dann ihre volle Aufmerksamkeit und ihre schokoladenbraunen Augen luden Caía ein, ihr ihr Herz auszuschütten. Sie hätte Caía leicht abtun und ihren Einkauf fortsetzen können, aber alles an Marta, ihre Körpersprache und ihr offener Blick luden Caía zum Bleiben ein.

„Ja? Und Sie?"

Caía zuckte mit den Schultern und schaute weg. „Nun ja ... ich habe ... dort ... eine Zeitlang gelebt ... mein Sohn ..." Sie schaute hinunter auf ihre Füße. „Er ist gestorben."

Marta hob ihre Finger an die Lippen. Traurig kniff sie die Augen zusammen und einen Augenblick lang befürchtete Caía, dass sie in Tränen ausbrechen würde.

„Es tut mir so leid, das zu hören", sagte Marta und ein vertrauter Kloß bildete sich in Caías Hals. Seit Monaten hatte sie nicht mehr so offen über Jacks Tod gesprochen und sie schluckte die Gefühle hinunter, die drohten, sie zu ersticken.

Ihre Blicke trafen sich und Martas war ungemein ausdrucksstark. „Es tut mir so leid. Keine Mutter sollte ihr Kind überleben", sagte sie. „Es ist schon schlimm, einen Ehemann zu verlieren, aber noch furchtbarer, ein Kind zu verlieren. Wie heißt Ihr Sohn?"

Heißt hatte sie gesagt. Heißt.

Martas Englisch war außergewöhnlich gut, obwohl die Zeiten für ihre Schwierigkeit berüchtigt waren. Trotzdem tröstete Caía die Gegenwartsform in der Frage, obwohl ihr klar war, dass es ein Fehler sein musste. Sie war dankbar für die Gelegenheit, über Jack in der Gegenwartsform zu sprechen und antwortete: „Jack."

„In meiner Sprache ist das Joaquín, glaube ich."

„Joaquín?", sagte Caía und testete die Aussprache. Der Klang gefiel ihr.

„Ja, ich glaube schon."

Zusammen verließen sie den Händler und keine von beiden war wirklich bereit, die Unterhaltung zu beenden und lange Zeit starrten die beiden Frauen sich nur unbehaglich und doch vertraut auf eine Art und Weise an, die Caía nicht erklären konnte. Was auch immer sie gesucht hatte, als sie sich aufgemacht hatte, um Marta zu verfolgen, das hier war es nicht, aber dies war etwas; etwas, von dem Caía bis zu diesem Augenblick, in dem sie sich dem aufrichtigen Mitleid einer Fremden gegenübersah, gar nicht gewusst hatte, dass sie es so sehr brauchte.

Das Schweigen zwischen ihnen wurde länger, war aber nicht unangenehm. In der Mitte jenes Marktes mit seinen vorbeieilenden Menschen teilten sie eine seltsame Verbindung.

„Eines Tages möchte ich mit meiner Laura nach Chicago reisen", sagte Marta.

Laura.

Das musste der Name des kleinen Mädchens sein, das Nick Kelly jeden Tag zur Schule begleitete. Unerklärlicherweise verspürte Caía ein heftiges und unabwendbares, beschützerisches Verhalten Mutter und Tochter gegenüber, und während sie dort stand, ließ Marta ihr Baguette fallen und Caía griff danach und fing es, bevor es auf den schmutzigen Boden fiel. „Hier, lassen Sie mich Ihnen helfen." Sie steckte das Brot unter ihren Arm und streckte die Hand aus, um Marta noch mehr abzunehmen, so dass diese die Hände frei hatte, ihren Einkaufskorb festzuhalten. „Er ist schwer", sagte Caía und war vom Gewicht des braunen Beutels überrascht.

Marta lächelte erneut. „Aceite de oliva", erklärte sie. „Meine Freundin María bestellt immer das Beste aus Baena und heute Abend will ich eine Paella zum fiesta de cumpleaños meiner Laura kochen."

„Oh. Nun ... dann sollte ich auch etwas davon kaufen", sagte Caía. Sie sollte nicht so eine Verbundenheit mit dieser Frau spüren, aber es war so. „Man kann nie genug Olivenöl haben, sage ich immer."

„Ja, das stimmt. Bitte, Sie müssen mir erlauben, Ihnen richtig zu danken. Marías Geschäft ist ganz in der Nähe." Sie griff nach Caías Arm und drückte ihn leicht. „Warten Sie bitte kurz auf mich", wies sie sie an und wandte sich wieder dem Händler zu, bei dem sie zwei Dutzend mejillones bestellte. Lächelnd füllte die Frau Martas Muscheln in eine Tüte, band diese zu und reichte sie Marta, die sie dann in ihren Einkaufskorb legte. „¿Cuánto es?", fragte sie die Frau hinter der Theke.

„Doce", sagte die Händlerin und Marta nahm ein

Bündel Geldscheine und Münzen aus der vorderen Jeanstasche, zählte zwölf Euro ab und reichte sie der Frau. Die Frau dankte Marta und diese wandte sich Caía zu und hakte sich vertraut unter dem Arm ein. „Venga", forderte sie, „kommen Sie mit. Das ist das Beste, was ich für meine neue Freundin aus Chicago tun kann."

Und das war das.

Offen und mitteilsam schwatzte Marta weiter über ihre Liebe zu der Stadt, in der sie geboren wurde. Sie wechselte mühelos vom Englischen ins Spanische und zurück und verwendete manchmal sogar beides in einem Satz. Dabei erklärte sie, dass Jeréz ein wunderbarer Ort zum Leben war.

Ob Caía überlegte, hierher zu ziehen? Wie aufregend! Barrio Santiago war die berühmteste Flamenco-Gegend „en todo el mundo". Und natürlich war sie die Welthauptstadt des Sherrys, was bedeutete, wenn er nicht in Jeréz hergestellt wurde, war es kein Sherry. Und außerdem besaßen ihre Freunde eine Bodega in der Stadt; vielleicht war Caía ja schon dagewesen. Wenn nicht, würde sie liebend gern mit ihr hingehen. Was das Olivenöl betraf, gab es einfach kein besseres als das, was in Baena, einem winzigen Dorf in der Provinz Córdoba nahe dem Fluss Marbella produziert wurde. "Un pueblecito muy bonito", sagte Marta. Obwohl sie Andalusien noch nie verlassen hatte, musste sie nirgendwo anders hingehen, um gutes Olivenöl zu erkennen. „Caía, waren Sie schon auf der Plaza de España in Sevilla?", fragte sie übergangslos. „Wenn nicht, müssen Sie dort schon bald hin. Dort habe ich meinen Mann und seinen Bruder kennengelernt. Nico ist so ein guter Mann", sagte sie. „Es wäre schön, wenn sie ihn kennenlernen würden."

Nico, hatte sie gesagt. Nick. Und als sie seinen

Namen hörte, brauchte Caía einen verwirrenden Augenblick, bis sie reagieren konnte. „Ja, ganz bestimmt."

Sie schmeckte die Galle hinten im Hals. „Ich würde ... ihn sehr gern ... kennenlernen."

„Wirklich?"

„Ja, warum nicht?"

"¡Maravilloso!", rief Marta. „Sie kommen beide aus Chicago. Wie seltsam die Welt, in der wir leben, doch ist, nicht wahr?"

„Ja", stimmte Caía zu. „Ziemlich seltsam."

Ihr war sehr bewusst, dass sie ihren Arm bei ihr eingehakt hatte, während sie die Straße entlang gingen und unablässig schwatzten - oder viel mehr schwatzte Marta immer weiter und ahnte nicht, dass Caía genau wusste, wo sie ihr Öl holte. Sie kamen am Laden vorbei und Caía erstarrte, als sie vorbeigingen, ohne anzuhalten.

Marta war so in ihrer Unterhaltung vertieft und aufgeregt angesichts der Aussicht, dass Caía ihren „Nico" kennenlernen würde, dass sie nicht einmal daran dachte, dass die Vertrautheit ihres Spaziergangs Caía unangenehm sein könnte. Warum auch? Sie kamen an anderen Frauen vorbei, die Arm in Arm gingen und sogar Händchen hielten. Caía sehnte sich danach, sich zu lösen, aber ein Teil von ihr hielt sich dankbar an dieser freundschaftlichen Geste fest. Sogar Lucy hatte sich von Caía zurückgezogen, da sie Caías endlose Grübeleien über Jack und dass Caía Nick Kelly für seinen Tod verantwortlich machte, nicht mehr hören wollte. Der Tag, an dem Caía ihr gesagt hatte, dass sie nach Spanien fahren wollte, war das letzte Mal gewesen, dass sie miteinander gesprochen hatten.

„Caía, warum kannst du dich nicht damit abfinden?", hatte Lucy gefragt und Caía war vor Wut explodiert.

„Mich mit was abfinden, Lucy? Dem Tod meines Sohnes?! Ich habe doch keine andere Wahl, oder? Er ist weg und der Mistkerl ist schuld."

Das tiefe, unerträgliche Schweigen, das dann folgte, zerstörte viele Jahre ihrer Freundschaft. Und dann sagte Lucy: „Das geht nicht gut aus, Caía." Aber Lucy konnte das unmöglich verstehen. Sie und ihr Mann hatten nie Kinder gewollt. Das war immer ein Streitpunkt zwischen ihnen gewesen, weil Lucy sich verurteilt fühlte, da sie fälschlicherweise glaubte, dass Caía sie geringschätzte, weil sie keine Lust zum Windeln wechseln hatte. Aber das stimmte nicht. „Ich muss gehen", sagte sie und meinte damit nach Spanien, aber Lucy verstand es als Ausweg aus dem Gespräch.

„Ja, ich auch. Ich muss noch Dinge erledigen."

„Was für Dinge?", hatte Caía fragen wollen, tat es aber nicht. Sie legten den Hörer auf und das war die letzte Unterhaltung, die sie geführt hatten.

Unerklärlicherweise fühlte Caía sich bei Marta wohler als sie sich nach Jacks Geburt bei Lucy gefühlt hatte.

Während sie die gepflasterte Straße entlang gingen, die von sehr alten, aufwändigen Gebäuden gesäumt war, erfuhr Caía, dass Martas Ururgroßvater Botschafter in Portugal gewesen war. Ihr Urgroßvater hatte das Haus in der Calle Lealas gebaut. Aber während der Franco-Diktatur hatte die Familie es verloren. Ihr Vater kaufte es in den Achtzigern und hinterließ es Marta, als er starb. Caía hörte in erster Linie zu und saugte die Informationen auf, die Marta ihr so bereitwillig mitteilte. Viele ihrer Fragen wurden beantwortet, ohne dass Caía auch nur ein Wort sagen musste. Aber nicht nur Marta schüttete ihr Herz aus. Das Verlangen, sich zu offenbaren war so stark, dass Caía Marta von ihrer Scheidung und der bitteren Enttäuschung erzählte, die sie gespürt hatte, als Gregg sich als Schönwetter-Ehemann entpuppte.

„Also sind Sie wegen Ihrer Scheidung nach Spanien gekommen?"

Caía atmete scharf ein und langsam wieder aus. „Zum Teil." „Nun, meine Freundin, Jeréz wird gut für Sie sein. Wie lange werden Sie bleiben?"

Caía atmete erneut tief durch. „Ich weiß es nicht."

Und dann blieb Marta plötzlich stehen und stampfte mit dem Fuß auf den Boden. „Coño", sagte sie eindringlich. „Ich habe vergessen, Sie zu Marías Laden zu bringen. Sehen Sie, dass ich ein Gedächtnis wie ein Sieb habe?" Sie legte eine Hand an die Schläfe und machte das allgemein gültige Zeichen für verrückt, aber wenn dies schon verrückt war, dann war das, was Caía tat, feststellbarer Wahnsinn.

Nichtsdestotrotz war Caía so vertieft in ihre Unterhaltung gewesen, dass sie gar nicht gemerkt hatte, wo sie stehengeblieben waren - vor dem Supermarkt gegenüber dem Haus.

„Bueno mañana", sagte Marta und wieder streckte sie die Hand aus, um Caías Arm zu drücken. „Heute Abend müssen Sie zu mir zum Paella-Essen kommen. Ich werde Sie Laura und Nico vorstellen. Sí?"

Überrascht von der Einladung öffnete Caía den Mund, um zu sprechen, brachte aber kein Wort heraus.

Marta missverstand ihre Reaktion und beharrte: „Ja, meine Liebe, Sie müssen unbedingt kommen. Es wird Unmengen zu essen geben und meine Tochter würde sicherlich gern ihre Englischkenntnisse an Ihnen ausprobieren. Bitte sagen Sie ja."

"Schon gut", sagte Caía und kämpfte gegen das überwältigende Verlangen, zu dem Haus auf der anderen Straßenseite zu blicken, um zu sehen, ob ein verstörend vertrautes Gesicht vom Balkon oben herabschaute.

Marta bemerkte ihren inneren Aufruhr gar nicht und grinste über das ganze Gesicht. Ihre Augen funkelten wie schwarze Diamanten. „Bueno, chica, aqui está mi casa", sagte sie, hob ihr Kinn und neigte den Kopf in Richtung Nr.5 Calle Lealas. „Das Abendessen wird um acht serviert, aber sie können jetzt gern schon mitkommen und ein Glas Sherry mit uns trinken."

„Jetzt?"

Sie nickte einmal mit Nachdruck. „Claro."

So etwas wie Feuerameisen krabbelten in Caías Magen. „Also, nein ... ich kann nicht—" Sie schüttelte den Kopf. „Jetzt nicht, aber ich komme heute Abend ... um acht? Ich muss noch einige Einkäufe ... erledigen."

Marta schlug sich mit der Hand gegen die Stirn. „Ach ja. Ja natürlich", sagte sie. „Weil ich Sie vom Markt weggeführt habe, bevor Sie fertig waren. Es tut mir leid, Caía, aber dann müssen Sie um acht kommen, si?"

„Ja", antwortete Caía und lächelte gezwungen.

Marta ergriff ihren Arm dieses Mal mit noch mehr Enthusiasmus. „Que bien. Ich werde Sie erwarten." Und dann küsste sie Caía einmal auf jede Wange, wie sie es bei ihrer Freundin beim Olivenölladen gemacht hatte. Sie wandte sich ab und Caía schaute ihr nach, winkte, wenn sie es tat und schaute nicht einmal zu dem Balkon über ihrer Haustür, wo eine Männergestalt neben einem kleinen Mädchen stand.

Caía hörte ihre Stimmen, als sie sich abwandte, schnelle Worte von Marta und die ruhige Antwort des

Mannes. Ein glückliches Kind. Die vertrauten Klänge zerrten an Caías Herz. Jetzt endlich hatte sie die Gelegenheit, dem Mann gegenüberzutreten, der ihren Sohn getötet hatte.

Mission erfüllt, oder?

Warum fühlte sie sich also so verängstigt?

Sprich mit mir Jack. Glaubst du, dass ich verrückt bin?

Caía spürte drei Paar Augen auf ihrem Rücken und sie eilte davon, bevor Marta sie zurückrufen konnte.

Chicago, Montag, 13. Juni 2016

Caía

„Was machst du da?"

„Hausaufgaben."

„Das sieht mir nicht nach Hausaufgaben aus", sagte Caía zu ihrem Sohn, als sie über seine Schulter auf den Computer-Bildschirm blickte, nur um zu verifizieren, dass das, was sie auf ihrem iPad gesehen hatte, stimmte. Er schaute sich wieder das Skateboard an, das mit dem marmorierten Mond. Caía hatte es ihm schon zu seinem Geburtstag zusammen mit dem Überraschungsgeschenk gekauft, aber das konnte er nicht wissen. Sein zwölf Jahre altes Hirn, das jetzt bald dreizehn werden würde, konnte eins und eins nicht zusammenzählen. Sie konnte alles sehen, was er tat. Da ihre Computer über Caías Konto verbunden waren, brauchte sie in ihrem Suchfeld nur das kleine Symbol anklicken und dann konnte sie sehen, auf welchen Seiten Jack in seinem Zimmer surfte. Auf diese Art und Weise hatte sie entschieden, welches Skateboard sie ihm zum Geburtstag kaufen wollte. Aber seine Schulnoten hatten sich verschlechtert und daher sollte er den Computer vielleicht nicht in seinem Zimmer stehen haben, wenn er nicht konzentriert arbeiten konnte. „Steh auf", forderte sie ihn auf.

Bei diesem Befehl schaute er verstört hoch. „Mama?"

„Steh auf, Jack. Wir stellen deinen Computer woanders hin."

„Wohin?"

„In die Küche."

„Mama", beschwerte er sich. „Ich bin noch nicht fertig mit meinen Hausaufgaben."

„Das ist mir egal. Wir machen das jetzt. Aufstehen", forderte Caía ihn auf.

„Mama!"

„Ich werde nicht mit dir herumdiskutieren, Jack. Wir stellen diesen Computer in die Küche, wo ich dich im Auge habe, während ich koche."

„Warum?"

„Weil ich es sage." Es war keine vernünftige Antwort, aber wenn Jack noch nicht herausgefunden hatte, wie sie ihn erwischt hatte, wollte sie es ihm jetzt nicht verraten. Er saß immer noch da und schaute Caía mit offenem Mund an, als wenn er diskutieren wollte und es sich dann anders überlegt hätte.

Caía war froh, dass er jetzt noch nicht so weit war, um mit ihr zu streiten, aber sie wusste, dass der Streit auf sie zukommen würde. Sie spürte es an seinem Verhalten, das jeden Tag ein wenig schlimmer wurde. Es könnte an seinem Alter liegen oder dem Einfluss ihres Mannes und wenn das der Fall war, würde sie noch wütender auf Gregg sein, dass er ihren Sohn gegen sie aufgebracht hatte.

Aber vielleicht machte er es ja nicht absichtlich. Gregg spielte gern den Guten und überließ Caía die disziplinarischen Maßnahmen. Er war ein abwesender Vater und Ehemann und nur Gott wusste, dass Caía die Nase voll davon hatte. Sie fegte ins Zimmer und zog den Stecker des Computers, ohne ihn herunterzufahren.

„Papa sagt, dass man das nicht tun darf", sagte Jack und seine pubertierende Stimme brach leicht. „Du machst ihn kaputt. Man muss ihn erst herunterfahren, bevor man ihn aussteckt."

„Es ist mir gleich, was dein Vater sagt."

Jack sprang von seinem Stuhl auf und ging ihr aus dem Weg und streckte die Hände aus, als wenn Caía ihn durchsuchen wollte. „Das ist unfair", sagte er melodramatisch.

„Es ist unfair, dass du nicht in der Lage bist, Regeln zu befolgen, sonst nichts. Jetzt beweg dich", sagte sie und trat gegen seinen Stuhl, damit dieser aus dem Weg rollte. Sie nahm den Computer, um ihn wegzutragen. „Bring die Tastatur mit."

„Mama!", rief er hinter ihr her, als sie den Monitor aus seinem Zimmer trug. „Ich will nicht in der Küche sein."

„Dein Problem. Daran hättest du vorher denken sollen." „Vor was? Ich habe Hausaufgaben gemacht", jammerte er. „Ja, das habe ich gesehen." Es war einerlei, dass sie die Synchronisierung bei der Suche nach seinem Geburtstagsgeschenk nützlich gefunden hatte. Sie überlegte beiläufig, ob er es sich wohl zusammenreimen würde, wie sie es erfahren hatte, wenn er übermorgen seine Geschenke auspackte. Würde sie es ihm dann verraten? *Wahrscheinlich nicht.* Früher oder später würde er es von allein herausbekommen.

„Du sagst immer, dass du mir vertraust, aber das stimmt gar nicht."

Caía ignorierte die spitze Bemerkung. „Vertrauen muss man sich verdienen", sagte sie und brachte den Computer in die Küche, wo sie ihn auf der Theke absetzte. Sie begann, den kleinen Schreibbereich, wo sie ihre Kochbücher aufbewahrte, leerzuräumen.

Sein Vater war mit Sicherheit nicht vertrauenswürdig. Caía würde es verdammt noch mal nicht zulassen, dass ihr Sohn auch so wurde. Sie konnte nicht beweisen, dass Gregg sie betrog, aber ihr Bauchgefühl sagte ihr, dass dem so war. Warum verbrachte er sonst so viel Zeit im Sportstudio? An jenem Tag hatten sie seine Trainerin getroffen. Wie hieß sie noch? Lindsey - sie war nervös und konnte niemandem außer Gregg in die Augen schauen. Tief in ihrem Inneren wusste Caía, was das bedeutete. Natürlich hatte Gregg es abgestritten, aber Caía verstand endlich, warum er sich so plötzlich für seine Muckis interessiert hatte. Sie konnte schon nicht mehr zählen, wie oft er seine Muskeln vor dem Spiegel anspannte, bevor er zur Arbeit ging. Die Situation war so klischeehaft. Er konnte sie noch nicht einmal auf eine neue und phantasievolle Art und Weise betrügen.

Lange Zeit kam Jack nicht nach. Sie zählte bis zehn, dann bis zwanzig und hoffte, dass er tat, was sie ihm aufgetragen hatte und ihr die Tastatur brachte. Wenn sie diese selbst holen müsste, würde sie ihn schimpfen und das wollte sie zwei Tage vor seinem Geburtstag nicht tun. Glücklicherweise kam Jack gerade, als sie das letzte Kochbuch von der Theke räumte. Er knallte die Tastatur auf die Theke neben den Computer. Das Zerbrechen von Plastik und Metall auf dem Granit ließ sie zusammenzucken.

„Es ist ungerecht", sagte er erneut. „Papa hat

Recht. Du bist—" Caía drehte sich um und stemmte beide Hände in die Hüften. „Ich bin ... was?", fragte sie ganz ruhig. Wenn er es wagte, das Wort zu verwenden, das sein Vater benutzt hatte, würde sie ausrasten.

„Egal", sagte Jack und stapfte in Richtung Wohnzimmer davon.

„Nein! Geh in dein Zimmer", forderte Caía ihn auf.

Er blieb stehen und drehte sich in die andere Richtung seinem Zimmer zu. „Warum kannst du nicht wie Papa sein?", fragte er vom Flur aus und Caías Gesicht wurde heiß. Sie hörte seine Tür knallen, schloss die Augen und atmete tief durch.

Warum konnte sie nicht wie sein Vater sein? Oh je. Warum konnte sie nicht mehr wie sein Vater sein?

Ihr Gesicht glühte wie Kohle, als sie sich dazu zwang, sich ruhig umzudrehen. Sie nahm den Computer von der Theke und stellte ihn auf den Küchenarbeitstisch. Dann nahm sie die Tastatur und inspizierte sie. Als sie sah, dass sie in Ordnung war, stellte sie sie neben den Computer und stellte ihn an, wobei sie auf die Tasten tippte, um sicherzustellen, dass die Tastatur nicht kaputt war.

So dünn und zerbrechlich die Tastatur auch erschien, war sie doch wesentlich haltbarer, als sie gedacht hätte. *Wie Caía vielleicht. Wie Jack. Was auch immer passierte, sie würden es überstehen. Alles würde irgendwie gut werden. Caía würde dafür sorgen. Sie lehnte sich zurück an die Theke und erinnerte sich an Jack mit zwei Jahren mit seinen ausgestreckten, pummeligen Ärmchen und dann sehnte sie sich zu einfacheren Zeiten zurück. Die Erinnerung trieb sie wieder in Richtung seines Zimmers.*

Der Computer würde in der Küche bleiben müssen, aber ihr Sohn brauchte wahrscheinlich eine Umarmung ebenso sehr wie sie. Barfuß ging sie zurück zu seinem Zimmer und klopfte an seine Tür.

„Jack", sagte sie. Er antwortete nicht und Caía drehte den Knopf.

Er saß mit mürrischem und zornigem Gesicht an seinem leeren Schreibtisch und hielt sein altes Skateboard in der Hand, wobei er wütend die Räder drehte. So deprimiert er jetzt auch aussah, in nur wenigen Tagen würde er beim Anblick seines funkelnagelneuen Skateboards über das ganze Gesicht grinsen. Im Augenblick war es noch verpackt unter ihrem Bett versteckt und war bereit, offenbart zu werden. Im Gegensatz zu ihr hatte sein Vater sich wahrscheinlich nicht die Mühe gemacht, irgendetwas zu kaufen. Er hatte wahrscheinlich noch nicht einmal eine Karte besorgt. Er würde vorgeben, an Caías Geschenk beteiligt zu sein und Caía würde es zulassen, weil sie ihren Sohn nicht enttäuscht sehen wollte. Sie lächelte. „Wie wäre es, wenn wir heute Abend Pizza essen gehen? Ich habe jetzt keine Lust mehr zu kochen."

Jack zuckte mit den Schultern, aber sie konnte an dem Seitenblick, den er ihr zuwarf, sehen, dass sie sein Interesse geweckt hatte. „Was ist mit Papa?"

„Papa kommt erst spät und dann kann er für sich selbst sorgen." Jack zuckte wieder mit den Schultern. „Ich habe noch Hausaufgaben."

„Ich helfe dir, wenn wir nach Hause kommen."

„Ich brauche keine Hilfe, Mama."

Caía ging in Jacks Zimmer hinein und legte eine Hand auf die Schulter ihres Sohnes. „Umso besser. Wir kommen früh genug nach Hause, dass du sie dann fertig machen kannst und ich gehe ein Buch lesen."

„In Ordnung", sagte er und zuckte mit den Schultern, aber nicht genug, um ihre Hand abzuschütteln.

„Und dann hältst du dich in der Küche auf, um mir nachzuspionieren?"

„Hast du etwas zu verbergen, Jack?"

„Nein."

„Nun, dann nicht. Wie wäre es also mit einem Waffenstillstand?"

Zögerlich nickte Jack. „In Ordnung", sagte er und legte einen Arm um ihre Taille, wobei das Skateboard immer noch an seinen Fingern hing. „Können wir zu dem Restaurant in der North Clark Street gehen, wo die Pizza so gut ist?" Seine Stimme brach und Caía zog ihn näher an sich und umarmte ihn fest, wobei sie den vertrauten Duft seines Haars einatmete. Was konnte einem besseres im Leben widerfahren, als seinem Sohn beim Pizzaessen gegenüber zu sitzen? Ganz gleich, was passierte, sie könnte nichts bereuen. Die Ehe mit Gregg hatte ihr dieses Kind beschert. Ihr ganzer Stolz. Die wahre Liebe ihres Lebens.

„Ja", sagte sie.

„Ich brauche ein neues Skateboard", sagte er, löste sich aus der Umarmung und stellte sein mitgenommenes Brett auf den Boden unter den Schreibtisch. „Meine Räder sind kaputt."

„Mal sehen", sagte Caía lächelnd.

5

Gegen ewige Ungerechtigkeit muss der Mensch der Gerechtigkeit Geltung verschaffen.

— Albert Camus

Chicago, Mittwoch,15. Juni 2016

Nick

Verkatert machte Nick sich auf den Weg ins Büro.
Um Viertel vor acht waren die Lichter bereits eingeschaltet und irgendwo wurde auf einer Tastatur getippt, aber wieder saß Amy nicht an ihrem Schreibtisch. Es sah ihr gar nicht ähnlich, zwei Tage hintereinander zu spät zu kommen und er dachte, dass sie vielleicht die Spannung spürte. Heute Morgen wollte er als erstes mit ihr sprechen. Gut, dass Sam bereits an der Versetzung arbeitete.

In seinem Büro stellte er seine Aktentasche ab, ohne die Lichter anzuschalten und dann ging er zu seinem Schreibtisch und bewegte die Maus auf dem Pad, um den Bildschirm zu erwecken. Er war genau da, wo er gestern Abend aufgehört hatte, auf der TravelBot-Seite. Der Flug nach Spanien würde ungefähr 1.100 Dollar kosten. Und wäre günstiger, wenn er einen Monat im Voraus buchen würde und teurer, wenn er dieses Wochenende abreiste ...

Er saß da auf seinen Stuhl zurückgelehnt mit ausgestreckten Beinen und starrte auf den Bildschirm.

Licht schien in hauchdünnen Strichen durch die geschlossenen Jalousien und warf ein Muster auf den grauen Teppichboden.

Der Flug, den er sich ausgesucht hatte, war wahrscheinlich nicht mehr realisierbar. Nachdem er den Computer aus dem Schlafmodus geweckt hatte, war er sich sicher, dass eine Aktualisierung ihn zur Suchmaschine auf der Seite führen würde, aber er tat erst einmal nichts, noch nicht ... weil er dann gezwungen wäre, eine weitere Suche vorzunehmen und was brachte das, solange er nicht wusste, was er tun sollte?

Sich zu drücken brachte niemanden weiter, aber es war schließlich sein Bruder, der sich kopfüber ins Leben stürzte. Nick hatte weder seine Stärke noch seine natürliche Neigung, es mit allen Mächten aufzunehmen. Tief in seinem Inneren hatte er Sodbrennen vor lauter Selbstvorwürfen. Eines war auf jeden Fall sicher; er war zu abgelenkt, um zu arbeiten.

Vielleicht hatte Sam Recht, dass er sich Sorgen machte.

Martas Gesicht mit ihren warmen, schokoladenbraunen Augen, die so voller Liebe und Akzeptanz waren, blitzte in seinem Kopf auf. Sie war genau die Art von Frau, die Nick sich immer für sich selbst gewünscht hatte. Er und Jimmy hatten sie am gleichen Tag auf einer Parkbank in der Nähe der Plaza de España kennengelernt; dort hatte sie für Prüfungen gelernt. Ihre Persönlichkeit war so herzlich und feurig und ihre Aussprache ... Nick hatte sie von Anfang an angehimmelt. Sie hatte diese wunderbar archaische Art zu sprechen, insbesondere, wenn sie Englisch sprach. Formal, aber freundlich und trotzdem konnte sie fluchen wie ein Seemann. Wenn Nick ihren hauchdünnen Schal gefangen hätte, wäre er vielleicht mit ihr zusammengekommen.

Wem machte er hier was vor? Er musste los. Und doch starrte er noch gut dreißig Minuten länger auf den Bildschirm, nur um sicher zu sein. Er blickte auf die Uhr und sah, dass es nun drei nach acht war; also stand er auf und ging den Flur entlang zu Sams Büro.

„Hallo", sagte er, als er nach dem Klopfen Sams Tür öffnete. „Bist du beschäftigt?"

Sam war einen Augenblick überrascht und drehte sofort ein Dokument um. „Nö", antwortete er. „Komm rein."

Zwiespältig stand Nick einen Augenblick in der Tür, trat dann ein und schloss die Tür. Sein Chef und zukünftiger Partner musterte ihn, während er sich auf den Sessel ihm gegenübersetzte.

Der Schreibtisch hatte die Form eines Fragezeichens und stand mitten im Raum. Mit seinen Intarsien aus exotischem Holz und den Maserungen war der Schreibtisch mindestens doppelt so teuer wie Nicks. Tatsächlich war der, den sie vor kurzem in Paul Savants Büro gestellt hatten, ähnlich aufwändig gearbeitet. Nick brachte mehr Klienten und wichtiger noch, er machte sie glücklich, aber Paul arbeitete an einem besonders einträglichen Konto. Nick traute ihm durchaus zu, dass er angedeutet hatte, es woanders mit hinzunehmen, wenn er nicht zum Partner befördert würde. Sam war gierig genug, dem nachzugeben. Offensichtlich war ihre Freundschaft ein zweischneidiges Schwert. Scheinbar ging Sam davon aus, dass Nick bleiben würde.

Alexander Dumas sagte einst: „Im Geschäftsleben gibt es keine Freunde, sondern nur Korrespondenten." Nick spürte die Wahrheit in diesen Worten, als er auf das Dokument blickte, das Sam umgedreht hatte.

Sam schob es unter seinen Bildschirm. „Wenn man dein Gesicht so betrachtet, muss es sich um etwas Ernstes handeln. Also, wenn es wegen Amy ist, mache dir keine Gedanken. Wie es aussieht, würde Paul sie gern übernehmen. Sein Mädchen geht bald in den Mutterschutz."

Nick faltete die Hände und legte seine Zeigefinger zu einer Pyramide zusammen und hob eine Augenbraue, als sein Rivale für die Beförderung genannt wurde.

Sam rieb sich das Kinn. Nicks Gegenwart wühlte ihn an diesem Morgen auf. Tatsächlich war Paul genau die Art von Mann, der es in dieser Branche weit bringen würde. Ihre Transaktionen waren nicht kriminell, aber man brauchte schon eine gewisse Begabung, einer sechzigjährigen Witwe ins Gesicht zu schauen, das Geld aus der Lebensversicherung ihres Mannes zu nehmen und es in riskante Investitionen zu versenken. „Er ist beispielhaft", stimmte Nick zu und Sam bemerkte seinen Tonfall sehr wohl. Wieder blickte Nick auf das Dokument, das Sam umgedreht hatte, und Sam fing seinen Blick ab.

„Hey Nick ... du weißt doch, dass es ebenso wie bei dir einen Grund gibt, dass er noch nicht zum Partner befördert wurde ..."

Nick schüttelte den Kopf und ihm wurde klar, dass er seine Entscheidung bereits gefällt hatte. „Es geht hier nicht um Paul, Sam. Und auch nicht um Amy." Sam streckte die Hand aus und klickte den Knopf auf seiner Maus zwei oder drei Mal. Und dann nahm er schließlich das Dokument von seinem Schreibtisch und legte es außer Sichtweite in eine Schreibtischschublade. „Also gut", sagte er. „Sprich." „Ich fliege nach Spanien."

Das war eindeutig nicht, was Sam erwartet hatte. Er runzelte die Stirn. „Für wie lange?"

„Ich weiß es nicht."

„Jimmy?"

Nick nickte und Sam tat es ihm nach.

„Alles klar. Und wann kommst du dann zurück?" „Ich weiß es nicht."

„Nick ..." Sam schaute ihn bedeutungsvoll an. „Du weißt ja, dass ich für nichts garantieren kann, wenn du lange wegbleibst. Die Partner sind nervös."

„Ich verstehe", sagte Nick. „Mach dir keine Gedanken deswegen."

„Was ist mit dem Vierteljahresbericht für das Busch-Konto?"

Nicks größtes und penibelstes Konto. Obwohl sie Nick mochten, drohten sie mindestens zwei Mal im Jahr zu kündigen und sie blieben dann eigentlich nur wegen Nick. Sam verstand die Herausforderung. „Übergebe es an Paul."

Sam hatte vielleicht das Gefühl, das seine Partner-Entscheidung durchkreuzt worden war, aber jetzt war Zorn in seinem Gesicht zu sehen. Er hielt lieber die Fäden in der Hand. „In Ordnung", sagte er. „Gibt es noch etwas, was ich tun kann?" Nick stand auf. „Nein", antwortete er. „Das ist etwas, was ich allein regeln muss."

„Alles klar."

Dieses Mal waren die beiden kurzen Worte eine Verabschiedung. Nick wandte sich zum Gehen, drehte sich aber noch einmal um.

„Hey, besetze Amys Stelle nicht", sagte er für den Fall, dass Sam ihn falsch verstanden hatte.

Und das machte es unmissverständlich klar. Sam nickte erneut und sah dabei aus wie ein Wackel-Dackel im Auto. Und dann schüttelte er seinen Kopf, als wenn Nick einen großen Fehler begehen würde. „Bist du dir sicher, Nick?"

„Ich bin mir ganz sicher."

„Ja dann. Wenn du dir sicher bist."

„Ich bin mir ganz sicher", wiederholte Nick und verließ das Büro, bevor er ins Wanken geraten und seine Meinung ändern könnte. Er ging hinaus und fühlte sich so erleichtert, wie schon seit Jahren nicht mehr. *Scheiß auf das Haus in Roscoe Village. Scheiß auf den BMW. Scheiß auf die Beförderung zum Partner.*

Er ging zurück in sein Büro und weckte seinen Computer auf. Weniger als eine Minute lang saß er da und starrte auf den Bildschirm und dachte ein letztes Mal sicherheitshalber über seine Entscheidung nach. Als ihm kein Grund einfiel, es nicht zu tun, führte er eine weitere Suche nach Flügen durch - die gleiche Suche wie am Abend zuvor. Er fand den Flug, den er wollte, und so entschlossen wie schon seit Monaten nicht kaufte er ein Ticket. Jetzt gab es keine Zwiespältigkeit mehr. Er war fokussiert und getrieben.

Er machte sich nicht die Mühe, seinen Schreibtisch auszuräumen. Sam würde sich darum kümmern. Schließlich würden sie einen Boten mit seinen Habseligkeiten schicken, falls es so weit kam. Aber er wusste bereits, dass es dazu kommen würde.

Er griff nach seiner zu eng gewordenen Jacke auf der Rückenlehne seines Stuhls und verließ das Büro noch vor der Mittagspause. Anstatt herumzulungern und im Gebäude zu essen, ging er direkt zu seinem Auto und wollte auf dem schnellsten Weg nach Hause und packen. Das Essen konnte warten. Zum ersten Mal seit langer Zeit spürte er den Mut der eigenen Überzeugungen - oder vielmehr von Jimmys Überzeugungen. Er hatte Nick erzogen und für Nicks Ausbildung bezahlt. Jimmy stand neben ihm, als ihre Mutter starb und ihr Vater abhaute. Jetzt war es Nicks Aufgabe, neben seinem sterbenden Bruder zu stehen.

Im Parkhaus schloss er das Auto auf und fühlte sich nervös. Er fischte sein Handy aus der Tasche und überlegte, was er Marta sagen würde ... aber nein, die Unterhaltung konnte warten. Wenn er es ihr erzählte, würde sie es sofort Jimmy weitersagen und Jimmy würde wütend auf Nick sein, dass dieser sein Leben auf Eis legte. Nein, diese Unterhaltung würde er lieber persönlich führen.

Sechs Monate lang hatte sein Bruder seine Krankheit geheim gehalten und Marta verboten, ihm davon zu erzählen. Aber er hatte nun eine sichere Prognose und keine Zeit mehr für irgendwelchen Unsinn.

Er warf das Handy auf den Beifahrersitz und ärgerte sich ein wenig, dass er sich nicht die Mühe gemacht hatte, es mit dem System im Auto zu verbinden. Er warf seine Jacke auf den Rücksitz und machte sich keine Gedanken darüber, dass der Stoff knittern würde. „Halte durch, Bruderherz, ich komme", sagte er und schlüpfte hinter das Steuer seines Autos.

Er hatte es nun eilig, nach Hause zu kommen, fuhr aus dem Parkhaus und drückte aufs Gas, wenn auch nicht allzu sehr; tief in seinem Magen baute sich die Aufregung langsam auf. Es handelte sich eigentlich nicht um Freude, weil er wusste, dass es nicht einfach werden würde. Schließlich musste man nicht jeden Tag einen Bruder beobachten, der an Krebs starb. Aber er fühlte sich gut mit seiner Entscheidung, weil er dieses Mal endlich etwas für einen anderen Menschen tat.

Er war die Straße schon zur Hälfte entlanggefahren, als das Handy auf dem Beifahrersitz klingelte. Eine Sekunde lang schaute er hinüber. Es war Jimmys Klingelton, aber jetzt war nicht der richtige Zeitpunkt, um zu sprechen. Nicht mehr als einen Sekundenbruchteil später wandte er sich um. Die Ampel war noch grün. Eine verschwommene Bewegung tauchte vor seinem Auto auf - ein Junge auf einem Skateboard.

Nick stand auf der Bremse. Die Front des Autos schoss nach vorn. Sein Handy flog vom Sitz gegen das Armaturenbrett. Es dauerte nur Sekunden, passierte aber in Zeitlupe. Das entsetzte Gesicht des Jungen. Die geweiteten, hellblauen Augen und der zuckende Mund. Es war ein ekelhafter Knall: Das Geräusch, wie Fleisch und Knochen des Jungen zerbrachen, als er hoch über Nicks Haube flog. Die Stirn des Jungen zerbarst an seiner Windschutzscheibe und hinterließ ein rot-weißes Durcheinander. Es passierte so schnell. In einem Augenblick hatte Nick sich zu wahrer Größe aufgeschwungen. Und im nächsten Augenblick war er wieder unten, als sein Fuß auf die Bremse trat und er mit weißen Fingern das Lenkrad umklammerte. Nur dieses Mal nahm er jemand mit nach unten - einen Jungen. Und er wusste, dass der Junge bereits tot war, bevor er das Auto auf P stellte ...

6

Wenn du durch die Hölle gehst, dann geh weiter.

— WINSTON CHURCHILL

Jeréz, Gegenwart

Zum zweiten Mal in weniger als einer Minute zog Caía ihr Handy aus der Jackentasche und blickte auf das Display. Sie legte eine Hand auf die wuchtige Tür und versuchte, den Mut aufzubringen zu klopfen. Es war sechs Minuten nach acht. Sie musste dies nicht tun. Sie könnte auch einfach weggehen.

Du magst sie, nicht wahr? Dann geh weg.

Was hätte sie denn davon, wenn sie hineinging und Martas Leben durcheinanderbrachte? Jedes Mal, wenn sie sich diese Frage stellte, wurde ihre Antwort düsterer.

Es war so lange her, dass jemand ihr so aufrichtig entgegengetreten war. Marta hatte etwas, das Caía glauben ließ, dass sie verstehen könnte ...

Aber nicht wirklich. Niemand konnte es wirklich verstehen, sofern sie nicht auch jemand nahestehenden und geliebten verloren hatten; aber manche Menschen besaßen eine Affinität, andere zu verstehen und die Gabe, dass sie sich wieder ganz fühlten. Das war die Hoffnung, die Caía an der Treppe verharren ließ.

Sie wollte so verzweifelt wieder ganz werden ... oder vielleicht so ähnlich wie ganz. Sie wollte wieder Essen schmecken, ein Glas Wein genießen. Sie wollte sich eine Zukunft vorstellen, die nicht so war wie ... dies.

Sie strich mit der Handfläche über die alte Tür und berührte die raue, verwitterte Oberfläche. Es war eine uralte Tür. *Wie lange war sie wohl schon hier*, überlegte sie. Wie viele sehnsüchtige und missgünstige Blicke waren schon auf den eisernen Türklopfer gefallen? Wie viele Angestellte waren gekommen und gegangen?

Die Tür war ein Relikt aus einer fernen Vergangenheit. Caía stand so verängstigt davor wie schon manch anderer vor ihr. Sie ballte die Hand zur Faust und legte ihre Handknöchel leicht an das schrumpelige Holz.

In dem Jahr, als das Haus gebaut wurde, befand sich Spanien sehr wahrscheinlich in einem Krieg. Das war eine einfache Annahme. Das Land hatte sich über den größten Teil des 18. Jahrhunderts im Kriegszustand befunden: Die Carlistenkriege, die Kriege gegen Cuba, der spanisch-amerikanische Krieg. All diese Kriege waren in Caías Unterricht über amerikanischer Geschichte unter den Teppich gekehrt worden. Martas Ur-urgroßvater war Botschafter gewesen, hatte sie erzählt. Welche Generäle hatten hier angeklopft? Franco? Wahrscheinlich eher seine Guardia Civil.

Und der Baum? Caía schaute zurück zu dem

Baum, der hinter ihr hochragte, an dessen Fuß sich der Bürgersteig wölbte und dessen Äste bis über das Dach des dritten Stocks wuchsen. Wie viele Angestellte hatten sich unter seinen Ästen ausgeruht, bevor sie zum Markt gingen? Oder auf einen Bus warteten?

Die Zeitlosigkeit lebloser Objekte und Orte verursachte Caía Herzschmerzen. Richtige Schmerzen. Tief in ihrem Inneren. Ihr Sohn war nur einen winzigen Augenblick im großen Plan der Dinge lebendig gewesen, ein flüchtiger Atemzug und jetzt war er weg. Wie die Flamme einer Kerze, war sein Leben ausgepustet worden ... von dem Mann in diesem Haus. Nachdem sie sich endlich entschieden hatte, klopfte Caía.

Als fünf oder mehr Minuten niemand kam, klopfte sie erneut, aber fester dieses Mal. Und dieses Mal wurde die Tür geöffnet. Marta war an der Tür. „¡Bienvenida! Treten Sie ein!"

Hinter ihr hob ein kleines Mädchen, das als pinkfarbener Bonbon verkleidet war, die Hand zur Begrüßung und streckte dabei ihre fünf Finger aus. „Tengo cinco", sagte sie. Wie bei ihrer Mutter sahen ihre Augen so tief und dunkel aus, als wären ihre Konturen nachgezeichnet und sie hatte lange, fedrige Wimpern. Ihr Lächeln war wunderschön.

„Du bist schon fünf? Was für ein großes Mädchen", sagte Caía.

Das Mädchen schaute ihre Mutter stirnrunzelnd an. "Que dice que eres una niña muy grande. Venga, dile tu nombre."

Das Mädchen wandte sich wieder zu Caía und sie legte eine Hand an ihren Rücken. „Mi nombre es Laura", sagte sie und befolgte die Anweisungen ihrer Mutter.

„No, Laura, en inglés."

Erlösungslied

„Ich heiße Laura", wiederholte das Kind dieses Mal in Englisch. „Heute es mi cumpleaños, und ich bin ..." Sie kämpfte mit ihren Fingern und streckte erst alle außer einem hoch und dann alle fünf. „Cinco."

Caía lachte. Hier musste man keine gute Laune vortäuschen. Martas Tochter war entzückend und hatte ein ansteckendes Lächeln. Sie hatte eine Zahnlücke und Caía konnte nicht umhin, sich an einen kleinen Jungen mit blonden Haaren und hellblauen Augen zu erinnern, der einen losen Zahn an den Türknopf seines Zimmers festgebunden hatte, weil sein Vater ihm das aufgetragen hatte.

„Heute Abend", sagte Marta zu ihrer Tochter, „wirst du nur Englisch sprechen, Laura. ¿Vale?"

Verständnislos blickte Laura zu ihrer Mutter. „¿Por qué? ¿Porque ella no entiende español?"

„Claro, pero—"

„Ich verstehe Spanisch", erklärte Caía und zog ein kleines Geschenk von hinter ihrem Rücken hervor. „Aber wir schließen einen Handel ab, Laura. Du lernst Englisch und ich lerne in der Zeit Spanisch, vale? Ich werde deine Lehrerin sein und du meine."

Beim Anblick des unerwarteten Geschenks strahlten die Augen des kleinen Mädchens und ihr Unterricht war sofort vergessen. „¿Para mí?" Mit offenem Mund blickte sie hoch zu ihrer Mutter.

„Ja, für dich", sagte Caía und beugte sich herab, um mit ihr zu reden. „Vielen Dank, dass ich deinen Geburtstag mit dir feiern darf, Laura."

Die Schultern des Kindes hoben sich vor Freude und sie umarmte das kleine Päckchen.

„¿Ahora qué dices?"

„Vielen Dank."

Caía lachte. „Gern geschehen."

„Kommen Sie herein", beharrte Marta und öffnete die Tür noch ein bisschen weiter. Und zu ihrer Tochter sagte sie: „Geh und bringe dein regalo en la cocina , Laura. Ábrelo después. Geh und hole deinen tío Nick. Sag ihm, unser schöner Gast ist da."

Caía blinzelte, aber nicht wegen des Kompliments.

Onkel Nick?

Überrascht von der Offenbarung blinzelte sie erneut. Der Gedanke war ihr gar nicht gekommen, dass Nicholas Kelly der Onkel des Kindes sein könnte. Die Armee Feuerameisen krabbelte wieder zurück und stachen Caía in ihre Magengrube. Irgendwie schien es nicht möglich, dass er berechtigterweise hier war. Vielleicht ließ er sich ja von Marta aushalten. Nur weil er der Onkel des Kindes war, hieß das nicht, dass er aus uneigennützigen Motiven gekommen war. Ein wenig verwirrt und aus dem Lot geraten folgte Caía Marta ins Haus. Hinter der Eingangshalle wurde offensichtlich, wie wohlhabend die Familie war. Der stille Reichtum des Hauses ließ Caías Atem stocken. Ein großer Teil des Erdgeschosses wurde von einem aufwändig gefliesten Pool mitsamt eines Wasserfalls ausgefüllt. Zwei Löwen spuckten Wasser in Mosaik-Schalen. Das Gebäude war drei Stockwerke hoch und der Innenhof wurde von einem spektakulären Glasdach über dem Pool bedeckt. Das ganze Gebäude erinnerte Caía an das Bad eines Sultans.

Um den Innenhof herum befanden sich mehrere Zimmer mit massiven Türen, die sich zur riesigen Halle öffneten. Um den glasklaren Pool gab es mindestens drei Sitzbereiche. Im Hintergrund war das klassische Gitarrenspiel von Joaquín Rodrigo zu hören.

Man hörte es leise im ganzen Haus. Die rückwärtige Tür stand auf und führte in einen vom Mond erleuchteten Garten, vermutete Caía; sie sah das sanfte Glühen eines Kamins draußen, der sein bernsteinfarbenes Licht auf die spanischen Fliesen um ihn herum warf.

Mit Caías Geschenk in der Hand eilte Laura zu einer Marmortreppe. „¡Tiíto!", rief sie beim Laufen „¡Tiíto!"

„No corras, Laura. ¡Por favor!", sagte ihre Mutter. „Dein Onkel wird genau dort sein, wo du ihn zurückgelassen hast." Sie wandte sich um zu Caía und sagte: „Sie ist so ... emocionada oder wie sagt man - aufgeregt."

„Sie ist süß", versicherte ihr Caía.

„Danke, Caía. Sie haben meiner Tochter einen schönen Tag beschert. Sie ist so traurig, seit ihr Vater verstorben ist."

Und plötzlich wurde Caía klar, dass das der Grund für ihre Verbundenheit auf dem Markt gewesen war. Sowohl sie als auch Marta hatten einen Verlust erlitten und Marta hatte das eigentlich auch gesagt, aber Caía hatte nicht zugehört. Es ist schlimm genug einen Ehemann zu verlieren und noch schlimmer, ein Kind zu verlieren.

„Oh, Marta. Es tut mir so leid, ich wusste nicht", sagte Caía und war von der Beichte bedrückt. Ihre Trauer war ihr peinlich, weil sie offensichtlich nur an sich gedacht hatte.

Marta lächelte trotzdem. „Mein Mann ist jetzt schon seit fast einem Jahr tot", sagte sie und hob dabei einen Finger und trotz der starken Fassade bemerkte Caía, dass ihre Lippen leicht zitterten. „Lauras Onkel war ein Geschenk für uns. Ich weiß nicht, wie wir ohne ihn überleben würden."

Sie war ein bisschen melodramatisch, aber die Offenbarung hatte eine ernüchternde Wirkung auf Caía. Ein Teil von ihr wollte sich sofort entschuldigen, zur Haustür hinausgehen und diese Leute ihr Leben in Ruhe leben lassen. Aber sie wartete eine Minute zu lang und „Tiíto" kam die Treppe mit seiner aufgeregten Nichte an der Hand herunter. Lachend hüpfte Laura vor ihm her und zog und zerrte ihn.

Nichts hätte Caía für den Anblick von Nick Kelly aus der Nähe vorbereiten können.

Er war natürlich der gleiche Mann mit dem rotblonden Haar und den unergründlichen grauen Augen, den sie aus der Ferne gesehen hatte. Aber auf seine Präsenz war sie nicht vorbereitet. Unten angekommen stellte sich heraus, dass Nick Kelly einen ganzen Kopf größer als Caía war und Schultern hatte, die zeigten, dass er Sport trieb. Aber natürlich würde er so eitel sein, dachte sie bitter. Er war jetzt schon seit längerem Privatier. Was hätte er denn sonst zu tun, während er darauf wartete, dass Laura aus der Schule kam? Sie verglich ihn mit Gregg und versuchte, nicht höhnisch zu sein.

Es war so schwierig, Nick in einem positiven Licht zu sehen und noch schwieriger, seinen Blick zu erwidern, aber Caía tat es. Er streckte die Hand zur Begrüßung aus und lächelte freundlich, und Caía war gezwungen, seine Geste anzunehmen. Es ärgerte sie maßlos, obwohl sie seine Hand nahm und fest drückte, wobei sie sich vorstellte, dass ihre Finger stattdessen um seinen Hals liegen würden. Sie hielt nur einmal Blickkontakt mit ihm und einen unangenehmen Moment lang konnte sie ihren Blick nicht abwenden.

Marta und Laura schienen beide aus dem Raum zu verschwinden, obwohl sie an ihrer Seite blieben.

„Ich höre, dass Sie aus Chicago kommen", sagte Nick und schüttelte ihre Hand ebenso energisch. „Wo da?"

„Aus den Vorstädten", sagte Caía.

Sein Blick blieb ruhig und er bohrte weiter. „Wo genau?" „Ach, ähm, Arlington Heights."

„Nette Gegend. Was führt Sie denn nach Spanien, Caía?"

Sie, antwortete Caía im Geiste. *Sie, Nick Kelly.*

„Kein besonderer Grund. Es erschien mir ein recht nettes Ziel", sagte sie und das war auch nicht ganz gelogen. „Meine Scheidung", fügte sie hinzu, um die Unterhaltung zu Ende zu bringen.

Weder Marta noch Laura sagten etwas. Aber ein Blick auf Lauras Mutter offenbarte ein seltsames Glitzern in ihren Augen. Das war also die ganze Zeit ihre Absicht gewesen. Zwei einsame Amerikaner zum Abendessen zusammenzubringen. Nun, sie waren die Angeschmierten.

Rate mal, wer zum Abendessen kommt, Nico.
Hier ist ein Hinweis, es ist nicht Sidney Poitier.

Caía mochte Marta. Aber das hier war das Schwerste, was sie je tun musste - dem Mann gegenüber zu stehen, der ihren Sohn getötet hatte und nicht seine Augen auszukratzen. Sie riss sich zusammen für Marta. Und für Laura. Erst verspätet merkte sie, dass Nick und sie sich immer noch an den Händen hielten. Sie zog ihre Hand weg und rieb sie, als wenn sie gestochen worden wäre.

„Ich bin so glücklich", sagte Marta. „Ich wusste, dass ihr euch verstehen würdet!" Mit sich selbst zufrieden klatschte sie in die Hände. „Jetzt werden wir euch allein lassen, damit ihr euch kennenlernen könnt und in der Zeit schauen wir nach der Paella. Komm Laura", sagte sie, bevor Caía oder Nick gegen ihren Abgang protestieren konnten.

"Mami, ¿puedo abrir mi regalo?" „Wir schauen erst, ob die Paella fertig ist."

„Können wir es Eugenia zeigen?"

„Despues", sagte Marta. „Wir warten und öffnen deine Geschenke später, vale?"

„*Vale.*"

Hand in Hand gingen Mutter und Tochter die Treppe hinauf, die Nick heruntergekommen war und Caía nahm an, dass die Küche dort oben sein musste. Caía fühlte sich unbehaglich und betrachtete die Eigenheiten des Erdgeschosses. Gitter an der Haustür und noch mehr an der Hintertür. Sie fühlte sich, als wenn sie mit ihrem Feind eingesperrt worden wäre und gezwungen war, ihn anzuschauen. Und in gewisser Weise stimmte das auch. „Schönes Haus", sagte sie.

„Ja", stimmte Nick zu. Er steckte eine Hand in die Tasche, während er sie musterte. „Marta und Jimmy haben es von Grund auf restauriert."

„Oh", sagte Caía und trieb scheinbar ungezwungen von Nick weg, obwohl sie eigentlich nur etwas bitternötige Distanz zwischen ihnen schaffen wollte. Sie konnte ihn riechen; es war kein furchtbarer Duft, aber sie wollte nicht, dass sich der Geruch in ihrer Erinnerung festsetzte. Es war nicht der widerlich süße Duft eines teuren Eau de Cologne, sondern nur von sauberer, männlicher Haut mit einem leichten Röstaroma, als wenn er sich an einem Feuer gewärmt hätte. Das hatte Caía nicht erwartet. Sie wusste nicht, wie sie stehen, was sie sagen, wie sie sich verhalten sollte.

„Soll ich Sie herumführen?"

„Nein, danke", sagte Caía und schaute verzweifelt zur Haustür. „Sind Sie sicher?"

Caía zuckte mit den Schultern und wirkte ein

wenig unsicher und ihr Blick wanderte zu dem Deckenfenster.

„Man kann es öffnen. Es ist wunderschön in einer warmen Sommernacht. Man kann im Pool liegen und die Sterne betrachten."

„Jetzt ist November", sagte Caía zitternd und war froh, dass ihr niemand ihre Jacke abgenommen hatte. Sie rieb sich über die Arme, obwohl die Temperatur über zwanzig Grad betrug. Mehr als alles andere wollte sie das Haus jetzt verlassen. Sie wollte nicht daran denken, wie Nick Kelly nackt im Pool eines Sultans lag. Irgendwo meinte sie eine Uhr ticken zu hören, aber das war wahrscheinlich in ihrem Kopf. Sie hörte Schreie und Sirenen und einen Augenblick lang fühlte sie sich wie losgelöst.

Sie sollte hier gar nicht mit verschränkten Armen stehen und die Sekunden zählen, bis sie zur Tür rennen könnte, insbesondere, nachdem sie seit Monaten geplant hatte, wie sie diesen Mann treffen könnte.

„Ich nehme an, dass Marta Sie nicht gewarnt hat, dass sie Kupplerin spielt."

Caía erwiderte Nicks Blick. „Das macht sie also?"

Er lächelte ein Lächeln, das charmant hätte sein können ... wenn Caía ihn nicht schon gehasst hätte. „Das glaube ich zumindest. Amerikaner in Spanien, beide aus Chicago. Ich bin sicher, dass sie glaubte, dass wir vieles gemeinsam hätten."

Aber mit Sicherheit.

Caía wollte ihm genau sagen, was.

Jack Lawrence Paine, mein Sohn ...

„Sie glaubt wahrscheinlich, dass ich schon zu lange allein bin."

Ja und? Das ging Caía auch so und die eine Sache, auf die sie sich verlassen hatte, war, dass Jack noch lange nach Caía da sein würde. Marta hatte durchaus Recht, dass kein Elternteil sein Kind überleben sollte, Aber dem war nun einmal so und sie glaubte, dass man erst begriff, was Einsamkeit war, wenn man sein Kind verloren hatte. Ein Baby, das aus ihrem Bauch kam. Ein Kind, das sie vom ersten Atemzug an großgezogen hatte. Sie hatte Jack gelehrt zu laufen, zu sprechen und die Zähne zu putzen. Ehemänner und Freunde kamen und gingen. *Scheißmänner. Scheißbeziehungen. Scheiß Gregg. Scheißkerl*, der hier vor ihr stand mit seinen gerichteten Zähnen, die ein Vermögen gekostet haben mussten. Er trug zwar keine Anzüge mehr, aber Nicholas Kelly sah nicht aus, als würde er am Hungertuch nagen. Seine schmalen, schwarzen Hosen sahen aus wie aus einem Modemagazin und bei seinem schneeweißen T-Shirt musste sie an Brad Pitt denken. Es war aus weichem Stoff und saß enganliegend und war nicht gerade die Marke, die ein Arbeiter gewählt hätte. „Und was führt Sie hierher?", fragte sie. „Warum sind Sie in Jeréz?"

Zweifellos, um sich bei der reichen Frau seines Bruders einzunisten.

„Mein Bruder", sagte er mit einem tiefen Seufzer. „Leider kam ich erst, als er beerdigt wurde. Hirntumor."

„Oh", sagte sie leise. „Wie traurig." Aber selbst, nachdem sie das erfahren hatte, konnte sie es ihm nicht zu Gute halten. Sie konnte sich nicht vorstellen, dass er aus Mitgefühl hierhergekommen war. „Wie lange wussten sie schon, dass er krank war?" Er hatte schon länger über die Krankheit Bescheid wissen müssen und hatte ganz einfach die Gelegenheit verpasst, an seine Seite zu eilen, weil er ähnlich wie Gregg zu beschäftigt gewesen war, Zeit und Energie für einen anderen Menschen aufzuwenden.

„Ungefähr ein Jahr", sagte er, „aber ... " Nervös hob er eine Hand an seine Schläfe. „Es ist etwas passiert, das mich davon abgehalten hat, schon früher zu kommen." Sein Gebaren änderte sich. In seinen Augen war unverarbeiteter Schmerz zu sehen, den er nicht versuchte zu verbergen. Das überraschte sie wirklich. „Er war kaum noch bei Bewusstsein ... als ich kam. Und dann ... als er von uns gegangen war ..." Er nahm die Hand aus der Tasche und verschränkte die Arme auf genau die gleiche Art und Weise wie Caía. Ihre beiden Körpersprachen hätten nicht zurückhaltender oder unnahbarer sein können. „Na ja, dann bin ich geblieben, um Marta und meiner Nichte zu helfen. Ich habe Jimmy versprochen, dass ich mich um sie kümmern würde."

Caía wollte kein Mitleid mit Nick Kelly haben. „Das macht Sinn", sagte sie und las zwischen den Zeilen. Sie nahm wahrscheinlich richtig an, dass es sich bei dem etwas, was passiert war, um Jacks Unfall handelte. Ganz gleich, wie schnell die Untersuchung des Unfalls auch durchgeführt wurde, sie war sich sicher, dass sie einige Zeit in Anspruch genommen hatte. Es wurde offiziell keine Anklage erhoben und auch keine offizielle Untersuchung angeordnet, aber sie stellte sich vor, dass sie ihn wohl trotzdem gebeten hatten, sich zur Verfügung zu halten. Oder vielleicht hatte er das auch von sich aus getan.

Von oben hörten sie die glücklichen Schreie eines kleinen Mädchens und dann das Gelächter ihrer Mutter.

„Nun", sagte er. „Lassen Sie mich Ihnen Ihren Mantel abnehmen." Sein Tonfall ließ keinen Widerspruch zu und Caía zog ihren guten Ledermantel aus - das einzige hübsche Geschenk, das Gregg ihr jemals gegeben hatte. Obwohl sie es nicht wirklich wollte, reichte sie ihm den Mantel. Nick trug ihn weg, hängte ihn auf und kam dann zurück. „Wie wäre es jetzt mit einem Rundgang?"

„Gern", sagte sie und biss die Zähne zusammen, als er eine Hand auf ihren Rücken legte.

7

Wir müssen den Schmerz annehmen und ihn als Treibstoff für unsere Reise verbrennen.

— Kenji Miyazawa

Ein kurzer Rundgang durch Nr. 5 Calle Lealas reichte, um zu illustrieren, dass das Leben tastsächlich nicht ungerechter hätte sein können. Wie kam es, dass einige Menschen auf der Straße lebten und andere, wie beispielsweise Marta Herrera Nuñez, so wie hier lebten? Warum war sie etwas Besonderes? Oder Nick?

Natürlich missgönnte Caía Marta ihren Reichtum nicht. Darum ging es nicht. Es ging nicht darum, was jeder besaß oder eben nicht besaß, sondern um die allgemeine Fähigkeit, etwas besitzen zu können, insbesondere da einige Personen hier direkt dafür verantwortlich waren, dass eine Person niemals nach diesen Dingen würde streben können.

Nein, nein, es ging nicht darum, dass Jack niemals ein solches Haus besitzen würde - er hätte es wahrscheinlich nicht ausgewählt - es ging darum, dass er niemals die Gelegenheit haben würde, es zu versuchen oder beispielsweise zu entscheiden, ob ein Wandteppich der Nasrid-Dynastie eine wichtige Ergänzung für eine bereits auffällig bunte Eingangshalle war.

Oder ob ein protziger, teurer und wahrscheinlich echter Perserteppich dazu geeignet war, dass man mit schmutzigen Schuhen darüber ging.

Als sie daran vorbeigingen berührte Caía ein ausgestelltes Gipsfragment mit einer Kalligrafie und überlegte, ob es wohl eine Nachahmung sei. Spanisch-islamische Kunst war wunderschön, aber wenn Marta solche Dinge besaß, waren dies sicherlich keine neueren Anschaffungen. Dies waren Erbstücke, die über die Zeit weitergegeben worden waren. Das Haus war wahrhaftig ein Palast, wobei sich im ersten Stock richtiger Wohnraum befand und dieser ebenso luxuriös ausgestattet war wie das Erdgeschoss. Aber irgendwie fühlte es sich dort bewohnter an obwohl sie eine Angestellte in Vollzeit beschäftigten, die das Haus piksauber hielt. Caía nahm dies an, weil sie sich hier auf dieser Ebene etwas weniger formell verhielten als es sonst in ihrem Haus zu sein schien.

Laura lief kreischend an ihnen vorbei und schlidderte mit harten Lederschuhen über den Hartholzboden. Sie rannte zurück und trug dabei eine gut gekleidete Puppe an den Haaren und lachte gackernd. Sie schwang die Puppe hin und her und tauchte dann wieder zurück in das Zimmer, aus dem sie gekommen war.

Es war unmöglich zu sagen, wie viele Zimmer sich im ersten Stock befanden, aber auf dem Rundgang zählte Caía zehn Türen ohne die drei Balkontüren, die den Blick auf den Innenhof unten freigaben. Nick Kelly öffnete eine der Balkontüren, um Caía nach unten auf den Pool schauen zu lassen. Sie war von

Haus aus neugierig und schlüpfte an ihm vorbei, wobei sie darauf achtete, ihn nicht zu berühren, während sie über den Balkon blickte. Wie er bereits gesagt hatte, war es eine spektakuläre Aussicht.

Caía hatte noch nie jemanden gekannt, der so lebte. Ihre Eltern waren arm gewesen und ihre Erzählungen von Polen waren so voller Not, dass sie es nie in Erwägung gezogen hatten, sie zu einem Besuch nach „Hause" mitzunehmen. Es gab nur wenig Familienfotos und diejenigen, die es gab, vermittelten Caía ein Gefühl des Mangels; mit Ausnahme des Fotos von ihrer Großmutter mit dem üppigen Pelzumhang, das möglicherweise vor der Besetzung durch die Nazis aufgenommen worden war. Caía wusste nur, dass weder der Umhang noch ihre Großeltern mit ihrer Mutter ankamen. Es wurde nur wenig über ihr Leben oder ihren Tod gesprochen und Caía hatte gelernt, das Schweigen ihrer Eltern zu respektieren. Einige Dinge sollten einfach nicht geteilt werden ...

Wie zum Beispiel der Grund, warum du hier bist.

„Jim hat den Pool wegen des Ausblicks entworfen", sagte Nick. Er schloss die Tür wieder und sperrte das Geräusch des tröpfelnden Wassers aus. Da sie sich ein Stockwerk näher am Deckenfenster befanden, ließen diese Türen Tageslicht in ein sonst dunkles Inneres hinein.

„War Ihr Bruder also Architekt?"

„Ja", sagte er und kratzte sich am Ohr. Mehr sagte er nicht, bevor sie den Rundgang fortsetzten. Wie unten zog sich der Flur des zweiten Stocks von einem Ende des Hauses zum anderen. Zur Straßenseite befand sich ein riesiges Wohnzimmer mit einem Kamin wie in einem Jane Austen Roman. Allein in dem Zimmer zählte Caía mindestens drei Sofas und zehn Stühle, die in zwei Sitzbereiche gruppiert waren.

Französische Türen führten zu einem Balkon - wahrscheinlich zu dem, auf dem er heute gestanden hatte. Jetzt war er geschlossen, um den abendlichen Straßenlärm aus dem Wohnzimmer auszusperren.

Obwohl sich im Augenblick niemand in diesem Zimmer aufhielt, brannte ein Feuer im Kamin und Caía überlegte, ob Nick hier seinen rauchigen Duft bekommen hatte. Ein Blick auf den Beistelltisch offenbarte einen schwitzenden, halbvollen Bierkrug. Er führte sie wieder aus dem Zimmer und ließ den Bierkrug stehen, damit ihn jemand anderes wegräumen sollte; dies ärgerte Caía ungemein.

Am Ende des Flurs befand sich eine große, geräumige Küche, in der zwei riesige Tische standen, die scheinbar beide nicht nur als Esstische vorgesehen waren. In der Mitte stand ein knorriger Bauerntisch, der offensichtlich auch als Kochplatz verwendet wurde, wenn man nach den vielen Kerben und Kratzern auf seiner Oberfläche ging.

Der zweite Tisch war fest eingebaut und auf einer Seite gab es eine Bank und keine Sitzgelegenheit auf der anderen Seite. Scheinbar wurde er für die Buchhaltung genutzt, sofern das fast dauerhaft aussehende Haushaltsbuch ein Anzeichen dafür war. Caía konnte sich gut vorstellen, dass es mit jahrelangen Aufzeichnungen gut gefüllt war. Das schwere Buch war zur Seite geschoben worden, um Platz für Lauras Geschenke zu schaffen. Hier lag auch Caías Geschenk und wartete darauf, ausgepackt zu werden. Es lag bescheiden auf deutlich größeren Paketen, die allesamt in pinkem Geschenkpapier mit silbernen Schleifen eingepackt waren. Man konnte leicht erkennen, dass Lauras Lieblingsfarbe pink war.

Unter diesen Geschenken sah der Fächer, den Caía an diesem Morgen gekauft hatte, wie ein aufmerksames Geschenk aus, war aber überhaupt nicht für eine Fünfjährige geeignet. Aber es war ja auch nur darum gegangen, nicht mit leeren Händen zu erscheinen; aber nun, da sie das kleine Packet neben den anderen sah, wünschte Caía sich, dass sie dann doch noch einmal zurückgegangen wäre und eine der handgefertigten Puppen gekauft hätte.

In der Ecke hinter dem Tisch war eine weitere Treppe versteckt, die in den zweiten Stock führte. Caía nahm an, dass diese für die Angestellten gedacht war. Die Treppe war dunkel und wenig einladend - eine Wendeltreppe, die nach oben aus dem Sichtfeld verschwand. Wenn man die beiden Küchentüren schloss, war die Küche ein eigenständiger Arbeitsplatz, der nur von den Zimmern der Dienstboten her zugänglich war. Die größere der beiden Türen, die zum Haupthaus führten, hatte kleine Fenster eingebaut, die von der Innenseite geöffnet werden konnten. Noch eine weitere Tür führte zum Esszimmer.

Eugenia, eine ruhige, ältere Frau mit einem Gesicht voller Altersflecken und Haaren, die unnatürlich rot gefärbt waren, ging zwischen Küche und Esszimmer hin und her. Es war die gleiche Frau, die Caía neulich auf der Eingangstreppe gesehen hatte, als sie die Haustür abschloss - doch eine Angestellte. Und doch war Caía überrascht, dass Eugenia nicht am Herd stand.

Marta kochte mit ein wenig Hilfe vom Geburtstagskind. Als Caía und Nick die Küche betraten, nahm Marta die Schürze ab und nahm sofort wieder die Rolle der Hausherrin an. Laura trug jedoch ihre eigene Schürze.

Sie lehnte sich über den Tisch, um ein Scheibchen von der Chorizo vom Schneidbrett zu stibitzen, während ihre Mutter nicht hinschaute. Die diskrete Missachtung erinnerte Caía an ihren Sohn ... und vielleicht auch ein wenig an sich selbst als Kind. Sie waren alle drei nur Kinder und vielleicht war dies ein Charakterzug, den nur Kinder hatten - ein milder, aber harmloser Widerstand gegen die Autorität. Sie und Laura schauten sich verschwörerisch an. Das Kind strahlte weder selbstsicher, noch reuevoll.

„Leider wird dies nicht meine beste Paella", sagte ihre Mutter entschuldigend. Ohne zu ihrer Tochter zu schauen sagte sie: „Finger raus, Laura. Denke daran, dass wir einen Gast haben." „Ich habe nichts gemacht, Mami", sagte Laura mit den Ellenbogen immer noch auf dem Tisch und sie warf Caía noch einen verschwörerischen Blick zu.

Obwohl sie aus der Übung war, nickte Caía dem Kind zur Unterstützung ihrer Mutter wie eine Mama zu. Marta schwebte an ihnen vorbei und schien ihre Interaktion nicht bemerkt zu haben; sie öffnete die Tür zum Esszimmer und offenbarte einen Raum, der eher für gekrönte Häupter geeignet war als für eine dreiköpfige Familie, die einen fünften Geburtstag feierte.

„Setzen Sie sich, wohin Sie wollen", sagte Marta.

„Ich nehme Papas Platz!" Wie ein Tasmanischer Teufel rannte Laura in das Esszimmer und beim Vorbeirennen kitzelte ihr pinkes Chiffonkleid Caía. Sie wählte einen Platz am hinteren Ende des Zwölfertisches, während ihr Onkel in der Mitte Platz nahm und Marta sich ihrer Tochter gegenübersetzte. Caía fühlte sich verpflichtet. sich Nick gegenüber zu setzen. Vielleicht war es passend, dass sie einander direkt gegenübersaßen. Bedauerlicherweise hatte nur einer von ihnen eine Ahnung bezüglich der Untertöne während dieser Pattsituation.

Ich will Antworten, sagte sie im Stillen zu ihm.

Denkst du noch an meinen Jungen?
Jeden Tag? So wie ich?
Oder hast du schon vergessen?

Nach Jacks Tod war etwas in Caía zerbrochen. Greggs Zurückweisung hatte das, was sie bereits fühlte, nur noch verschärft. Sie hatte sich immer wieder versichert, dass die Suche nach Nick Kelly ihr einen Lebenszweck verschaffte. Sie war sich so sicher gewesen, dass einer wie er die Gerechtigkeit untergraben hatte. Hier einen Gefallen. Da einen Gefallen. Und irgendwie bezahlte Seinesgleichen nie für etwas.

Erst jetzt, als Caía ihm gegenübersaß, sah sie statt des selbstsicheren Opportunisten, den sie erwartet hatte, einen ruhigen, nachdenklichen Onkel, dessen Aufmerksamkeit sich auf seine Nichte konzentrierte ... und ab und zu wanderte sie zu Caía oder zu Marta. Ansonsten bemerkte Caía eine leichte Neugier ihr gegenüber. Was die Art und Weise betraf, wie er Marta betrachtete ... beobachtete Caía sie genau und bemerkte keine Anzeichen einer Liebelei. Was auch immer zwischen ihnen war, es war ... unkompliziert.

Eugenia servierte Martas Paella und verteilte die Teller vom Schrank hinter ihrer Herrin aus. Sie legte drei große Garnelen zusammen mit einer Scheibe Brot mit viel gewürztem Öl - gambas al ajillo, erklärte Marta - auf kleinere Teller. Garnelen mit Knoblauch gegart. Sie hatte noch mehr in der Küche. Wenn Caía noch mehr wollte, würde Eugenia noch etwas holen.

Zu ihrer eigenen Überraschung stellte Caía fest, dass sie aß und ihr Essen schmecken konnte. Im Gegensatz zu Martas Befürchtungen war die Paella lecker. Sie hatte ihr Gericht während des ganzen Essens kritisiert und Caía merkte erst zu spät, dass sie vielleicht ein Kompliment erhaschen wollte. „Das ist fabelhaft!" sagte sie.

„Oh gut!", antwortete Marta. „Ich hatte Angst, dass ich den Reis verschandelt hätte."

Von Natur aus würde Marta Herrera Nuñez nur etwas herausragendes produzieren. Caía spürte dies, aber sie war dabei nicht so übermäßig selbstbewusst. Sie war hübsch mit ihrer dunklen Haut und ihrem rotbraunen Haar – genau die Art von Spanierin, über die in den „cantates" geschmachtet wurde. Und doch würde man dies niemals an ihrem oder Nicks Verhalten merken. Wenn Nick Kelly Marta für schön hielt, gab er keine Anzeichen, dass er sich nach der Witwe seines Bruders verzehrte.

„Wirklich", sagte Caía. „Das ist perfekt."

„Sie ist eine fabelhafte Köchin", sagte Nick nach einer Weile. Seine Stimme klang wie Metall auf Glas. Sie ließ Caía erschaudern. Und obwohl sie sich des Mannes, der ihr gegenüber saß, äußerst bewusst war, mied sie sorgsam seinen Blick und fühlte sich durch ihre wachsende Ambivalenz ihm gegenüber unbehaglich. Sie hatte ihm vieles sagen wollen, aber nun, da sie ihm plötzlich gegenübersaß, schluckte Caía ihre Worte so eifrig hinunter wie Martas Paella und war verwirrt von den zusammenhangslosen Gedanken, die in ihrem Kopf herumschwirrten. Sie betrachtete Nick während sie den Schwanz von einer Garnele abbiss. War es verrückt, einen Mann über den halben Erdball zu verfolgen, um Antworten einzufordern und um für sich selbst herauszufinden, ob er den Tod ihres Sohnes weggesteckt hatte?

Ja.

Normale Menschen wurden nicht zu Stalkern. Normale Menschen stellten ihr Leben nicht ein und gaben ihre ganzen Ersparnisse aus, um herauszufinden ... ja was eigentlich?

Dass Nick Kelly doch ein Familienmensch war?

Dass er allem Anschein nach ein liebenswerter Onkel und ein Geschenk des Himmels für die Frau seines verstorbenen Bruders war?

Angesichts der Realität dieser Familie waren ihre Absichten völlig verquer.

Aber ... sie brauchte Antworten ... wenn auch aus keinem anderen Grund als sicherzustellen, dass Jacks Tod mehr als eine Unannehmlichkeit wie beispielsweise ein unbezahlter Parkschein für ihn war. Sie musste sichergehen, dass es Konsequenzen gegeben hatte ... wie auch für sie. Es wäre nicht gerecht, dass er das Leben ihres Sohnes - ihr Leben - nehmen und dann weiterleben könnte, als wäre nichts passiert.

Weil doch etwas passiert war.

Nachdem die Teller abgeräumt worden waren, wurden Dessertteller vor ihnen hingestellt und der Kuchen, der wie ein fantastischer pinker Berg aus Zucker aussah, wurde vor Laura platziert.

Wieder wünschte sich Caía, dass sie eine Puppe oder etwas anderes gekauft hätte. Der Fächer war in Schwarz - wohl kaum eine helle oder fröhliche Farbe. Zumindest waren die Rosen in Pink. Aber jetzt war es zu spät - ebenso, wie es zu spät war, von dieser Einladung zum Abendessen zurückzutreten. Laura klatschte vor Freude in die Hände. „Jetzt können wir meine Torte essen und dann kann ich dein Geschenk öffnen", sagte Laura zu Caía.

„Ihr", berichtigte Nick. „Das ist die höfliche Form."

"Ya lo sé", sagte Laura und hob ihr Kinn. „Ich vergessen." Mutter und Onkel schauten einander lächelnd an und zögerten, das Kind noch einmal zu korrigieren. Sie ließen es durchgehen und das war gut. Selbst Jack, dessen erste und einzige Sprache Englisch gewesen war, hatte häufig die Eigenarten von Wörtern durcheinandergebracht.

Mich will das nicht, würde er sagen. Mich will nicht, Mama. Es hatte ewig gedauert, bis er den Unterschied zwischen *mich* und *ich* verstand und das Problem hatte sich gehalten, bis er vier war. „Ich will es nicht, Jack", hatte Gregg ihn in grobem Tonfall korrigiert. „Gregg."
„Fang mir nicht so an, Caía. Der Junge muss richtig sprechen lernen. Er kann nicht wie einer der Muppets herumjammern." Jack saß da mit großen Augen und schaute von Gregg zu Caía und dann wieder zu Gregg. Damals war er erst drei und Caía gefiel die Art und Weise, wie ihr Sohn sprach. Er würde schon bald aus den Fehlern herauswachsen, aber für den Augenblick wollte sie, dass er selbstbewusst war und frei sprach. Sie und Gregg hatten unterschiedliche Auffassungen, wie man ein Kind motivieren sollte. War es ein Wunder, dass sie kein weiteres bekommen hatten?

In Laura erkannte Caía nicht die Schüchternheit, die Jack in ihrem Alter gezeigt hatte. Laura saß gerade und hielt die Hände weg von ihrem Mund und mit großen Augen war sie bereit, an der Unterhaltung teilzunehmen, was auch überraschend war angesichts der Tatsache, dass es bereits nach 22 Uhr war. Sie waren jetzt gerade erst fertig mit dem Abendessen. Zuhause wurde das Essen niemals um diese Uhrzeit serviert. Um die Zeit putzten sich die Kinder eher die Zähne und gingen ins Bett. Oder wie bei Jack, der vorgab zu schlafen und mit seinen Autos unter der Decke spielte. Oder er nahm ein Radio oder eine Uhr auseinander. Einmal hatte er Caías Kopfhörer ruiniert, indem er das Gummi abgerupft hatte und Zahnstocher in die Lautsprecher gesteckt hatte, um zu sehen, wie groß sie waren.

„Wissen Sie was?", sagte Laura. „Mein tiíto mir geben tacones rosas zu meinem Geburtstag."

Laura nickte enthusiastisch und Caía schaute zu

Marta, die zu verstehen schien, dass Caía eine Erklärung brauchte. „Pinke Flamencoschuhe. Sie hat sie sich schon so lange gewünscht."

Das Bild, wie Nick Kelly ein Paar Stepptanzschuhe für ein Kind aussuchte, gefiel Caía überhaupt nicht.

„Kein Pony?", scherzte sie und schaute Nick herausfordernd von der Seite an.

Laura runzelte die Stirn und legte den Kopf zurück, als wenn sie den Vorschlag für vollkommen lächerlich halten würde. „Wir können keine Ponys haben", sagte sie und schaute zu ihrer Mutter. Und dann fragte sie Caía mit hoher Stimme: „Hattest du ein Pony, als du klein warst?"

Dieses Mal achtete Caía darauf, Nick nicht anzusehen. „Ähm, nein."

Laura klatschte in die Hände. „Ooh! Ich weiß warum."

Sie hob die Hand, als wenn sie sich in der Schule melden würde und drankommen wollte, aber sie wartete nicht. Sie platzte heraus: „Weil ihr euch keine Ponys leisten konntet! Meine Mama sagt, dass wir kein Geld haben."

„Laura! Bitte—ay, dios mío! Sie müssen meine Tochter entschuldigen", sagte Marta zu Caía, obwohl die Schuld eher bei Caía als bei Laura lag, weil sie eine solche spitze Bemerkung hatte fallen lassen - eine Stichelei gegen ihren Onkel mit unbeabsichtigten Folgen. „Sie ist recht anmaßend. Wir kommen natürlich zurecht, obwohl es nicht einfach ist. Ein Haus dieser Größe kostet viel Unterhalt."

Wie ein Magnet zog Nick Kelly Caías Blick auf sich. Er hatte während des Essens sehr wenig gesagt, aber Caía war es durchaus bewusst, dass er jedes Wort hörte und sie musterte, aber sie hatte keine Ahnung warum, weil er seine Gedanken für sich behielt. Die

Spannung brachte sie fast um und daher beschloss sie, ihn aus der Reserve zu locken. Er nahm den Köder nicht. Er aß weiter und machte sich seine Gedanken.

„Das glaube ich", antwortete Caía und war verwirrt. Sie hatte nicht vor, andere Leute in diese Sache zu verwickeln, aber sie war nun mal hier ... und sie waren hier ...

"Tatsächlich", sagte Marta, „habe ich schon oft daran gedacht, dieses Haus zu verkaufen, aber es würde mir sehr weh tun, einen Teil meiner Vergangenheit und meines Herzens zu verlieren. Siéntate, Laura", sagte sie abschließend und winkte ihre Tochter zu sich heran. Sie wurde ungeduldig und wartete auf ihre Geschenke.

Caía blickte erneut zu Nick und war sich sicher, dass er viel von seinem Geld mit nach Spanien gebracht hatte. Sie wusste, dass er erfolgreich bei seiner Arbeit war. Aber wenn er sein Geld nicht teilte, wäre ein Haus dieser Größe und bei der Einteilung ein ideales Mietobjekt.

Unten gab es mindestens zwei Schlafzimmer und soweit sie sehen konnte wurde das Erdgeschoss nur zur Begrüßung von Gästen benutzt. Es war eigentlich eine Verschwendung. Kein Wunder, dass Marta an diesem Morgen auf die Geschichte ihres Hauses zu sprechen gekommen war. Sie machte sich sicher Sorgen, wie sie es halten könnte, obwohl man ihre Notlage nicht auf einer Skala von eins bis zehn bewerten konnte. Sie könnte ein ganzes Obdachlosenheim unter ihrem Dach unterbringen. „Haben Sie schon einmal darüber nachgedacht ... unten zu vermieten?", fragte Caía. „Jeder macht das heutzutage. Es gibt sogar eine Webseite ..."

„Ja, ja, ich weiß. Leider bin ich jedoch recht zögerlich, unser zuhause für Fremde zu öffnen ... und dann kniff Marta plötzlich die Augen zusammen und sagte, während sie Caía mit einem raffinierten Lächeln betrachtete. „Wenn ich jedoch jemanden kennen würde, würde ich mich über die Gesellschaft freuen ..."

Es hörte sich an wie eine Frage. Marta neigte den Kopf. „Wie lange, sagten Sie, würden Sie in Spanien bleiben, Caía?"

Einen Augenblick konzentrierte sich Nick Kelly auf seinen leeren Teller.

„Ich habe nichts dazu gesagt."

„Unten gibt es ein großes Zimmer. Es steht schon seit Jahren leer."

Schweigen.

„Oh ja! Ja! Ja!", sagte Laura und klatschte enthusiastisch. „Wenn Sie bei mir wohnen, dann können wir Freundinnen werden." Und plötzlich schauten alle, einschließlich einer braunäugigen Fünfjährigen mit ein wenig Zuckerguss auf ihrer Oberlippe auf Caía. Der Kuchen war noch nicht serviert worden, aber das hatte Laura nicht davon abgehalten, schon einmal heimlich davon zu naschen. „Jetzt, wo ich darüber nachdenke, wenn Sie das Zimmer mieten möchten, könnte ich Ihnen einen Rabatt geben ... vielleicht als Entschädigung dafür, dass sie mit Laura üben, Englisch zu sprechen?" „Oh ja, ja, ja, ja!", rief Laura erneut, zappelte auf ihrem Stuhl und schlug wie wild mit den Füßen unter dem Tisch. Sie litt bereits jetzt unter der Wirkung von zu viel Zucker und dabei hatte sie noch gar kein Stück von dem Kuchen bekommen. Sie warf die Hände in die Luft und Caía dachte, dass sie vielleicht ein „Dab" machen wollte, außer, dass Caía sich nicht wirklich sicher war, was ein „Dab" überhaupt war.

Offensichtlich hatte das Kind zu wenige Freunde. Caía bemühte sich, sich zu erinnern, ob Jack sich so zu

Erwachsenen hingezogen gefühlt hatte. Abgesehen von sich selbst, glaubte sie es eher nicht.

Alle schauten zu Caía und warteten auf ihre Antwort und Caía konnte nicht sprechen. Das Angebot ... nun, es war, wie wenn man ein Kind in einem Süßwarenladen mit einem Teller voller Süßigkeiten einsperrte und dann sagte: „Iss sie nicht." Aber Caía war kein Kind. Sie war eine Erwachsene, die richtig und falsch unterscheiden konnte. Bei dieser Familie einzuziehen und nicht die Wahrheit zu beichten, war an sich falsch. Ihnen nicht zu sagen, dass sie nach Spanien gekommen war, um Nick Kelly zu suchen, war auch an sich falsch. Aber sie konnte sich nicht davon abhalten zu fragen: „Wie viel?"

Marta blinzelte, als wenn Caías einfache Aufgabe sie überraschte. „Nun, da muss ich schauen ... ich glaube, wir könnten es für zweihundert Euro entbehren."

Caía hob die Augenbrauen bei dem bescheidenen Preis; es war viel weniger als sie für ihre Unterkunft am anderen Ende der Straße bezahlte. „Zweihundert pro Woche?"

„Nein, nein, pro Monat", stellte Marta klar. „Und Sie müssen bitte ja sagen, wenn es Ihnen zusagt. Tu compañía me encantaría, und Laura auch." Sie blickte zu Nick und obwohl sie ihn nicht genannt hatte, war Caía klar, dass sie ihren Schwager auch mit einbeziehen wollte.

Ich nehme an, dass Marta sie nicht gewarnt hat, dass sie Heiratsvermittlerin spielt?

Auf Nick Kellys Lippen erschien ein winziges, verräterisches Grinsen. Scheinbar war er nicht im Geringsten von Martas Angebot verärgert oder überrascht, aber er sagte auch nichts, um sie zu ermutigen. Er schwieg und tippte mit seiner Gabel gegen den goldenen Rand seines Desserttellers.

Zurzeit bezahlte Caía ein Tausend Euro für ein kleines Zimmer in einem viel kleineren Haus als diesem. Nachdem, sie nun schon einige Wochen dort lebte, hatte sie ihren Vermieter noch nicht kennengelernt. Wenn sie das großzügige Angebot annahm, würde sie völlig fremde Leute gegen Marta und ihre Tochter ... und Nick Kelly eintauschen. Wieder blickte Caía hinüber zu Nick und fing seinen Blick auf. Die beiden schauten einander einen Augenblick an. Wenn sie so nah bei ihm war, würde sie vielleicht den Mut finden, ihn ein und für alle Mal zu konfrontieren ... außer, dass eine innere Stimme sie gegen die Entscheidung warnte und Caía sagte, dass ihre Täuschung kein gutes Ende nehmen würde, insbesondere, wenn nur eine Partei die volle Tragweite des Ganzen verstand. Wieder hörte sie Lucys Stimme. *Das wird kein gutes Ende nehmen, Caía.*

„Ich würde mir das Zimmer gerne anschauen", sagte Caía. „Wunderbar!", rief Marta, als Eugenia mit Streichhölzern zurückkam. Sie schaute hinüber zu Caía und ging an Nick vorbei auf die Torte zu. Sie öffnete die Streichholzschachtel, nahm ein Streichholz heraus, zündete es an der Seite der Schachtel an und blickte zu Caía, bevor sie die Flamme an den Docht hielt.

8

Niemand hat mir je gesagt, dass sich Trauer so anfühlt wie Angst.

— C. S. Lewis

Das Leben hatte einen verzerrten Sinn für Humor.

Für alle Karten-liebenden Südstaatler - insbesondere jene, deren Vorfahren einst die Sklaverei unterstützten - sie sind letztlich die Angeschmierten. Ein blinder Passagier kam zusammen mit ihrer kostbaren Fracht - die Kakerlake. Und obwohl die Sklaverei bereits vor Jahrhunderten abgeschafft wurde, waren diese Käfer, die Atombomben überleben konnten, vom ersten Tag an frei, sich einzunisten, wo sie wollten.

Das Jahr, nachdem Caía nach Chicago gezogen war, als sie im sechsten Monat mit Jack schwanger war, besuchten sie Greggs Eltern anlässlich seines Geburtstags. In Athens unterhielt seine Mutter einen großen Garten und jedes Jahr war das Haus zur Erntezeit voller Kisten mit frischem Gemüse - vorwiegend Tomaten. Dies war Fluch und Segen zugleich.

Einerseits schmeckten Mrs. Paines Tomaten himmlisch - eine Tatsache, die selbst ein unerwarteter und unerwünschter Neuankömmling in der Familie nicht leugnen konnte. Caía war Polin und ihre Eltern waren natürlich auch Polen. Ihre Großeltern waren Polen. Und schlimmer noch, sie waren auch noch katholisch. Und falls Sie es noch nicht wussten, aber in einem Baptistenhaushalt war katholisch ein Schimpfwort. Auch wenn ihre eigene Mutter einen Garten bestellte, war er lange nicht so großartig wie der von Mrs. Paine - ja, Mrs., nicht Janet. Da Caía als minderwertig angesehen wurde, war es nicht hinnehmbar, dass sie ältere Personen mit Vornamen ansprach. Außerdem war Mrs. Paine eine verheiratete Frau und wollte entsprechend tituliert werden. Dieser ganze Unsinn mit der Emanzipation der Frauen interessierte sie nicht. „Ich bin kein Fräulein Janet, sondern eine verheiratete Frau und diese lockeren Sitten zerstören die moralische Einstellung der Nation. Caía, ich hoffe nicht, dass Sie da mitmachen wollen", sagte sie beim Abendessen.

Jahrelang wollte Caía unbedingt „Omas" Anerkennung gewinnen. Auf die Bezeichnung hatten sie sich geeinigt, weil ja ein Enkelkind unterwegs war, und dies war schließlich die Familie, die Caía angenommen hatte, obwohl diese sich weigerte, ihre Familie zu akzeptieren.

Ihre Eltern wurden niemals zum Urlaub machen eingeladen und ganz sicher nicht zu Greggs Geburtstag, obwohl sie den ganzen Weg von Chicago kamen und nur wenig Zeit hatten. Aber darauf kam es hier gar nicht an. So sehr Caía es auch hasste, dies zuzugeben, aber diese dicken, saftigen Tomaten hatten mehr Geschmack als die ihrer Mutter, doch die aufgeblähte, feuchte und tropfende Masse zog Unmengen von Kakerlaken an, die über das Gemüse liefen und überall ihre Eier ablegten. Und einige dieser Kisten wurden im Esszimmer gestapelt, eine Tatsache, die Oma nicht zu stören schien, obwohl einige der blinden Passagiere fliegen konnten. Sie flogen über ihren Köpfen, während sie bei diesem Besuch zusammen zu Abend aßen und Caía musste würgen, als sie zwei fliegende Kakerlaken erspähte.

Die Familie war das Spektakel gewohnt, unterhielt sich weiter und sprach das Thema der Kakerlaken im Zimmer nicht einmal an. Selbst Gregg schien es nicht zu bemerken oder zumindest sagte er nichts zu Caía. Sie war drauf und dran, sich zu übergeben. Während des ganzen Essens zwang sich Caía,: ‚Tu es nicht, Caía. Tu es nicht'. Und mit wilder Entschlossenheit schaffte sie es, sich nicht auf das Hühnchengericht zu übergeben, sondern sonderte unbehaglich viel Speichel ab, bis seine Eltern sie endlich zum Auto begleiteten und verabschiedeten. In dem Augenblick, als Caía hörte, wie die Fliegengittertür geschlossen wurde, wandte sie sich ab und übergab sich über den Azaleen im Garten nebenan. Das Geräusch der schließenden Tür war ihr Auslöser gewesen.

Sie hatte entdeckt, dass Willenskraft eine Superkraft war. Mit Willenskraft konnte man bewirken, dass das Herz aufhörte zu schlagen, wie es bei alten Leuten mit zerbrochenem Herz vorkam. Außer dass, wenn man über alte Leute nachdachte, die an Einsamkeit starben, es sich meistens um den Mann handelte. Solange noch jemand da war, um den sie sich kümmern mussten, gönnten sich Frauen diesen Luxus nicht. Aber nur weil man nicht starb, hieß das nicht, dass man es sich nicht gewünscht hätte. Auch hielt es niemanden davon ab, sich schuldig zu fühlen, dass man noch unter den Lebenden weilte. Ihre jetzige Situation war im Wesentlichen ein Symptom ihrer Verzweiflung. Dies war Caía klar, aber das machte es nicht einfacher, den Weg, den sie für sich eingeschlagen hatte, zu ändern. Dies war die lange und umständliche Art der Erklärung, warum Caía Martas Angebot nicht ablehnen konnte.

Sie wollte Antworten. Mehr als alles andere wollte sie Antworten. Aber Caía brauchte auch noch etwas anderes ... etwas, das sie nicht genau benennen konnte. Sie spürte, dass es nichts mit Vergeltung zu tun hatte. Sicherlich stellte sie sich gern vor, dass Nick leiden musste oder starb, aber das war nicht mehr als eine schäbige Phantasie. Nachdem sie Nick Kelly gegenübergestanden hatte, seine Hand auf ihrem Rücken gespürt hatte, auch wenn dies sehr verwirrend gewesen war, wurde Caía klar, dass sie auf gar keinen Fall der Auslöser sein könnte, um ihm Schaden zuzufügen. Tatsächlich mogelte sich ein ärgerliches Schuldgefühl in ihr Bewusstsein, das dazu führte, dass - und wappnen Sie sich - er ihr leid tat.

Aber warum?

Was auch immer es war, es war einfach nicht möglich, wegzugehen, nicht, wenn Caía zum ersten Mal seit langer Zeit etwas fühlte. Und darum ging es; sie ... fühlte.

Sie gab Marta jedoch nicht sofort eine Zusage, obwohl sie bereits wusste, was sie vorhatte. Sie täuschte allen, einschließlich Nick Kelly und sich selbst vor, dass sie das Angebot überdenken müsste. Mit großer Willensanstrengung erbat Caía sich eine Woche.

Aber am nächsten Morgen passierte etwas Seltsames, woraufhin sie ihre Meinung änderte. Sie war wieder bei Rincon an ihrem üblichen Tisch, aber nicht zu ihrer gewohnten Zeit, wenn Nick Kelly möglicherweise seine Nichte zur Schule begleitete.

An diesem Morgen kam Caía ungefähr um zehn Uhr und als sie sich setzte, schaute sie sich die Speisekarte des Cafés an und überlegte, was sie essen sollte. Ja, es stimmte, sie hatte Hunger. Das Essen am Abend zuvor hatte etwas in ihr geweckt - sie wusste nicht genau, was dies war, aber es war da.

Unglücklicherweise war die Auswahl an diesem Morgen nicht so reichhaltig. Jamón ibérico und Brot. Dieses Gericht wurde mit Olivenöl oder mit Mantequilla roja serviert, ein Crisco-artiger Aufstrich, den es mit oder ohne eine Art Leberwurst gab. Oder man konnte Tostada bestellen, die mit der mexikanischen Variante allerdings nichts zu tun hatten. Sie waren einfach nur zwei leicht getoastete Scheiben Brot. Caía bestellte ihre mit jamón. Der übliche Kellner nahm ihre Bestellung auf, lächelte über ihr unerwartetes Interesse an der Speisekarte und beantwortete alle ihre Fragen geduldig.

Kurze Zeit später kehrte er mit einer Tasse dampfendem Café con leche zurück und brachte außerdem ein wenig Mantequilla roja für Caía zum Probieren.

„Danke", sagte sie.

„De nada", antwortete er. „Está muy rico", versicherte er ihr. „Es ist sehr gut", sagte er. Und falls Caía immer noch nicht verstanden hatte, legte er eine Hand an die Lippen und küsste seine Fingerspitzen. „Muy bueno", wiederholte er.

Caía nickte und nahm ihr Messer in die Hand, als er sich abwandte. Sie verstrich gerade ihr Mantequilla roja, das überhaupt nicht rot, sondern eine seltsam orangene Farbe aufwies, als Nick Kelly sie von der anderen Straßenseite aus entdeckte. Caía bemerkte ihn fast zur gleichen Zeit. Sie hielt den Atem an, als er die Straße überquerte. Er kam direkt auf sie zu. Sie war schon unzählige Male zuvor hier gewesen und hatte jedes Mal nach ihm Ausschau gehalten, und gehofft, dass sie endlich den Mut finden würde, ihn zu konfrontieren und jetzt, wenn sie einmal nicht an ihn gedacht hatte - zumindest nicht vordergründig - kam er trotzdem auf sie zu.

„Guten Morgen", sagte er. Heute war er in verwaschene Jeans und einem blauen T-Shirt gekleidet, was ihn gebräunter aussehen ließ als er tatsächlich war. Ehrlich gesagt war er nicht brauner als Caía, die jeden Nachmittag, jeden Tag drei Wochen lang, in genau diesem Café gesessen hatte.

„Ähm . . . guten Morgen", antwortete Caía. Ihre Hand legte sich fester um das Messer. Müßig überlegte sie, wie fest sie zustechen müsste, wenn sie dies tun wollte. Sie lächelte zu ihm auf und legte das Messer aus der Hand, als er vor ihr stand und auf sie herabschaute. Nach einem unbehaglichen Augenblick war Caía gezwungen, ihm einen Platz anzubieten.

„Gerne", sagte er und setzte sich sofort.

Caía verteilte ihr Essen an diesem Morgen nicht, aber die Tauben erkannten sie vielleicht, weil sie um ihren Tisch herumschwirrten. Bei ihrem Anblick errötete sie. Was, wenn der Kellner etwas sagte, was sie verriet? Was, wenn Nick bereits wusste, dass sie Stammkundin hier war? Was, wenn er sie bereits an einem anderen Tag während seines Gangs nach Hause gesehen hatte, obwohl sein Blick nie verweilt hatte.

Einen langen, unbehaglichen Augenblick lang mied Caía Nicks Blick und sie versteckte schnell ihre Geheimnisse und hob dann schließlich den Kopf. „Komisch, dass wir uns hier treffen."

„Ja", sagte er. „Komisch."

Warum hörte sich das so vielsagend an?

„Caía, tastsächlich hatte ich gehofft, sie zu treffen",

sagte er, als der Kellner verschwand. Caía hielt die Luft an, während er einen café cortado bestellte, bevor er auf sein Anliegen zurückkam ...

„Es ist schon eine Weile her, dass ich Marta so glücklich gesehen habe", sagte er. „Über was auch immer sie beide gestern gesprochen haben, welche Verbindung sie geknüpft haben, sie mag Sie sehr."

„Nun ... das ist ... sehr schön. Ich mag sie auch", sagte Caía und biss in ihr tostada. Und das stimmte auch. Dass sie Nick Kelly nicht mochte, hieß nicht, dass sie Marta keine positiven Gefühle entgegenbringen konnte. Sie waren schließlich nicht ein und dieselbe Person und Marta hatte nichts mit Jacks Tod zu tun. Ebenso wenig wie Laura.

„Sie ist in einer verletzlichen Lage", fuhr er fort.

Caía nickte und hörte zu. Dabei kaute sie weiter.

„Ich spüre, dass sie beide auf mehr als eine Art und Weise Seelenverwandte sind ..."

Caía runzelte die Stirn und schluckte. „Wirklich? Was meinen Sie damit?"

„Na ja, ich weiß nicht . . . es ist nur so ein Gefühl", sagte er.

„Na,ja, wir sind definitiv verbunden."

„Ja, und ... deswegen hoffe ich, dass Sie das Zimmer im Erdgeschoss mieten werden."

Caía verzog das Gesicht. „Wirklich?"

„Ja."

„Warum?"

Er zwinkerte ihr zu. „Weil es leer steht", sagte er mit einem gewinnenden Lächeln. Dieses Lächeln hätte Caía entwaffnen können, wenn sie nicht gewusst hätte, wer er war: Der Mörder ihres Sohnes.

Totschlag in Tateinheit mit einem Unfall. Hatten sie es nicht so genannt? Ganz gleich, bei wem die Schuld lag, das war tatsächlich die offizielle Bezeichnung für eine Verkehrsunfalluntersuchung.

Unglücklicherweise war es nicht das Gleiche, schuldig für Totschlag in Tateinheit mit einem Verkehrsunfall gesprochen zu werden, wie bei fahrlässiger Tötung in Tateinheit mit einem Verkehrsunfall. Diese Tatsache war ein Vorteil für Nick Kelly gewesen. Sämtliche Unfallzeugen behaupteten, dass er nicht fahrlässig gehandelt hatte. Was für ein Glück für ihn.

Das änderte nichts für Caía.

Caía zwang sich, sein Lächeln zu erwidern. Der Appetit, den sie vor Nicks Ankunft verspürt hatte, war jetzt weg. Trotzdem zwang sie sich zu einem weiteren Bissen, wenn auch nur, um eine Ausrede zu haben, damit sie nicht reden müsste. In der Zwischenzeit saß Nick geduldig da und schaute Caía beim Essen zu und sie konnte nichts anderes denken als: *Wie unhöflich. Wie unhöflich.* Zu jedem anderen Zeitpunkt, wenn sie beispielsweise in einer Beziehung gewesen wären, hätte sie gedacht, dass es charmant war, wie er ein klein wenig lächelte, während er sie beobachtete - vielleicht sogar bewundernd anlächelte. Aber in diesem Augenblick konnte sie nur denken: *Wie unhöflich.*

„Ich hoffe, Sie verzeihen mir meine Offenheit", sagte er. „Ich spüre, dass Sie Marta ein wenig mehr mögen als mich ... ich hoffe, dass Ihre Abneigung mir gegenüber keinen Einfluss auf Ihre Entscheidung hat."

„Ich weiß nicht, wie Sie darauf kommen", entgegnete Caía. Wie eine Heuchlerin schüttelte sie leugnend den Kopf. „Ich kenne Sie nicht gut genug, dass ich Sie nicht mögen könnte." Sie biss noch einmal in ihr Toast und wünschte, dass sie nicht so lange aufgehört hätte zu kauen, dass sie große, fette Lügen erzählen konnte.

Nick Kelly schaute sie noch neugieriger an, als der Kellner zurückkam und seinen dampfenden Espresso vor ihn hinstellte. Im Gegensatz zu Caías war seine „leche" in Herzform und ihr Blick wurde nach drinnen zu der Frau hinter der Theke gezogen und sie überlegte, ob es wohl Zufall war. Caía hatte kein Herz bekommen. Tatsächlich kam sie jeden Tag hier her und hatte noch nicht ein Mal ein Herz bekommen.

„Nennen Sie es Gefühl", sagte Nick.

„Nun, machen Sie sich keine Gedanken; ich habe mich bereits entschieden", verkündete Caía. *Wissen Sie, wer ich bin?* fragte sie still. Schauen Sie mir in die Augen, Nick Kelly. *Wissen Sie, wer ich bin?*

„Und?"

Sie hielt Nicks Blick so lange stand, bis sich der Dampf von seinem Kaffee aufgelöst hatte. Sie zuckte mit den Schultern, als wäre ihre Entscheidung nicht wichtig. „Warum nicht?"

„Heißt das, dass Sie es nehmen?"

„Nun, ich wüsste nicht, was dagegen spricht", antwortete sie.

Sein Lächeln erschien aufrichtig zu sein. „Das ist großartig", sagte er und trank einen Schluck aus seiner Tasse. „Marta wollte es ja nicht wirklich zugeben, aber sie braucht sowohl das zusätzliche Geld, wie auch die Freundschaft. Eine kleine Mieteinnahme wird ihr sehr helfen." „Das Zimmer ist viel mehr als zweihundert Euro wert", sagte Caía, um vielleicht auch ihr Gewissen zu erleichtern, dass sie wahrscheinlich jemanden übervorteilte.

„Richtig, aber sie will nicht mehr nehmen", erklärte er. „Machen Sie sich keine Gedanken. Sie arbeitet wieder. Mit zweihundert Euro im Monat kommt man hier sehr weit."

Caía hielt seinen Blick. „Was ist mit Ihnen?"

Er schien zu verstehen, was Caía meinte. *Was ist mit Ihnen? Warum sorgen Sie nicht für sie? Sind sie letztlich nicht deswegen hier?* Er zuckte mit den Schultern. „Ich tue, was ich kann."

Wirklich? Er könnte wahrscheinlich mit einem ordnungsgemäßen Visum in Spanien arbeiten, wenn er das wollte, aber sie nahm an, dass es vernünftiger war, dass Marta in ihrem eigenen Land arbeitete. Es war sicherlich nicht Nicks Verantwortung, seine Nichte großzuziehen und den Haushalt seines toten Bruders zu finanzieren. Dass er bereit war, auf Laura aufzupassen sollte ihn zumindest zum Teil reinwaschen, aber Caía betrachtete ihn lieber als Schnorrer. Sie nahm die oberste Lage ihres *tostada* ab und schaute finster auf den gesalzenen Schinken. „Also ... als was arbeitet sie?"

„Marta?"

„Ja."

Sie hörte den Stolz in seiner Stimme, als er antwortete. „Sie ist Schiffsingenieurin und lehrt an der Universität von Alicante, León und Cadiz."

Caía hob die Augenbrauen. „Toll." Sie schluckte. „Beeindruckend." Wer war hier der Faulpelz? Bestimmt nicht Marta. Das relativierte die Dinge, da Caía einst diejenige gewesen war, die große Hoffnungen gehabt hatte und diese für eine hübsche, weiche Couch in Roscoe Village verkauft hatte. Elternschaft war nicht einfach, aber Marta schien auch das mit einem toten Ehemann und einem altklugen Kind zu schaffen.

„Nach Jimmys Tod hat sie sich eine Auszeit genommen", erzählte er. „Aber jetzt ist sie wieder zurück."

Caía schaute durch ihre Wimpern hoch zu Nick. Sie ließ ihr Brot fallen. „Sie sind also geblieben, um mit Laura zu helfen?"

Mit dem Daumennagel kratzte er an einer Stelle auf seinem Kinn und es hörte sich an wie Sandpapier. „Zum Teil."

Und was ist der andere Teil? wollte Caía wissen. Sie kniff die Augen zusammen. „Also ... finden Sie es nicht seltsam, Räume an Fremde zu vermieten, deren Nachnamen man noch nicht einmal kennt?"

Er lächelte beruhigend. „Hat ihr jetziger Vermieter vorher eine Sicherheitsprüfung bei ‚Ihnen vorgenommen? Sollten wir das tun?" Er zog eine Augenbraue hoch.

Caía errötete und blickte in seine Kaffeetasse. Sein Herz aus Milchschaum war immer noch unbeschädigt, trotz des ersten Schlucks. „Nein. Ich habe über das Internet gemietet. Er hat meine Daten aufgenommen, als ich ankam."

„Dann machen wir es auch so. Wir sind ja schließlich keine Fremden mehr, nicht wahr? Wenn man zusammen gegessen hat, ist man kein Fremder mehr."

„Ich denke nicht", sagte Caía und ihr Blick lag immer noch auf seiner Kaffeetasse. Sie sehnte sich danach, ihren Finger in seine Tasse zu stecken und sein hübsches, kleines Herz zu zerstören.

Er streckte seine Hand aus, als wollte er sie begrüßen. „Warum bringen wir die offizielle Vorstellung nicht hinter uns ... Nick Kelly ... und Sie?"

Caía schluckte bei dem Anblick, wie seine Hand ihr nahe kam. Sie war nicht unbedingt schmutzig, sondern mit vielen kleinen Flecken von Stiften in verschiedenen Farben übersät - die meisten eher in Rot.

Wie Blut. Wie ironisch, denn an seinen Händen klebte ja Blut - das Blut ihres Sohnes. Zögerlich streckte sie die Hand aus, um seine zu ergreifen. „Caía Nowakówna."

Er runzelte die Stirn. „Ist das Ihr Ehename?"

„Nein", sagte sie und zog ihre Hand zurück. Er sollte nicht

mehr erfahren. Obwohl es ein guter Zeitpunkt für Offenbarungen gewesen wäre, konnte Caía sich nicht überwinden, den Namen auszusprechen, von dem sie wusste, dass er sie verraten würde.

Paine. Paine. Paine.

Mein Name ist Caía Paine.

Kennen Sie mich jetzt?

„Auf jeden Fall bin ich froh, dass Sie das Zimmer nehmen." Er schob seinen Stuhl zurück und stand dann auf.

„Ja", sagte Caía. „Ich auch."

„Entschuldigen Sie die Störung." Er nahm seine Kaffeetasse und leerte sie schnell. Dann stellte er sie fast leer wieder auf den Tisch und holte sein Portemonnaie, nahm zu viel Geld heraus und warf die Euro auf den Tisch. „Es wird schön sein, mit einer Auslandsamerikanerin unter einem Dach zu leben", sagte er und zwinkerte Caía zu. „Das Frühstück geht auf mich, Caía Nowakówna. Bis bald."

9

> Es ist so viel dunkler, wenn ein Licht ausgeht, als es gewesen wäre, wenn es niemals geschienen hätte.
>
> — JOHN STEINBECK

Jeréz, Gegenwart

Also wirklich, bilde dir kein Urteil.

Wenn man bedachte, was Caía widerfahren war, hätte sie alles noch einmal genauso gemacht, aber vielleicht nicht so einfach, wenn ihre gesamten Habseligkeiten nicht auf einen einzigen Koffer reduziert worden wären. Zugegebenermaßen war es vielleicht zu einfach, Entscheidungen spontan zu fällen und obwohl sie gerne glaubte, dass es eine weise Entscheidung gewesen war, ihre Habseligkeiten auf jene Dinge zurückzufahren, von denen sie wusste, dass sie nicht ohne sie leben konnte, war dies zwanghaft und weniger logisch gewesen und der Inhalt ihres Koffers war ein Beweis dafür. *Wer brauchte schließlich ein kleines Spielzeugauto?*

Sie hatte den kleinen, roten Pickup so lange in ihrer Handtasche herumgetragen, nachdem sie ihn auf dem Kopf liegend unter der Wohnzimmercouch gefunden hatte. Sie hatte ihn in der Tasche gehabt an jenem Morgen, als sie erfuhr, dass Jack von der New Einstein Academy angenommen worden war. Er war ihr Glücksbringer und sie hatte ihn in ihre Handtasche gelegt. Nun, da Jack nicht mehr da war, war er noch wertvoller.

Sie hatte auch einen Schal dabei, den ihre Mutter ihr gestrickt hatte, als sie und Gregg nach *Windy City* umzogen. Außerdem noch den Rosenkranz und das Gebetbuch, das Caía seit ihrer ersten Kommunion im Alter von zwölf Jahren nicht mehr geöffnet hatte. Wenn man die Zeitspanne bedachte, seit sie es zuletzt geöffnet hatte, konnte sie nicht behaupten, auch nur im Geringsten religiös zu sein, aber dies waren die Dinge, die sie an ihre Mutter erinnerten.

Ihre restlichen Habseligkeiten befanden sich in einem Lager in Chicago in Caías Namen, und es war für ein Jahr im Voraus bezahlt, aber zu diesem Zeitpunkt, wo sie so weit weg von ihrem vorherigen Leben war, hatte sie keine Angst bei dem Gedanken, alles zu verlieren. Der Grund dafür war wie folgt: Wenn man die eine Sache, die man für sich als wertvoll erachtete, verloren hat, verblasste der Wert alles anderen im Vergleich dazu.

Folgendes stimmte ebenfalls: Es wäre Caía völlig einerlei gewesen, wenn man das Schloss ihres Lagers abgenommen hätte und alles umsonst in Chicago verteilt hätte, da sie keine besondere Bindung zu den Sachen hatte. Sie wurde aber auf unerklärliche Art und Weise von allen drei Bewohnern der Nr. 5 angezogen, wobei dafür unmöglich die gleichen Gründe vorliegen konnten. Wenn Caía es riskierte, könnte sie versuchen, es zu erklären, aber wenn sie zu lange und zu intensiv darüber nachdachte, würde sie es vielleicht nicht durchführen.

Mit schwachem Willen, was diese bestimmte Anstrengung betraf kam Caía in Nr.5 Calle Lealas ungefähr um 11 Uhr an und bezog sofort das größte der Apartments im Erdgeschoss, das ein geräumiges Bad, ein Schlafzimmer, einen Eingangsflur mit Schränken und eine Nische vor dem Schlafzimmer am Rand des Pools enthielt. Wenn Caía geneigt gewesen wäre, hätte sie so tun können, als wäre sie im Urlaub, obwohl sie dazu nicht in der Stimmung war. Es war eher so, dass sie ein Spion oder ein Doppelagent war, der nach der Wahrheit suchte.

Und wenn sie dies analysierte, insbesondere die Doppelagent-Analogie, hätte sie auch ihre wachsende Zwiespältigkeit Nick Kelly gegenüber überprüfen können. Aber das tat sie nicht.

Der Eingang zu ihrem Apartment lag versteckt hinter dicken Palmen und rankendem Wein. Ein bisschen weniger getarnt als die Frühstücksnische befand sich ein kleiner Sitzbereich nahe des Pools, eingerichtet mit einem Korbsofa, zwei Korbsesseln und einem Beistelltisch mit Glasplatte. Aber eigentlich war dies eine Erweiterung ihres Zimmers.

Auf dem Beistelltisch lagen spanische Magazine: *Vani-dades* gehörte wahrscheinlich Marta ebenso wie *Siempre Mujer* und *Ser Padres* - ein Elternmagazin, bei dem sie sich nicht vorstellen konnte, dass Nick Kelly jemals hineingeschaut hätte. Tatsächlich sahen all diese Magazine aus wie neu und Caía hatte das Gefühl, als wenn keines jemals von den Bewohnern dieses Hauses gelesen worden wäre. Ihre Position auf dem Tisch untermauerte diese Theorie. Sie lagen so, dass ihre Rücken in Richtung Sofa zeigten und waren ausgelegt wie der Fächer, den Caía Laura geschenkt hatte.

Darüber hinaus waren alle Magazine aktuell. Dazwischen lagen keine alten Zeitschriften. Dies hatte sie wahrscheinlich Eugenia zu verdanken, der Angestellten, die oben im zweiten Stock lebte.

Für jemand, der ein zusätzliches Einkommen brauchte, waren Zeitschriften eine Verschwendung, aber Caía würde sie sicherlich benutzen, um ihr Spanisch zu verbessern; nur das Elternmagazin würde sie niemals anrühren. Dank Nick Kelly interessierten diese Artikel Caía nicht mehr.

Auf jeden Fall hatte sie schon viel schlimmere Unterkünfte für zweihundert Euro pro Monat gemietet und wenn sie schon kein schlechtes Gewissen hatte wegen des Grunds für ihren Einzug, wollte sie sich erst recht nicht wegen der Miete schuldig fühlen. Wenn man bedachte, dass sie ein festes Einkommen hatte - der Erlös aus dem Verkauf ihres Elternhauses - passte ihr der Preis recht gut.

Als sie allein war, brauchte sie nur fünf Minuten, um auszupacken. Ihre Lieblingskleidung passte in weniger als einem Achtel des ihr zugeteilten Schrankplatzes und ihre Unterwäsche ging in eine Schublade. Sie besaß drei Paar Schuhe: Ein Paar Doc Martens Stiefel, ein Paar Sandalen und ein Paar Pumps. Sie stellte sie alle auf ein Regal unter ihre Kleidung und legte das Gebetbuch auf ihren Nachtschrank. Marta war wahrscheinlich Katholikin, dachte sie und wenn sie das Buch sah, würde sie glauben, dass Caía auch gläubig war. Oder genauer gesagt, wenn sie diese Dinge sah, würde sie Caía wegen nichts verdächtigen, schon gar nicht wegen dieser Sache.

Stalker, schrie eine Stimme in ihrem Kopf. Sie ignorierte sie und hing ihren Umhang auf einen hölzernen Bügel. Das Spielzeugauto legte sie zusammen mit ihrem iPad in die Schublade. Vorher schaltete sie das iPad noch aus. Es war die einzige noch verbliebene Verbindung zu ihrem früheren Leben und enthielt den Zugriff auf sämtliche Fotos von Jack und sämtliche Informationen zu ihrer Person. Obwohl sie es früher zum lesen verwendet hatte, tat sie das jetzt nicht mehr. Ihre Bücher waren vergessen und ihre Musik vernachlässigt. Sie hatte keinerlei Interesse an Dingen, die nicht mit ihrem Sohn oder Nick Kelly zu tun hatten.

Die ersten paar Abende nach ihrer Ankunft hatte Caía für sich allein bleiben wollen, um sich einzuleben, aber Marta schien entschlossen zu sein, sie aus der Reserve zu locken, indem sie sie zum Abendessen einlud und um Hilfe in der Küche bat.

Es machte Caía nichts aus, denn in diesen Augenblicken konnte sie sie selbst sein, wenn Laura und Nick anderweitig beschäftigt waren und sie und Marta die Gelegenheit ergriffen, einander zu bedauern. Nur jemand, der einen nahestehenden, geliebten Menschen verloren hatte, konnte verstehen, wie Caía sich fühlte. Zumindest sagte sie sich das, wenn sie der sehr echten Sehnsucht nach Martas Gesellschaft nachgab.

Trotzdem war ihr Wunsch, Zeit mit Marta zu verbringen keine Heuchelei. Marta war eine Seelenverwandte. Marta verstand, wenn sie allein sein musste. Und wenn Caía nicht bei ihr sein wollte, musste sie überhaupt nicht in den ersten Stock gehen oder einen anderen Menschen sehen. Das Haus war groß genug, dass man sich darin verlaufen konnte. Und manchmal tat sie so, als wäre sie nur eine Mieterin und dass sie und Marta sich rein zufällig getroffen hatten. Es gab Leute, die sich so kennenlernten - völlig Fremde, die später sehr, sehr gute Freunde wurden. Marta war genau diese Art von Person, ein herzlicher und offener Mensch, der jeden umarmte und nichts zu verbergen hatte.

Im Gegensatz zu Caía.

Unten auf der Terrasse war eine vollständig eingerichtete Küche. Und es gab ein ‚Fernsehzimmer', aber das Gerät war noch ein Röhrengerät und schien aus den Achtzigern oder frühen Neunzigern zu stammen. Das zwölf-Zoll-Gerät war klobig und breit und brauchte fast den ganzen Platz auf dem Wagen. Offensichtlich genoss Fernsehen keine Priorität in diesem Haus.

Ihr Sohn hatte Unmengen von Fernbedienungen in seinem Zimmer gehabt - unter dem Bett, auf seiner Kommode, in der Schublade, im Kleiderschrank - so viele, dass Caía nicht mehr gewusst hatte, zu welchem Gerät jede einzelne gehörte. Das war schließlich einer der Gründe gewesen, warum sie ihm sein erstes Skateboard geschenkt hatte. Sie hatte ihn ermutigen wollen, mehr Zeit an der frischen Luft zu verbringen. Natürlich hatte ihm das Skateboard Spaß gemacht. Er und seine Freunde hatten stundenlang in ihrem Garten gegraben und Rampen gebaut. Und dann kaufte Gregg ihm ein verdammtes Handy ...

Caía schob den Gedanken beiseite und hielt die Dunkelheit von sich fern.

Bei Tag war der Innenhof sehr hell. Aber bei Nacht trug das Deckenfenster nur wenig dazu bei, das Innere des Hauses zu erleuchten. Heute Abend standen die drei oberen Balkontüren weit offen und obwohl es langsam zu kühl zum Schwimmen wurde, schien dies den Onkel und seine Nichte nicht zu stören, während sie unten im Pool herumplanschten. Gelächter schallte durch das ganze Haus. „Nein, Tiíto—neiiin!", quiekte Laura.

Auf dem Weg von der Küche blieb Caía stehen, um ihnen zuzuschauen, wobei sie im dunklen Schatten blieb, damit es nicht so offensichtlich erschien. Wenn er allein mit seiner Nichte war, wurde Nick Kellys ernstes Verhalten weicher. Er ergriff Laura am Knöchel und zog sie in den Pool, wobei er knurrte wie ein Ungeheuer.

Bist du ein Ungeheuer, Nick Kelly?

Wenn sie hier lebte, würde sie das vielleicht herausfinden.

Laura kreischte, aber nicht vor Angst, und Caía dachte zurück an Jacks Kindheit. Ihr Mann war selbst vor seiner Affäre zu beschäftigt gewesen und sehr oft saß sie allein mit Jack beim Abendessen. Sie hatten auch zusammen gespielt bis es ihm zu langweilig wurde, mit Caía zu spielen. „*Brumm. Brumm. Brumm*", sagte sie und rollte Autos auf Autobahnen.

„Nein, Mami, so hören sie sich nicht an", korrigierte er sie missbilligend. „Autos machen nicht brumm, brumm, brumm."

„Wie machen sie denn dann?"

„Sie machen gar kein Geräusch, außer wenn Menschen hupen." „Tuut, tuut", hatte Caía grinsend gesagt.

„Nein, nein, nein!" Wieder schob er ihre Hand von dem Auto weg, mit dem sie gespielt hatte. „Ein Auto hupt nur, wenn ein Mensch im Weg ist."

„Aber ich bin doch ein Mensch", hatte sie sich mit einem beharrlichen Lächeln beschwert.

„Mamiiii!"

„Schon gut, ich verstehe es jetzt. Autos hupen nur bei Menschen?"

„Und Kühen", hatte er mit Überzeugung hinzugefügt.

„Das stimmt, Mami."

„Was ist mit Hühnern?"

Jack schüttelte den Kopf. „Nein, Hühner gehen nicht über die Straße." „Wie sollen sie dann auf die andere Seite kommen?"

Daraufhin schaute ihr Sohn sie völlig verwirrt an - vielleicht so, wie Caía den Mann im Pool anstarrte.

Hast du gehupt, Nick?

Hast du gesehen, dass mein Sohn die Straße überquerte?

Warum hast du nicht angehalten?

Warum? Warum? Warum?

Immer wieder versuchte Caía Jacks letzte Augenblicke in ihrem Kopf zu rekonstruieren und jedes Mal, wenn sie versuchte, es sich vor Augen zu führen, wurde sie von einer Panik überwältigt, die sie anflehte, nicht hinzuschauen.

Schau nicht hin, Caía. Schau nicht hin.

Gaffen ... war das nicht der Begriff, den man gebrauchte, wenn Leute an Unfällen vorbeifuhren und versuchten, alles zu sehen? So sehr sie auch versuchte, es zu vergessen, Caía konnte trotzdem die Stimme des Arztes in ihrem Kopf hören, die für sie unbeteiligt und hohl klang, weil sie an jenem Tag getrunken hatte, was sie sonst nur selten tat.

„Das Rückgrat ist an den C-1 und C-2 Wirbeln hier und hier beschädigt", hatte er gesagt, wobei er auf ein Diagramm zeigte. Seine Worte klangen formal und kalt. „Dies ist der Bereich, der das Herz und die Lungen steuert ..."

„Mein Mann war Architekt", sagte Marta ruhig und erschreckte Caía, als sie sich neben sie stellte und auf die Menschen unten im Pool schaute. „Ich habe diesen Ausblick immer geliebt."

Einen Augenblick standen sie dort zusammen und beobachteten das Spiel und Marta schüttelte den

Kopf. „Ich wüsste nicht, was ich ohne Nico tun würde", beichtete sie in ihrem ausgeprägten, aber korrekten Akzent. Ihre Stimme war voller Gefühl. „Er ist der Beste der Besten", sagte sie und verwendete die gleiche Beschreibung wie für ihr Olivenöl.

Caía blickte seitwärts auf Martas Gesicht und sah einen aufrichtig bewundernden Blick und sie fühlte sich ... verwirrter als je zuvor. *Wie konnte der Mann da unten der Beste der Besten sein?*

Marta wandte sich lächelnd zu ihr. „Ich glaube, dass er Sie bewundert, Caía."

Caía musste sich zusammenreißen und runzelte dann die Stirn. „Mich?"

„Na ja, er hat mir gesagt, dass er Sie schön findet." Caía täuschte ein Interesse an dem nicht vorhandenen Dreck unter ihren Fingernägeln vor. „Hat er das?"

„Ja. An jenem ersten Abend, als Sie hier zum Abendessen waren. Ich gebe zu, dass ich ihn gefragt habe, nachdem Sie gegangen waren. Er sagte, dass ihm Ihre Nase gefiele."

Caía hob eine Augenbraue. „Meine Nase?"

„Ja." Marta lächelte freundlich. „Er sagte, sie würde ihn an jemanden erinnern, den er kennt."

Caía wandte den Blick ab. Jack hatte ihre Nase gehabt, aber Caía war sich sicher, dass er das nicht gemeint haben konnte. Sie wusste nicht, wie deutlich er das Gesicht ihres Sohnes hatte sehen können ... aber ... dann ... vielleicht ...

Nach dem Unfall hatte man Caía nicht erlaubt, Jack zu identifizieren; nur Gregg durfte das. Und selbst nachdem der Maskenbildner mit Jack fertig war, hatten sie sich für einen geschlossenen Sarg entschieden. Gregg hatte darauf bestanden, dass Caía nicht hineinschaute. Wenn es ihr besser gegangen wäre, hätte sie sich gegen dieses Mandat aufgelehnt

Erlösungslied

... denn jetzt brauchte sie endlich einen Schlussstrich.

Während sie auf den Pool blickte, erinnerte sich Caía an die Beerdigung ihrer Mutter. Zuerst hatte ihr Vater eine Verbrennung in Erwägung gezogen, aber hatte seine Entscheidung aus Angst in letzter Minute geändert. Ganz zufällig war Caía ihm nach drinnen gefolgt. Ihre Mutter lag auf dem Tisch und ihre Fingerspitzen wurden bereits schwarz ...

Sie verstand genau, was mit dem Körper nach dem Tod passierte. Sie erinnerte sich an ihren Biologieunterricht. Manchmal wünschte sie sich, dass sie Jack verbrannt hätten, denn jetzt stellte sie sich ihren Sohn mit leeren Augenhöhlen und ohne Haut vor. Es war kein Bild, das sich eine Mutter vorstellen sollte. Es war einfacher, so zu tun, als wäre er nicht tot.

Neben ihr streckte Marta die Hand aus, um Caías Arm zu drücken - eine Geste, die immer vertrauter wurde. In der ersten Woche, nachdem sie unten eingezogen war, wenn die Küche aufgeräumt war, hatten sie und Marta sich in das Wohnzimmer oben zurückgezogen und sich bis spät in die Nacht über alles Mögliche von gescheiterten Ehen bis hin zur Kindererziehung unterhalten. Aber sie sprachen nur selten über Jacks Tod, obwohl Caía Martas Bereitschaft spürte, zuzuhören. Caía konnte darüber noch nicht in allen Einzelheiten sprechen. Wahrscheinlich, weil sie Angst hatte, dass sie zu viel offenbaren würde.

„Schon bald werden wir eine Reise nach Zahara unternehmen", sagte Marta leise. „Ich hoffe, dass Sie mit uns kommen werden."

Marta rieb Caía mit der Hand über den Rücken auf die gleiche tröstliche Art und Weise, wie Mütter dies mit ihren Kindern machten und Caía lehnte sich an. „Zahara?"

"Zahara de la Sierra—ein kleines, weißes Dorf in den Bergen. Und vielleicht können wir auch nach Baena fahren und Sie können selbst sehen, wo das beste Olivenöl gemacht wird."

„Sie und Laura ... und Nick?"

„Ja", sagte sie. „Es ist der erste Todestag von meinem Jaimito. Mi pobrecito."

„Es tut mir leid", sagte Caía, aber sie nahm die Einladung nicht sofort an. Es war ein großzügiges Angebot und zeigte die Tiefe ihrer unerwarteten Verbindung, dass Marta diesen besonderen Jahrestag mit Caía teilen wollte. Aber weder verdiente Caía dies noch fühlte sie sich wohl dabei.

„Natürlich können Sie gern in Jeréz bleiben, aber ich hoffe, dass Sie das nicht wollen. Es wird gut sein, diesen Jahrestag mit einem Menschen zu teilen, der meinen Schmerz versteht."

Caía standen die Tränen in den Augen, als sie zu Marta blickte. Ohne ihr eigenes Bedürfnis nach einer Umarmung zu verstehen, streckte sie ihren Arm aus und legte ihn um ihre neue Freundin und die beiden standen in einer Umarmung oben auf dem Balkon und keine von beiden wollte sich so schnell wieder lösen. Aus dem Innenhof war Gelächter zu hören und sein Klang hörte sich in diesem Augenblick disharmonisch an.

10

Ich denke nicht an all den Kummer und das Leid, sondern an all die Schönheit, die übrig bleibt.

— ANNE FRANK

Die Küche roch nach Meeresfrüchten, Gewürzen und warmem, frischen Brot. Der fieberhafte Klang einer Flamenco-Gitarre schwebte von der Musikanlage auf der Terrasse unten durch das offene Fenster herein.

Während sie Käse und Schinken naschten und Wein beim Kochen tranken, kicherten Caía und Marta wie Schulmädchen und das echte Kind stand auf einem Stuhl in der Küche und überwachte das Kochen wie eine duena. Lauras Anwesenheit in der Küche wurde nicht nur toleriert, sondern war erwünscht und hin und wieder reichte Marta der Fünfjährigen ein Glas und nahm es ihr wieder ab, wenn sie einen zu großen Schluck nahm. Sie hätte es inzwischen zwar gewohnt sein sollen, aber ein Weinglas in Lauras Hand überraschte Caía immer wieder. Wenn sie auf einen Drink ausgingen oder eine Flamenco-Show besuchten, kam Laura immer mit. Zusammen waren sie ein glücklicher Dreierpack geworden. Es fühlte sich so gut an zu lachen. Caía wischte sich über die Augen und nahm ein herumstehendes Weinglas und fragte: „Ist das meins?"

„Pah", antwortete Marta und tat die Frage mit einer Handbewegung ab. „Was macht es schon aus? Wir trinken eh schon bald aus der Flasche." Sie leerten gerade Nummer zwei und waren bereit für Nummer drei.

„Das ist wirklich wahr", sagte Caía und trank den letzten Schluck und ging dann zu dem Topf, der auf dem Herd kochte. „Was sind das hier also noch mal?"

„Cañaíllas", rief Laura.

Der Duft war vielleicht der von Meeresfrüchten, aber der Inhalt sah eher aus wie verunstaltete Weinbergschnecken. „Sind das Meeresschnecken?"

„Nein", erklärte Marta. „Eher wie Conchas."

„Lecker, lecker, lecker schmecker", rief Laura. Sie verwendete die Worte, die ihr Onkel sie gestern Abend gelehrt hatte. und rieb sich den Bauch mit übertrieben großen, kreisenden Bewegungen. Tatsächlich war Lauras Verständnis der englischen Sprache viel besser als Caía angenommen hätte. Ihre zu große Schürze saß etwas schief und sie hielt einen großen Holzlöffel in der Hand. „Kann ich sie jetzt drehen, Mamá?" Sie tanzte oder viel mehr schlängelte sich. „Kann ich? Kann ich?"

„Kannst du sie umrühren", korrigierte Caía sie zögerlich, weil sie sie ja auch „drehen" würde. Der Unterschied machte kaum etwas aus, aber es war ihre Aufgabe als pflichtbewusste Englischlehrerin; sie fühlte sich an fast jedem Tag eher wie eine Schülerin. Selbst Laura hatte sie so viel darüber gelehrt, den Augenblick zu erleben.

Marta ignorierte die Frage ihrer Tochter, während

sie mit gerunzelter Stirn Salz in den Topf gab. „Mehr braucht man nicht, nur ein wenig Salz und vielleicht etwas Pfeffer. Und man kann es natürlich auch würzig machen, aber meine Laura mag das nicht so sehr."

„Nein. Ich mag ganz viel davon", berichtige Laura ihre Mutter und schlug sich mit dem Holzlöffel auf den Bauch. „Ich mag ganz viel davon in meinem Bauch, weil es so lecker schmecker ist!"

Die Aufregung des Kindes war unerschöpflich.

„Ja, ja", sagte Marta und wandte sich um, um ihrer Tochter den Löffel aus der Hand zu nehmen. Sie klopfte ihrer Tochter ganz leicht auf den Kopf damit. „Ich weiß, Süße, dass du ganz viel davon möchtest, aber dir wird übel, wenn du zu schnell isst, wie beim letzten Mal."

„Das mache ich nicht, Mamá. Te lo juro", sagte Laura und versuchte, den Löffel wieder zu ergattern. Jedes Mal, wenn sie danach griff, nahm Marta ihn weg. „Mamá", rief sie.

„Was wirst du nicht tun?"

„Ich werde nicht zu viel essen."

„Ja, weil du etwas für Caía übrig lassen musst, weil sie sonst sie nach Hause geht und denkt, dass du unhöflich bist."

Sofort schüttelte Laura den Kopf. „Neiiiin, ich will nicht, dass sie geht", sagte sie und schaute zu Caía. Die Aussage vermittelte ihr eine unerwartete Freude.

„Sehr gut, dann wirst du brav sein", sagte ihre Mutter, gab den Holzlöffel zurück an Laura und lenkte ihre Aufmerksamkeit wieder auf den Kochtopf. „Sie sind fast fertig", sagte sie. „Vielleicht noch zwei Minuten und dann bringen wir alles hinunter auf die Terrasse und beginnen mit unserer *fiesta de chicas, sí?*"

Mädchenabend zuhause. Es war Caías Idee gewesen

und Marta war begeistert von der Aussicht. Auf dem Tisch standen bereits gewürztes Olivenöl mit warmem Brot, Käse und jamón und etwas, das chicarrones hieß. Alles stand schon bereit, dass es nach unten gebracht werden konnte.

Ein großer Teil des heutigen Abendessens schien direkt aus dem *Fear Factor* Programm zu stammen - zumindest für eine einfache Polin aus Athens in Georgia. Zugegebenermaßen gab es viele Dinge, die Caía noch nicht gegessen hatte, einschließlich Weinbergschnecken und roher Austern. Irgendwie hatte sie es geschafft, vierunddreißig zu werden, ohne jemals rohe Muscheltiere geschluckt zu haben. Aber sie würde sich nicht von einer Fünfjährigen bei *Fear Factor* besiegen lassen.

„Mira, Caía. Ich werde Ihnen zeigen, wie man sie isst", sagte Laura nüchtern. „Für mich sind sie jetzt einfach. Weil ich groß bin. Als ich ein Baby war, konnte ich das nicht."

„Warst du jemals ein Baby?"

Laura nickte und hatte Caías Frage vielleicht falsch verstanden; sie beugte sich herab und legte beide Hände um Lauras Gesicht wie sie es so oft bei Jack gemacht hatte. Und genau wie Jack verstand Laura die Aufforderung, ihr Kinn in Caías Hand abzulegen. Sie lächelte hoch zu Caía und deren Herz zog sich schmerzhaft zusammen.

Wie konnte sie ihr Herz so einfach an dieses Kind verlieren, wenn es doch noch so voller Trauer wegen Jacks Tod war?

Niemand konnte ihren Sohn ersetzen, aber es fühlte sich gut an, Lauras Vertrauen gewonnen zu haben. Nach und nach fand Caía ihr lange verlorenes Zen wieder. Vielleicht lag es auch daran, dass Lauras Onkel weniger anwesend war. Eine kurze Zeit jeden

Tag konnte sie vortäuschen, dass Nicholas Kelly nicht auf die schrecklichste Art und Weise ein Teil ihres Lebens war. Sie überlegte, wo er wohl heute wieder hingegangen war.

Da sie der Meinung war, dass die Schnecken jetzt fertig waren, nahm Marta den Riesentopf vom Herd und trug ihn zur Spüle. „Qui-ta", sagte sie zu ihrer Tochter. „Te voy a quemar." Und Laura schlüpfte vom Stuhl und ging ihrer Mutter aus dem Weg. Als der Topf sicher auf der Spüle stand, schüttete Marta den Inhalt durch ein Sieb. Und als das fertig war, hob sie das Sieb mit den cañaíllas heraus und stellte es auf ein gefaltetes Küchenhandtuch, um das überschüssige Wasser aufzufangen. Ohne Überleitung fragte sie: „Caía, wissen Sie, wo der Wein ist? Ábreme otra botella, por favor."

„Noch eine?" Caía grinste. „Wir werden schon vor acht ganz schnell tief und fest eingeschlafen sein."

„Sie vielleicht, ich nicht", sagte Marta mit einem Küsschen und einem Lächeln, öffnete einen Schrank und zog eine blaue Porzellanschüssel heraus. "Hier sind wir unseren Wein gewöhnt."

„Mama, das macht keinen Sinn. Wie kann jemand schnell einschlafen?", fragte Laura. „Wenn Leute einschlafen, können sie nicht schnell sein? Sie müssen langsam müde werden."

„Es ist nur so ein Ausdruck", erklärte Caía, als Marta den Inhalt des Siebs in die blaue Schüssel schüttete und Caía öffnete noch eine Flasche Wein. Als Caía Marta ein volles Glas Wein reichte, war Laura schon beim nächsten Thema. Sie stand wieder auf ihrem Stuhl und pustete auf die volle Schüssel mit cañaíllas, als wenn sie sie kühlen wollte. „Ich möchte Ihnen etwas zeigen", sagte sie, suchte zwei conches aus und hielt sie zwischen ihren Fingern hoch.

„Au", sagte sie und warf eine zurück. Sie nahm sie jedoch wieder auf, als wenn sie sich weigerte, besiegt zu werden, aber sie runzelte die Stirn. „Sie müssen vorsichtig sein, weil sie heiß sind. Mira", sagte sie und hielt beide conches hoch, damit Caía sie sehen konnte. Ihre Mutter wandte sich um, um zuzuschauen und hatte eine Hand auf ihrer Hüfte und die andere um den Bauch ihres Glases gelegt. „Weine nicht, si te quemas, Laura."

„Ich werde mich nicht verbrennen, Mamá. Schau", sagte sie wieder. „Sie müssen das Kneif-Ende nehmen und in das Loch stecken. Und zwar so." Sie zeigte es, indem sie das spitze Ende einer Schnecke in die Schale der anderen steckte - ein primitiv aussehendes Verfahren. „Und dann müssen sie sie ... herauskneifen ..." Sie machte es schnell und ließ es einfach aussehen. „Und dann essen Sie sie." Sie steckte das Schneckenfleisch in den Mund und schluckte es dramatisch runter, bevor sie sich mehr holte. „Sie können es jetzt selbst probieren."

„Me cago en tu madre", sagte Marta gereizt, obwohl sie ihre Tochter anlächelte und trank einen Schluck Wein aus ihrem Glas, während Caía zwei kleine, recht heiße Schnecken aus Lauras Hand entgegennahm.

Heiliger Strohsack! Aber das Kind musste schon Schwielen an den Fingern haben. Wie Laura es getan hatte, warf Caía sie wieder in die Schüssel und hob sie dann erneut auf und Laura kreischte vor Lachen. Als sie sie wieder in der Hand hielt, grub sie mit dem spitzen Ende einer Schnecke in die Schale der anderen und versuchte, das Fleisch zu erwischen und herauszuziehen. Sie versuchte es mehrere Male, aber jedes Mal zerfetzte sie den Rand anstatt das Schneckenfleisch zu erwischen.

Sie versuchte es noch einmal und war entschlossen, nicht aufzugeben - insbesondere, da Laura zwei Schnecken aus der Schale geholt hatte, bevor Caía auch nur eine schaffte.

„Das sieht nach Spaß aus", sagte Nick und betrat unerwartet den Raum. Er erschreckte Caía. Sie schnipste das Schneckenfleisch heraus. Es flog hinter sie und landete auf Nick Kellys linker Wange. Er hatte gute Reflexe und fing das Ergebnis von Caías Anstrengungen, bevor es auf den Boden fallen konnte.

Begeistert kreischte Laura vor Lachen und Marta lachte auch. Caía runzelte die Stirn - weniger wegen ihrer gescheiterten Versuche, sondern eher, weil Nick wieder da war.

„Willkommen zuhause, Nico", sagte Marta und winkte ihn in den Raum, aber er zögerte und warf Caía einen Blick von der Seite zu.

„Wir feiern eine fiesta de chicas, Tiíto Nick." „Nur Mädchen? Oder dürfen die Jungs auch kommen?", fragte Nick.

Die Frage wurde an Caía gestellt und Marta beobachtete ihre Interaktion neugierig. „Natürlich", sagte Caía und senkte den Blick auf ihre leere Schale.

„Da gibt es einen Trick", sagte Nick und stellte sich neben Caía. „Darf ich?" Er streckte seine Hand aus.

„Ich hole dir ein Bier, Tiíto", sagte Laura aufgeregt, eilte aus dem Zimmer und rannte nach unten zur Terrasse, wo sie das Bier aufbewahrten. So ungestüm, wie das Kind losrannte, war Caía sicher, dass das Bier in Nicks Gesicht explodieren würde und ein Teil von ihr spürte bei dem Gedanken ein heimliches Vergnügen.

Marta wandte ihre Aufmerksamkeit dem Backofen zu und zog das Brot heraus und Caía war dann doch gezwungen, Nicks Hilfe anzunehmen. Sie reichte ihm beide Schnecken. Mit der leeren Schale steckte er schnell das spitze Ende in das dickste Stück des Fleisches und spießte es auf und zog es ganz vorsichtig heraus. „Möchten Sie es?"

Caía schüttelte den Kopf und er antwortete mit einem Grinsen. Ohne zu zögern und mit einem Funkeln in den Augen warf er das Schneckenfleisch in seinen Mund.

❦

Chicago, Dienstag, 14. Juni 2016

Obwohl die Hintertür geöffnet und wieder geschlossen wurde, schaute Jack weiter krampfhaft auf seinen Computer-Bildschirm. Caía hätte ebenso gut ein Einbrecher sein können. Andererseits musste ihm klar sein, dass Einbrecher wahrscheinlich nicht in ihrer Garage parken würden und das verringerte die mögliche Zahl an Eindringlingen auf zwei und keiner von beiden war im Augenblick von besonders großem Interesse für ihn.

Teenager ... hatte sie sich auch so sehr zurückgezogen? Nein, weil Caía keine Eltern hatte, die immer stritten. Sie und Jack teilten zwar das Schicksal, Einzelkinder zu sein, aber dies war ein fundamentaler Unterschied zwischen ihnen und er war prägend. Um Jacks Willen hatten Gregg und sie einen Waffenstillstand geschlossen, aber die Lage war weiter angespannt. Wenn das Vertrauen einmal verloren war, konnte man es nicht so einfach zurückgewinnen.

Die ganze Tortur und die Komplikationen, die ihr Mann in ihr Leben gebracht hatte, ärgerten sie und Caía legte ihr Portemonnaie und die Schlüssel auf die Küchentheke, öffnete den Kühlschrank und überlegte, was sie zum Abendessen machen könnte.

Gregg hatte ihr Auto beim Geschäft abholen sollen und da er es nicht gerne fuhr, war Caía ganz sicher gewesen, dass er direkt nach Hause kommen würde. Aber ihr Auto stand nicht an seiner gewohnten Stelle vor dem Haus. Und da Gregg natürlich darauf bestand, die Garage für sich zu beanspruchen, hatte sie fast erwartet, ihr Auto darin geparkt zu finden. Es war offensichtlich, dass er noch nicht zuhause war und ihr Magen zog sich ein wenig zusammen, was trotz ihres Raubzugs im Kühlschrank kein Zeichen von Hunger war.

Bemerkenswerterweise ließ sich ihr Sohn noch nicht einmal vom offenen Kühlschrank ablenken. Sie schloss die Tür fester als sie beabsichtigt hatte. „Wo ist dein Vater, Jack?"

Seine Reaktion war voller Empörung. „Woher soll ich das wissen?"

Er hielt den Kopf tief über den Tisch in der Küche, wo Caía seinen Computer hingestellt hatte. Eine zerdrückte Tüte Chips lag neben ihm und sie war zweifellos der Grund, dass er sich nicht für das Abendessen interessierte und da Caía für sonst nichts nützlich war in dieser Zeit, machte er sich nicht die Mühe, sich umzudrehen und sie anzusprechen.

„War er zwischendurch zuhause?"

„Nein."

Ein wenig entgegenkommendes Verhalten. Caía überlegte, ihm zu sagen, mit dem, was er gerade tat, aufzuhören und sie anzuschauen, wenn er mit ihr sprach. Aber das tat sie nicht. Stattdessen hoffte sie, ihn daran zu erinnern, dass das, was sie seinem Vater gegenüber fühlte, sich nicht auf ihn bezog und daher stellte sie sich hinter ihn und legte eine Hand auf seine Schulter, wie sie es früher immer getan hatte. Damals hätte er sich vielleicht umgedreht und seine

Arme um ihre Taille geschlungen. Jetzt saß er steif da, mit angespannten Schultern und in dem Augenblick, als sie ihre Hand auf seine Schulter legte, zog er sie ein halbes Zoll hoch. Aber er drehte sich nicht um.

„Vielleicht ist er ins Fitness-Studio gegangen", sagte er schließlich und sie merkte, dass ihm ihre Nähe unbehaglich war. Caía trat vom Tisch zurück und lehnte sich gegen die Kücheninsel, um Jack ein wenig Raum zu geben. „Ich dachte, du hättest gesagt, dass du nicht wüsstest, wo er sei."

„Er hat angerufen, um zu fragen, ob du schon zuhause bist."

„Und?" Sie sprach in seinen Rücken.

„Ich habe nein gesagt."

„Was noch?"

„Ich weiß nicht, Mama, er hat gesagt, er hätte seine Sporttasche im Auto gelassen."

Wieder hatte Caía dieses unbehagliche Gefühl im Bauch. Richtig, die Sporttasche befand sich im Kofferraum seines Autos - das Auto, das sie gefahren war. Ob gerechtfertigt oder nicht, aber der Anblick der verfluchten Sporttasche hatte ihr ein falsches Gefühl der Sicherheit gegeben. Denn wenn er die verfluchte Sporttasche nicht hatte, konnte er auch nicht ins Fitness-Studio gehen. *Richtig?*

Nun, sie wusste nicht, warum sie solche Vermutungen anstellte. Er würde sowieso nicht ins Fitness-Studio gehen, um Sport zu treiben. Das war nur ein Vorwand. „Hat er gesagt, wann er nach Hause kommen würde?"

„Mama!", Jack wandte sich um und schaute sie mit finsterem Blick an, wobei seine Augen feucht waren, als wenn er geweint hätte.

Das versetzte Caía einen Stich. Blinzelnd schluckte sie eine zornige Antwort hinunter, als ihr klar wurde, in welcher Lage ihr Sohn sich befand - in welche Lage Gregg ihn gebracht hatte. Denn Gregg war nicht dumm. Und sie war es auch nicht. Tränen stiegen ihr in die Augen und sie wandte sich ab, ging zurück zum Kühlschrank, öffnete die Tür erneut und hoffte, Jack ein Gefühl der Normalität zu vermitteln.

Die Regale müssten gereinigt werden. Wieder einmal. Früher hatte sie sie makellos sauber gehalten. Jetzt war es ihr nicht mehr so wichtig. Es war nur eine Kleinigkeit, aber eines der unzähligen kleinen Dinge, die sie offensichtlich vernachlässigte.

Wenn sie es nur sicher wüsste.
Was würde sie tun?
Weggehen?
Was würde aus Jack?
Was. Würde aus. Jack?

Morgen war sein Geburtstag und die Stimmung im Haus war trübselig. Das neue Skateboard unter ihrem Bett würde einiges wieder für ihn wettmachen, aber das Leben würde erst wieder normal sein, wenn sie und Gregg einige Entscheidungen getroffen hatten.

Alles war gut, sagte sie sich. Heute war heute und morgen war morgen. Jack war erst dreizehn. Er würde noch viele Geburtstage feiern können.

Überhaupt war er jetzt ein Teenager. Wenn es das hier nicht war, wäre es etwas anderes. Sie konnte Gregg nicht für alles die Schuld geben, auch wenn sie das wollte.

Caía schloss die Kühlschranktür wieder und nahm sich einen Apfel aus der Schale auf der Kücheninsel. Sie hatte ihr Portemonnaie und ihr Handy absichtlich dort liegen lassen und ignorierte die kleine Stimme, die ihr zuflüsterte, dass sie sich die Autoschlüssel schnappen, sich ins Auto setzen und zum Fitness-Studio fahren sollte. Wenn ihr Auto dort geparkt war ... wenn er zu der Frau mit ihrem Auto gefahren war ...

Oh Gott, sie war es leid, so zu leben, war die Verdächtigungen und Zweifel überdrüssig. „Ich bin oben", sagte sie zu Jack und biss mit voller Kraft in den Apfel.

Es war, als hätte sie nichts gesagt. Jack saß schweigend an seinem Computer und wollte oder konnte nicht antworten. Und Caía hatte eine Ahnung, warum das so war. Er wusste ebenso wie Caía genau, wo sein Vater war. Obwohl sie darauf achteten, sich nicht in seiner Gegenwart zu streiten, hatte er sicherlich einige ihrer Streitereien mitgehört. Sie wäre gern wieder zu ihm gegangen, um ihm zu versichern, dass nichts von alledem seine Schuld war, aber ein Teil von ihr ebenso wie ein Teil von ihm wollte so tun, als wäre nichts passiert. Und daher ging sie nicht zu ihm, denn die Wahrheit auszusprechen würde sie nur noch wirklicher machen.

Nimm Jack, setz dich ins Auto und geh, sagte die kleine Stimme in ihrem Kopf. Aber eine kräftigere gewann die Oberhand. *Du regst dich vergebens auf, Caía. Er ist wahrscheinlich in diesem Augenblick auf dem Weg nach Hause. Hör jetzt auf damit. Es ist ja nicht, als wüsste er nicht, dass du Bescheid weißt. Wenn er gehen wollte, hätte er das schon getan. Hör auf.*

❦

Jeréz, Gegenwart

„Aber Tiíto, ich will, weil ich buenos días sagen muss."
„Musst du das?"

Stimmen weckten Caía von einem traumlosen Schlaf. Sie öffnete die Augen und konzentrierte sich auf die gesprenkelten Schatten, die auf der Wand ihres Schlafzimmers tanzten. Hinter ihr fiel das Morgenlicht durch das Fenster und wurde von den Blättern des Orangenbaums gedämpft.

„Sí."

„Nein."

„Aber warum, Tiíto Nick? Warum?"

Der Klang war unheimlich traurig. In diesem Haus schien selbst ein Flüstern zu hallen, aber dies war kein Flüstern. Nicks Stimme war leise, aber die Worte einer vorlauten Fünfjährigen wurden in keinster Weise mit Bedacht geäußert.

„Weil nicht alle so früh aufstehen wie du, Laura."

„Aber wenn ich in die Schule gehe und vorher nicht buenos días sagen kann, wird sie weinen." Ihr Standpunkt war entzückend, wenn auch in sich fehlerbehaftet und sie hörte sich an, als wenn sie selbst gleich in Tränen ausbrechen würde.

Caía brauchte einen Augenblick, bis ihr klar wurde, dass sie über sie sprachen. Laura wollte kommen und sie wecken. Nick weigerte sich standhaft, dies zuzulassen.

„Sie wird nicht weinen, Laura."

„Doch, das wird sie. Ich schwöre, dass sie das wird."

Schweigen.

„Tiíto ... te lo juro."

"Was schwörst du?"

„Que se va a llorar."

„Warum glaubst du, dass sie weinen wird, Laura?"

„Weil meine Mama sagt, dass Caía está triste so wie wir. Los ángeles se llevaron a su hijo."

Weil die Engel ihren kleinen Jungen geholt haben.

Caías Herz zog sich zusammen.

Schweigen.

Würde Nick eins und eins zusammenzählen? Hatte irgendjemand ihm schon vorher davon erzählt? Es war einerlei. Sie war nicht die einzige Frau auf der Welt, die jemals ein Kind verloren hatte. Er konnte unmöglich wissen, wie Jack gestorben war. Noch nicht einmal Marta wusste davon. Niemand wusste etwas, außer dem, was Caía offenbart hatte. Jack hätte ebenso gut an einer schweren Krankheit leiden können. Jeden Tag starben Kinder an irgendetwas.

Ihrer Unterhaltung nach zu urteilen zog Nick ihr gerade die Schuhe an und band sie ihr zu. „Möchtest du es versuchen?"

„Nein, ich kann das nicht", sagte Laura.

„Du kannst es sehr wohl", argumentierte Nick. „Du musst nur eine Schlinge legen ... schau, wie ich es mache."

„Ich will sie nicht anziehen, Tiíto. Ich will meine tacones anziehen."

„Nein, Laura, deine tacones sind nicht für die Schule gedacht", sagte ihr Onkel ruhig.

„¡Por favor!", flehte sie und Caía stand auf, holte sich ihren Morgenrock und war sich nicht sicher, was genau sie tun sollte. Wenn man nach ihren Stimmen ging, saßen sie in ihrem Salon - ihr Salon, als wenn sie irgendwelche Rechte zu irgendeinem Teil dieses Hauses besaß. Sie war eine Fremde und lebte hier von Gnaden der Hausherrin.

Aber Caía fühlte sich nicht mehr wie eine Fremde. Sie hatte angefangen, sich so zu fühlen, als würde sie dazugehören. Marta und Laura gaben ihr dieses Gefühl. Die Unterhaltung zog sie näher und sie ging in den Flur vor ihrem Schlafzimmer, um zu lauschen.

„Nun, kann ich denn meinen abanico mitnehmen?"

Der spanische Fächer, den Caía ihr zum Geburtstag geschenkt hatte. Caía verzog den Mund zu einem winzigen Lächeln. Das Kind wuchs ihr langsam ans Herz und das war nicht schwer. Sie war ungestüm auf entzückende und keinesfalls unangenehme Art und Weise. Sie war einfach in keinster Weise zurückhaltend, wenn es darum ging, ihre Gefühle auszudrücken. Sie sagte immer genau, was sie gerade dachte. Ihre Mutter und ihr Onkel liebten sie abgöttisch und die Wirkung davon war in ihrem Verhalten zu spüren. Nick Kellys Einfluss war ein Teil des Wohlergehens des Kindes.

Caía dachte über diese Tatsache nach und ging dann in die Frühstücksecke, damit sie um die Ecke schauen konnte. „Tiíto Nick" kniete auf einem Knie, als würde er einen Antrag machen, aber demütig band er nur die Schnürsenkel eines Paares roter Turnschuhe.

„Du kannst deinen abanico und deine tacones haben, wenn du wieder nach Hause kommst, Laura."

Nicks Tonfall war entschieden, aber nicht grob und Caía überlegte, ob er wohl jemals eigene Kinder hatte haben wollen. Er ging zärtlich mit Laura um und war geduldiger mit ihr als Gregg es jemals mit Jack gewesen war.

Aber Gregg hatte ja auch niemals ein Kind getötet - zumindest nicht direkt. Sie starrte den knienden Mann an und versuchte, ihn sich hinter dem Steuer seines Autos vorzustellen ... und ihren Sohn davor.

„¡Por favor! Tiíto, ich will ihn meiner Lehrerin zeigen." Onkel Nick schüttelte den Kopf.

„Warum nicht, Tiíto?", fragte Laura, streckte die Hand aus und berührte zärtlich seinen Kopf, wobei sie ihn liebevoll tätschelte. „¡Por favor!" „Du bekommst meistens deinen Willen, du kleines Biest, aber heute nicht. Heute bringe ich dich in die Schule und wenn deine Lehrerin sagt, dass ihr etwas mitbringen und darüber erzählen sollt, bringe ich dir deinen abanico und deine tacones an einem anderen Tag."

Protestierend verschränkte Laura die Arme, ließ ihren Onkel aber nichtsdestotrotz weiter die Schuhe zubinden. Nur saß sie jetzt kerzengerade und sah aus wie eine Prinzessin, der ihr süßes Gebäck verweigert wurde; sie hielt ihr Kinn hoch und machte einen Schmollmund. „Ich lasse sie nicht gern zurück", verkündete sie.

„Ich verspreche, dass du sie vergessen wirst, sobald du bei deinen Freundinnen bist."

„Nein Tiíto", stritt Laura. „Ich werde meine schönen tacones nicht vergessen." Und dann wurde ihr Tonfall plötzlich freundlicher und sie legte einen Finger an ihr Kinn, als wenn sie eine Lösung gefunden hätte, die allen gefallen würde.

„Oh, aber Tiíto, hör mir zu ... wenn du ja sagst, können wir meine tacones und meinen abanico en el cuarto de Caía bringen und sie kann für mich darauf aufpassen, vale?" Sie hob die Handflächen, als wollte sie sagen: „So? Bist du jetzt zufrieden?"

Caía lachte leise. Laura und ihr Onkel schauten auf und sahen sie in der Tür stehen. Caía zog ihren Morgenrock fester zu.

„Caía!", rief Laura. Sie schlug die Hand ihres Onkels weg, sprang vom Sofa auf und rannte los, um Caía zu begrüßen, wobei sie ihre Arme um Caías Beine schlang. Mit einem nachsichtigen Lächeln ließ ihr Onkel sie gehen, aber er blieb auf einem Knie und hielt geduldig Lauras zweiten Schuh in der Hand. Automatisch bewegte sich Caías Hand an den Kopf des Kindes und sie umarmte sie ungeschickt, während ihr Onkel zuschaute.

"Caía, ich will, dass Sie mich in die Schule bringen."

"Ich bin sicher, dass Frau Nowakówna etwas Besseres zu tun hat", sagte Nick, aber seine Augen schauten fragend ... oder vielleicht herausfordernd?

Die Worte kamen heraus, bevor sie sie aufhalten konnte. "Eigentlich nicht."

"Oh ja!", rief Laura. "¡Por favor!" Sie wandte sich zu ihrem Onkel, ergriff Caía an der Hand und zog sie mit einer für ein Kind ihres Alters ungewöhnlichen Kraft. "Tiíto", sagte sie, "ich will nur, dass Caía mich begleitet, vale? Nur heute. Nicht du." Sie streckte ihre Handfläche aus, um Nick in Schach zu halten. "Du kannst zuhause bleiben, Tiíto Nick. In Ordnung?"

In der Forderung des Kindes war keine Boshaftigkeit zu erkennen. Keine Feindseligkeit in ihrer Stimme. Aber ein bösartiger Teil von Caía erfuhr eine gewisse Befriedigung. Aber diese wurde schnell von Nicks aufrichtigem Lächeln gedämpft. "Caía kann gerne mitkommen, wenn sie will", sagte er und in seinen Augen war ein gewisser Blick ... ein Blick, den Caía nicht ganz definieren konnte. Es war, als wenn er sie herausfordern würde.

"Ich muss mich aber zuerst anziehen", sagte sie. Ein Blick auf die Wanduhr sagte ihr, dass mehr als genug Zeit war, zur Schule zu gehen und vor 9 Uhr zurück zu sein.

"Wir können warten", sagte er.

Ihre Blicke trafen sich.

Es lief auf Folgendes hinaus: Wie sehr wollte Caía Zeit mit ihm verbringen? Oder genauer gesagt: Wie sehr wollte sie etwas über die letzten Augenblicke im Leben ihres Sohnes erfahren? Wie leicht könnte sie die Gesellschaft dieses Mannes bei ihrer Suche nach der Wahrheit ertragen? Ganz gleich, wie "normal" sie sich in Lauras Gesellschaft fühlte, war sie doch schließlich deswegen gekommen.

Und was auch immer ihre Gefühle Nick gegenüber waren, so sehnte Caía sich nach dieser kleinen normalen Tätigkeit. Es war schon so lange her, dass sie ein Kind zur Schule gebracht hatte - tatsächlich war es einige Jahre her. Zum Ende hin hatte Jack es kaum ertragen, dass sie ihn fuhr und am Bürgersteig aussteigen ließ. „Du trägst einen Morgenrock", hatte er eines Tages gesagt. „Mama." Dieses eine Wort enthielt so viel Kritik. Normalerweise ging es „Mami" hier und „Mami" da. Niemals „Mama", außer wenn er verärgert war. Aber er verstand es nicht. Wie konnte er auch? Caía würde ihrem dreizehnjährigen Sohn niemals erzählen, dass sie den Verdacht hegte, dass sein Vater ein Verhältnis mit einer Zwanzigjährigen aus dem Fitness-Studio hatte. „Keiner wird es merken", hatte sie matt gesagt.

An den meisten Tagen hatte sie sich noch nicht einmal die Mühe gemacht, ihr Haar zu kämmen. Zu wissen, dass der Ehemann eine Affäre hatte, war kräftezehrend. Aber vielleicht war ihre Reaktion gar nicht so normal, denn sie kannte andere Frauen, die sich ein bisschen hübscher anzogen, mehr Make-up trugen und sich ein wenig mehr bemühten. Caía hatte sich losgelöst und war nicht mutig genug, eine Veränderung vorzunehmen.

An jenem Morgen - dem Morgen von Jacks Unfall - war es weder Kummer noch Zorn, der sie zur Village Kneipe getrieben hatte, wenn sie ehrlich war. Es war reine Neugier.

Natürlich war sie zornig, aber mehr als das musste sie einfach Gewissheit haben. Sie brauchte einen Tritt in den Hintern, um eine Entscheidung zu fällen.

„Caía?" Laura schaute sie an und drehte ihre

Hand. „Möchten Sie mich in die Schule bringen?", fragte sie mit weit aufgerissenen, schokoladenbraunen Augen, die Caía keine Wahl ließen.

„Sehr gern", sagte Caía und ihr Blick fiel auf Nick. „Ich beeile mich", versprach sie.

„Wir warten hier", antwortete er.

Es war ein komisches Gefühl, den morgendlichen Weg mit Laura an der Hand und Nick Kelly einen Schritt hinter ihnen zu gehen. Heute konnte noch nicht einmal seine Gegenwart Caías Laune dämpfen.

„Möchten Sie in mein Klassenzimmer kommen?", fragte Laura. „Vielleicht an einem anderen Tag", meinte Caía und merkte, dass sie das auch wirklich so meinte. Zumindest wollte sie das. Sie hatte vorgehabt, nur so lange in Spanien zu bleiben, bis erfahren hatte, was sie wissen musste. Aber in diesem Augenblick wollte sie lang genug dableiben, damit sie Lauras Klassenzimmer besuchen könnte.

„Vale", sagte Laura.

Dies war das spanische Äquivalent für „in Ordnung" und im Augenblick war alles in bester Ordnung. Nach ein paar Wochen im Haus mit Laura und Marta konnte Caía nicht mehr klar darüber nachdenken, was sie hatte sagen oder tun wollen oder was sie zu erreichen gehofft hatte, wenn sie nahe an Nick Kelly herangekommen war und ihn persönlich kennengelernt hatte. In diesem Augenblick war das nicht so wichtig.

Die Realität, dass Lauras Hand in ihrer lag war wichtig.

Sie konzentrierte sich so sehr auf die Freude, die ihr dies machte, dass sie sich erlaubte, Nicks Schritte hinter sich auszublenden, denn sie waren eine dauernde Erinnerung, dass sie irgendwann erkannt werden würde. Aber nicht heute. Heute war kein Tag, um sich wegen Konsequenzen zu sorgen, nicht wenn sie gerade die ersten Augenblicke wahrer Freude seit langer Zeit erlebte.

Und noch seltsamer war die einfache Tatsache, dass Nick Kelly ein Teil davon war. Er hatte es Caía erlaubt, das Kind zur Schule zu bringen. Er hatte seinen Platz neben Laura aufgegeben und schien zufrieden zu sein, in ihrem Schatten einen Schritt hinter ihnen zu gehen.

Sie kamen an Rincon vorbei und Caía schaute hinüber zum Café, wo sie ihren Kellner entdeckte. Wie immer lief er herum und schob kleine Teller auf die Kaffeetische und sie merkte erst jetzt, dass sie ihn noch nicht einmal nach seinem Namen gefragt hatte. *Wie unhöflich.* Normalerweise unterhielt sie sich gern mit Leuten. Wann hatte sie damit aufgehört? Der Kellner bemerkte ihren Blick und schenkte Caía ein vertrautes Lächeln. Verlegen winkte Caía ihm zu und schaute nicht, ob Nick dies bemerkt hatte. Falls er sich über ihre Vertrautheit mit dem Kellner oder die Nähe des Cafés zu ihrem Haus Gedanken machen, wollte sie nicht, dass er nachfragte. Nicht jetzt.

Der Spaziergang war nur allzu schnell vorbei. Als sie vor dem Tor zu Lauras Schule standen, zögerte Caía unerklärlicherweise, sie hineingehen zu lassen. Sie beugte sich zu dem Mädchen herab. „Ich wünsche Dir einen wunderschönen Tag", sagte sie und strich Laura eine widerspenstige Haarsträhne aus dem Gesicht.

Laura erwiderte dies, indem sie ihre beiden süßen Händchen auf Caías Wangen legte. „Bitte, bitte hol mich heute nach der Schule ab."

Sie war immer so übertrieben melodramatisch. So voller Leidenschaft für das Leben. Caía wollte ein wenig davon zurückerlangen. Sie blickte hoch zu

Lauras Onkel. Er beobachtete sie neugierig, sagte aber nichts und Caía erlebte einen Augenblick der Angst. *Es war so weit.* Sie würde Laura nach drinnen schicken und dann würde sie eine Wahl treffen müssen. Sie könnte mit Nick nach Hause gehen, wenn er dahin wollte - und ihm dann die Wahrheit sagen oder sie könnte sich entschuldigen und behaupten, dass sie noch woanders hin müsste.

Wo?

Nirgendwo.

Du bist ein Feigling.

Jetzt war der Zeitpunkt gekommen, dass sie ihm gegenübertreten sollte und Caía stellte sich vor, dass sie ihn auf eine Tasse Kaffee einladen würde. Sie könnten zu Rincon oder woanders hingehen. Irgendwo, wo Caía noch nie war, falls er eine Szene machte. Dies könnte ihr Moment der Wahrheit werden, der Moment, auf den sie gewartet hatte ...

Wissen Sie, wer ich bin, flehten ihre Augen.

Mit beiden Händen drehte Laura Caías Gesicht weg von ihrem Onkel zurück zu sich. Nick stand ruhig daneben - so gar nicht die Art Mann, die Caía erwartet hatte. Ernst und vielleicht sogar manchmal trübsinnig. Außer, wenn er mit seiner Nichte sprach. „Ich kann nicht", sagte Caía. „Ich habe ... etwas zu erledigen. Aber wir sehen uns, wenn du nach Hause kommst, vale?"

Dieses eine Mal gab das Kind keine Widerworte. Sie nickte, Caía küsste sie auf die Wange und richtete sich dann auf. „Danke", sagte sie zu Nick und verstand nicht so wirklich, warum.

„Bis später", sagte er und Caía schoss davon in die entgegengesetzte Richtung zu dem Markt hin, auf dem sie und Marta sich das erste Mal getroffen hatten.

Sie wagte es nicht, sich umzudrehen und ihn anzuschauen. Sie ging weiter, bis sie zu einer ruhigen Gasse kam, in die sie dann einbog. Genau hier, ohne Zeugen setzte Caía sich auf eine Treppe und weinte - für Jack. Für das Gefühl des Verrats, das sie gerade spürte, weil sie eine Minute lang ihren Sohn nicht vermisst hatte. Dafür, dass sie die Frau war, die sie war - eine Frau mit zu vielen Geheimnissen. *Was machst du da,* fragte sie sich.

Was machst du da, Caía?
Was machst du da?
Was zum Teufel machst du bloß?

11

Kann ich die Trauer eines Anderen sehen und nicht
nach angenehmer Linderung suchen?

— WILLIAM BLAKE

Es war an der Zeit, einen anderen Weg einzuschlagen. Zwiespältigkeit in Bezug auf Nick Kelly brachte Caía nicht das, was sie brauchte - was auch immer das war.

Du gehörst hier nicht hin, Caía.

Sie hatte einen Grund gehabt, hierher zu kommen und nun, da sie ihrem Ziel so nah war, ließ sie sich von ihren Gefühlen leiten. Sie ließ es zu, dass irgendeine primitive Sehnsucht nach Gesellschaft ihrem wichtigsten Ziel ins Gehege kam. Okay, sie hatte Nick Kelly vielleicht doch nicht auf eine grausame und unannehmbare Art und Weise bezahlen lassen wollen. Aber sie wollte, dass er ihr ins Gesicht sagte, was so verdammt wichtig in seinem Leben gewesen war, dass er sich hinter dem Steuer seines Autos hatte ablenken lassen. Sie wollte, dass er sie - Jacks Mutter- sah und Reue fühlte.

Sie könnte ganz einfach eine Brandbombe werfen.

Mach reinen Tisch. Aber in Wahrheit würde die Verbindung zu Marta und Laura gekappt, wenn sie die Wahrheit beichtete. Sie würden sie mit so etwas wie Entsetzen betrachten. Sie würden vielleicht sogar die Polizei rufen. Warum sollten sie das auch nicht tun? Caía war nicht die, für die sie sie gehalten hatten. Und natürlich würde sie ausziehen müssen. Und sie würde nach Hause gehen müssen. Weil zuhause schließlich dort ist, wo das Herz ist. *Richtig?*

Aber was, wenn das Herz nirgendwo ist? Von Menschen und Orten aus der Verankerung gerissen. Aus dieser Sicht sollte es nicht so verrückt erscheinen, dass jemand alles hinter sich ließ und sich auf die Suche nach Antworten machte. War dies nicht der Antrieb für neue Entdeckungen? Marco Polo suchte nach Gewürzen. David Livingstone ging auf die Suche nach der Nilquelle. Leif Ericson hatte sich einfach verirrt, aber in jedem dieser Fälle war Caía sicher, dass es nichts gab, was diese Entdecker zuhause zurückgehalten hatte und dass jeder ein mächtiges Motiv hatte, dass sie zur Wahrheitsfindung weggelockt hatte. Schließlich waren weder Gewürze noch Flüsse Caías Ziel, aber wenn Gründe im Land der Vernunft die Untertanen waren, musste die Wahrheit der Herrscher sein.

Lass dich nicht ablenken, Caía.

Lass dich nicht von deinem Herz ins Stolpern bringen.

Wenn du das tust, ist alles verloren.

Vor Jacks Geburt hatte Caía davon geträumt, zu reisen. Selbst nach der Hochzeit mit Gregg hatte sie sich vorgestellt, dass sie zusammen reisen würden. Gregg hatte jedoch niemals vorgehabt, Athens zu verlassen - noch nicht einmal, nachdem er das Jobangebot aus Chicago bekam. Caía hatte ihn dazu überredet und ihm gleichzeitig vorgeworfen, dass er kein bisschen abenteuerlustig sei.

Er hingegen hatte Caía Rastlosigkeit vorgeworfen. Er hatte sie gefragt, warum sie nicht damit zufrieden sein könnte, bei ihm zuhause zu sein, wobei es ironisch war, dass sie ihm bis zum letzten Atemzug treu geblieben war und Gregg fremdging, sobald die Dinge etwas komplizierter wurden.

Aber das war jetzt nicht mehr von Belang. Caía war klar geworden, dass sie im Gegensatz zu Gregg nicht so tief verwurzelt war. Greggs Vorfahren hatten im Bürgerkrieg gekämpft. Er besaß ein Gewehr, das einst Jefferson Davis gehört hatte. Sein Vetter in Atlanta arbeitete in der Apotheke, in der Coca-Cola erfunden wurde, wo sie die Medizin gegen einen Kater für fünf Cent pro Glas verkauft hatten. Gregg war zufrieden in Athens und zum Schluss war Caía sicher, dass er ihr gegenüber einen Groll hegte, weil sie ihn dazu gedrängt hatte, wegzuziehen. Sie waren sehr unterschiedlich. Caía hatte immer tief in ihrem Inneren verstanden, dass sie nach dem Tod ihrer Eltern so losgelöst sein würde wie der Samen eines Löwenzahns. Das hatte sich mit Jack völlig verändert. Als ihr Sohn geboren wurde, hatte Caía sich ... verankert gefühlt. Und als er starb ... *puff*. Ein ordentlicher Windstoß und schon war sie wie der Löwenzahnsamen auf und davon.

Aber eigentlich war sie schon vorher weggegangen. Physisch war sie dort auf der Couch in Roscoe Village mit ihrem Notebook auf dem Schoß geblieben ... und hatte gesurft und von einem anderen Leben geträumt.

Was, wenn sie ihr Fremdsprachenstudium beenden könnte? Was, wenn sie einen Job in Washington bekommen könnte? Oder überhaupt irgendwo. Sie brauchte keinen hochtrabenden Job. Caía wollte nur ein wenig mehr aus ihrem Leben machen als das, was sie hatte, nämlich einen Mann, der mehr von zuhause weg war, als bei ihr und einen Sohn, der die Opfer, die Caía brachte, nicht zu schätzen wusste.

Währenddessen wohnte zwei Straßen weiter nördlich ein Mann in seinem perfekt restaurierten Sandsteinhaus, der ihre Welt *buchstäblich* überfahren hatte.

Natürlich kannten sie sich damals noch nicht. In einem Stadtviertel mit über dreißigtausend Einwohnern war es unmöglich alle Nachbarn zu kennen oder zu erkennen.

Caía wollte Nick Kelly hassen. Aber es war schwierig, ihn mit Laura zu sehen und dabei nicht einen anderen Mann wahrzunehmen. Sie musste ihn als Ungeheuer sehen, aber das war einfach nicht der Fall. Er war nur ein Mann. Ein Mann, der eine erfolgreiche Stellung als Firmenpartner in Chicago aufgegeben hatte, um seiner Schwägerin und Nichte in der schweren Übergangszeit nach dem Tod seines Bruders zu helfen. Wenn man all die Dinge bedachte, die Caía zuhause über ihn gehört hatte, zeigten die Dinge, die sie hier in Spanien gesehen hatte, ein anderes Bild.

Während alle außer Haus waren, schlüpfte sie in Nicks Zimmer und wollte herumschnüffeln, um zu sehen, wie er lebte. Sie war sich sicher, dass seine Unterkunft in diesem Haus edel sein müsste, aber es war nur ein Schlafzimmer ähnlich wie Caías Unterkunft im Erdgeschoss, wobei ihre noch schöner war. Aber keines der Zimmer war vergleichbar mit dem fünfhundert Quadratmeter Haus in Roscoe Village, das er für fast zwei Millionen Dollar verkauft hatte. Im Wesentlichen hatte Nick alles aufgegeben, um wie ein Teenager im Haus seiner Eltern zu wohnen. Und statt wie ein solcher den ganzen Tag Videospiele zu spielen, kümmerte er sich um seine Nichte, schenkte ihr seine ungeteilte Aufmerksamkeit und verzichtete in der Zwischenzeit vielleicht auf seine Chancen, eine eigene Familie zu gründen. Offen gesagt ließ es ihn wie einen Heiligen erscheinen ... ein Heiliger, der zufälligerweise ihren Sohn getötet hatte.

Nichts ergab noch einen Sinn.

Caías Hirn war nicht in der Lage, das was logisch oder auch nicht logisch war, herauszufiltern. Aber eine Sache wurde ihr klar ... ihre Anwesenheit in diesem Haus war nicht normal. Es war nicht logisch. Linien verschwammen - und wurden überschritten.

Und noch mehr verschwamm. Caía merkte immer häufiger, dass sie in die spanische Sprache verfiel statt Laura korrektes Englisch zu lehren. Sie schlich sich immer mehr in ihre häuslichen Abläufe. Und im Gegensatz zu dem, was sie geglaubt hätte, fühlte sie sich nicht schlechter deswegen. Von dieser Tatsache verwirrt blickte sie nach oben zu den Sternen.

Heute Abend blies ein frischer Wind. Er wehte kühlere Luft heran, aber im Schutz der Terrasse war es noch angenehm. Aber an der Stelle, wo sie saß, hatte sie nur einen eingeschränkten Blick auf den Nachthimmel.

Der Garten war umgeben von mit Wein bewachsenen Stuckwänden, die locker neun Meter hoch waren. Entlang der Ränder befanden sich Hochbeete mit Buschwindrosen.

Das Haus selbst sah aus wie ein Palast aus einem Märchenbuch und in der Mitte des Gartens gab es sogar einen Brunnen, neben dem ein Zitronen- und ein Orangenbaum wuchsen. Der Orangenbaum stand vor ihrem Schlafzimmerfenster. Sie starrte konzentriert auf den Brunnen und stellte sich die Hände vor, die ihn gebaut hatten. Da es so lange nicht geregnet hatte, fehlte hier der Geruch von Wasser , aber Caía konnte sich leicht vorstellen, wie die Diener danebenstanden und Eimer hochzogen, um die Badewannen oben zu füllen. Wahrscheinlich gab es den Brunnen bereits vor dem ersten Weltkrieg und die Frau, die oben wohnte, die Caía nicht einmal wegen irgendetwas verdächtigt hatte, war mit den Erbauern oder Auftraggebern verwandt. Marta konnte nicht anders, aber sie hatte ein vornehmes Auftreten, das sich ihre Familie zweifellos über die Jahrhunderte zu eigen gemacht hatte. Selbst ihre Trauer war vornehmer, während sie bei Caía roh und eitrig war wie bei einem Leprakranken, dessen Wunden nicht heilen konnten.

Und Caías größte Angst: Was, wenn ihr Herz irreparabel beschädigt war? Was, wenn sie nun so war? *Tief im Inneren kalt.*

Anstatt ein Feuer im Kamin anzuzünden, hatte Caía sich aus ihrem Schlafzimmer eine Decke geholt, denn obwohl Marta darauf bestand, dass sie sich wie zuhause fühlen sollte, konnte Caía den Wechsel von Gast zu Mitbewohner nicht ganz vollziehen und daher würde sie sich natürlich niemals als Mitglied dieser Familie betrachten, ganz gleich, wie lange sie blieb ... ganz gleich, wie sehr sie sich in ihr Leben einschlich. Und wenn das hier alles vorbei war, wo war dann zuhause?

Nicht in Chicago. So großartig die Stadt auch war, Caía hatte sich dort nie heimisch gefühlt. Aber selbst in Athens, wo sie aufgewachsen war, hatte Caía sich nie gefühlt, als würde sie dort hingehören. Ihre Eltern hatten schwer gearbeitet, um ein behagliches zuhause in einer ruhigen Gegend aufzubauen, aber als Familie waren sie dort Fremde geblieben.

In ihrer Jugend waren Caías Eltern stoisch und

ruhig für sich geblieben. Caía war ihr ganzes Glück und obwohl Caía Freunde in Athens fand, waren ihre Eltern nicht von der Art, die sich mit anderen Eltern anfreundete und Margaritas auf der Terrasse schlürfte. Ihr Vater hatte kein Interesse an Bier aus der Kühltasche bei Sportveranstaltungen. Er arbeitete jeden Tag hart und kam nach Hause, um seiner Familie seine Liebe und Unterstützung zu schenken. Ihre Mutter hatte ihm die Welt bedeutet und Caía war als einziges Kind der Mittelpunkt im Leben ihrer Eltern. Als also Jack und ihre Eltern starben, starben ihre Wurzeln mit.

Zugegebenermaßen hatte Caía nie dieses vertraute Gefühl bei Gregg, aber sie verstand nun, dass sie gleichermaßen dafür verantwortlich war. Tatsächlich verstand sie erst jetzt, dass sie Gregg aus den falschen Gründen geheiratet hatte, nämlich, um eine Familie zu haben. Jack war ihre eigentliche Verankerung gewesen. Und als ihr Sohn weg war, hätte Caía es vielleicht weiter versucht, aber Gregg war dafür nicht gerüstet. Auch er hatte Caía aus den falschen Gründen geheiratet, nämlich, weil es als nächstes auf dem Plan stand. Nicht weil es richtig war. Einfach so. Weil sie während der High School miteinander gingen und Sex im Auto seiner Eltern gehabt hatten. Und auch, weil sein Vater „ein Gespräch" mit ihm geführt hatte. „Lass deinen Schwanz in der Hose, mein Sohn, wenn du nicht vorhast, ihr einen Ring an den Finger zu stecken."

Nun ja, Gregg befolgte seinen Rat ... und als er seinen Schwanz herausließ und ihr den Ring ansteckte, war die Liebe vorbei. Kein Sex mehr in Autos. Kaum Sex in ihrem Schlafzimmer. Und dann war er losgegangen und hatte seinen Schwanz dahin gesteckt, wo er nicht hingehörte.

Caía war es inzwischen egal, aber das hieß nicht, dass sie nicht mehr wütend auf ihn war. Nicht, weil er fremdgegangen war, sondern weil er sie ausgeschlossen hatte, statt sich mit seinem eigenen Gefühl der Trauer und mit Caía und ihrer Trauer auseinanderzusetzen. Er hatte ihre gemeinsamen Jahre weggeworfen und sie verlassen, als sie ihn am meisten brauchte, hatte sie in die Obhut anderer Leute abgeschoben wie eine ungewollte Sache. *Verstoßene. Wertloser Müll.*

Sie war nicht lange im Krankenhaus, aber das Haus war bereits leer, als Caía entlassen wurde. Alles, was für ihn wertvoll war, war weg. Caía stellte sich vor, dass er woanders einen neuen Haushalt gegründet hatte. Sie merkte, dass ihr nun alles so seltsam erschien. Marta würde sie sicherlich für verrückt halten. Nick würde glauben, dass sie wahnsinnig wäre. Laura würde nicht verstehen ...

„Was denken Sie gerade?"

Caía kreischte vor Überraschung und erschrak, als sie Nicks Stimme hörte. „Entschuldigung", sagte er und automatisch zog Caía die Decke hoch wie einen Schild. *Gib ihm keinen Grund, dich zu verdächtigen.* Sie zwang sich, ihn anzuschauen, als er auf der Türschwelle stand. Sie hatte sowohl die Tür als auch das Eisengitter offengelassen, weil sie Angst gehabt hatte, sich auszuschließen. Die Schlüssel lagen drinnen auf dem Schreibtisch, aber Caía fühlte sich nicht berechtigt, sie mit sich zu führen.

Ihr Möchtegern-Dämon lehnte sich mit einer Schulter an den Türrahmen und in einer Hand hatte er eine Flasche Cruzcampo, wobei seine Finger mit dem Flaschenhals spielten.

„Das hat mich schon seit Jahren niemand mehr gefragt", sagte Caía und versuchte locker zu klingen, obwohl ihr Herz heftig pochte. Seit dem Morgen, an dem sie ihn und Laura an der Schule verlassen hatte, hatte sie nicht mehr mit Nick gesprochen. „Ich dachte gerade an ... zuhause ..."

Sie wandte den Blick ab und schaute die Treppe hinauf, wobei sie überlegte, was ihn wohl dazu veranlasst hatte, zu so später Stunde nach unten zu kommen. Sein Zimmer ebenso wie Martas war oben an entgegengesetzten Enden des langen Flurs. Lauras Zimmer befand sich neben dem ihrer Mutter. Nur Caías befand sich unten. Außer vielleicht seinem Bier gab es nichts, was er von hier unten brauchte.

Zuerst hatte Caía gedacht, dass Nick die Frau seines Bruders vögelte, weil es ja das war, was Männer taten – Frauen vögeln. Aber sie sah keinerlei Anzeichen dafür, kein Techtelmechtel. Tatsächlich schien Marta ihr Verkupplungsziel auf Nick und Caía zu setzen und versuchte sie bei jeder Gelegenheit zusammenzubringen. Vielleicht war das der Grund, warum sie Caía so bereitwillig adoptiert hatte.

Die ganze Woche war Caía unten geblieben, hatte sich beim Abendessen ausgeklinkt und sogar Lauras fröhliches Lachen hatte sie nicht nach oben gelockt. Jetzt hatte sie Angst ... Angst vor dem, was sie sagen oder tun würde. Aber so konnte es nicht ewig weitergehen. Auf gar keinen Fall. Irgendwann musste sie die Wahrheit sagen - oder auch nicht - aber so oder so musste sie gehen.

Cicadas brummten auf den Stromkabeln und der Klang war so fieberhaft wie die Oktaven auf einer Geige. Es zerrte an Caías Nerven. Und die ganze Zeit stand Nick da und schaute sie an, bis er schließlich fragte: „Und wo ist zuhause?"

Caía wollte es ihm nicht erzählen.

Aber dies könnte eine perfekte Gelegenheit sein,

etwas über den Mann zu erfahren, den zu treffen sie vier Tausend Meilen gereist war. Vielleicht könnte sie dann in Frieden gehen.

Hier saß sie jetzt also ...

Und er war auch da ...

Caía hob ihre Decke und warf sie über ihre linke Schulter. „Das ist genau der Punkt ... ich weiß nicht mehr, wo ... zuhause ist."

Mit dem Bier in der rechten Hand zeigte er auf den Gartenstuhl ihr gegenüber. „Macht es Ihnen etwas aus, wenn ich mich zu Ihnen setze?"

„Nein, natürlich nicht."

Warum musste er auch noch so verdammt höflich sein?

Er kam von der Tür weg und setzte sich auf den Stuhl Caía gegenüber und zwar so nah, dass sich ihre Knie berührt hätten, wenn Caía dies zugelassen hätte. Sie drehte ihre Beine zur Seite und diese Geste zauberte ein schiefes Lächeln auf Nicks Gesicht. Er trank von seinem Bier, hielt dann inne und schaute sie an. „Also ... haben Sie sich schon ein wenig eingelebt?"

Caía runzelte verwirrt die Stirn.

Er schwang die Bierflasche in einem Bogen um ihn herum. „Ich meine das Haus."

„Ich nehme es an." Caía schlang die Arme um sich, schaute auf die Decke auf ihrem Schoß, während er den Garten betrachtete. Sie ergriff den seidenen Faden.

„Sie hätten es sehen sollen, bevor Jimmy es in die Finger bekam", sagte er im Plauderton und Bewunderung schwang in seiner Stimme mit. Caía hörte zu und überließ ihm das Reden, da sie es nicht wagte zu sprechen.

Vielleicht in einer Minute. Vielleicht würde sie dann all das sagen, weswegen sie den ganzen Weg gekommen war. Wenn sie ruhig dasaß, würde sie möglicherweise den Mut finden.

Er zeigte auf die Mauer am anderen Ende des Gartens. Ihr Vater hatte das Haus nebenan gekauft, aber Marta hat es verkauft, um die Reparaturen bezahlen zu können. *Schweigen.* „Jimmy hat den Garten entworfen", sagte er und schweifte ein wenig vom Thema ab. „Es sollte wie ein Paradies werden für seine Tochter - der Zitronenbaum ... die Rosen." Er schaute zum Brunnen. „Sie haben ein Sicherheitsgitter darauf angebracht, aber das Bauwerk ist noch im Original wie das Haus." Er zeigte mit der Flasche auf den Brunnen und Caía bemerkte, dass sie schon halbleer war.

Sie nickte und wieder schwiegen sie, während Caía alles um sie herum betrachtete, außer Nicks Gesicht. Er machte sie unbehaglich aus Gründen, die weit über den Tod ihres Sohnes hinausgingen. Nicholas Kelly war ein unbekanntes Wesen.

Er hatte sich einen Platz ausgesucht, der nicht vom Mond beleuchtet wurde, aber Caía spürte, dass sein Blick selbst in der Dunkelheit auf sie fixiert war. *So wie er es schon die ganze Woche zu sein schien.* Sie musste ihre ganze Entschlossenheit aufbieten, um sich davon abzuhalten, ihn direkt anzusehen und zu fragen: „Warum haben Sie meinen Sohn getötet?"

„Caía ..."

Sie erwiderte seinen Blick. „Ja?"

„Habe ich Sie irgendwie beleidigt?"

Caías Hals schnürte sich zu. Sie schüttelte den Kopf und fühlte sich, als wäre sie aus dem Hinterhalt überfallen worden. Sie hatte sich noch nicht überlegt, wie sie die Wahrheit zur Sprache bringen und welche Worte sie verwenden wollte. „Ich weiß nicht ... vielleicht ist es wegen der Scheidung."

Er schien einen Augenblick über ihre Antwort

nachzudenken und bewegte sich ein wenig vor, so dass sein Kinn und seine Lippen im Mondlicht sichtbar wurden. „Ich nehme an, dass Sie sie nicht wollten?"

„Nein, nein, das ist es nicht", sagte Caía, führte dies aber nicht weiter aus. „Was dann?"

Sie schlang die Arme um sich, als sie bemerkte, dass sie zu zittern begann. Wie, wenn man bei einer Verletzung einen Schock erleidet. *Wie lange hatte es wohl gedauert, bis Jacks Körper aufgehört hatte zu arbeiten.* Die Ärzte hatten gesagt, dass er sofort tot war, aber wie konnten sie das wirklich wissen?

Plötzlich stand er auf und Caía hoffte, dass er weggehen würde, aber stattdessen ging er zu dem kleinen, unter der gefliesten Theke eingebauten Kühlschrank und holte ein weiteres Cruzcampo. Er stellte die leere Flasche auf die Theke, wandte sich um und fragte: „Wollen Sie auch eins?"

Fantastisch. Wunderbar. Los Caía, schütte noch Öl ins Feuer, verhöhnte sie sich selbst, sagte aber: „Warum nicht?" *Schwach*, schimpfte sie mit sich, während er noch ein Bier holte und beide Flaschen öffnete. Dann kam er herüber und reichte Caía eine Flasche, bevor er sich wieder setzte und nachdenklich an seinem Bier nippte.

Caía roch seinen mit Alkohol vermischten Schweiß und überlegte, wie lange er heute wohl schon trank. Sie konnte sich nicht erinnern, sehr viele Flaschen im Müll oder Beweise, dass er trank, in seinem Zimmer gesehen zu haben. Und doch bedeutete der Geruch, der nicht abstoßend war, dass er lange genug getrunken hatte, dass der Alkohol bis in seine Poren gedrungen war. Caía hob ihr Bier. „Wie viele haben Sie schon getrunken?"

Seine Augen glitzerten im Mondlicht. „Ein paar."

Ein paar wie in „nur ein paar"? Oder ein paar wie in „mehr als ein paar"? Caía dachte darüber nach, während sie nachdenklich von ihrem Bier trank. Der Klang der cicadas wurde stärker und sie wappnete sich, da irgendein sechster Sinn sie warnte, dass sie nach drinnen gehen sollte.

Geh ins Bett. Morgen ist ein neuer Tag.

Nick schwieg eine ganze Weile und Caía hatte den Eindruck, dass er versuchte, den Mut aufzubringen, etwas laut auszusprechen. „Ich hoffe, es macht Ihnen nichts aus", sagte er schließlich. „Marta hat mir alles ... erzählt."

Caías Blick wanderte sofort zu seinem Gesicht. Sie blinzelte. „Alles?"

„Über Ihren Sohn."

„Ach." Stirnrunzelnd legte Caía ihre Hände um den Flaschenhals und konzentrierte sich auf das Schwitzwasser der kalten Flasche. Ihr Zittern verstärkte sich und stand in keinem Verhältnis zur nächtlichen Temperatur. Und jetzt befand sich ein flüchtiger Duft in der Luft, der doch sehr nach Angst schmeckte.

„Sie müssen nicht sprechen, wenn Sie nicht wollen", sagte er und nahm einen weiteren großen Schluck und sank noch tiefer in seinen Korbsessel. „Wir haben alle unsere Dämonen", sagte er völlig zusammenhanglos.

Und Sie sind meiner.

Aber vielleicht redete er gar nicht zusammenhanglos. Vielleicht glaubte er, dass Caía irgendwie für Jacks Tod verantwortlich war. „Ich muss mir keine Vorwürfe machen", sagte sie abwehrend.

„Entschuldigen Sie, ich wollte nicht andeuten, dass ..." Er verzog den Mund ein wenig spöttisch. „Ich nehme an, dass ich mich eher selbst gemeint habe."

Caía erstarrte. Das Universum schien ihr eine Gelegenheit, hier und jetzt reinen Tisch zu machen, auf dem Silbertablett anzubieten. Sie könnte Nick Kelly in die Augen sehen und ihn wegen ihres Sohnes fragen.

Ich weiß, was Sie getan haben, sagte sie im Stillen. Aber sie konnte den Mund nicht öffnen, um die Worte laut zu sprechen.

Er saß lange Zeit da und befasste sich mit seinem Bier und Caía hoffte, dass er es dabei belassen würde. Wenn sie das Problem heute Abend nicht aus der Welt schaffte, würde sie ihre Abreise planen. Wenn sie diesen optimalen Augenblick nicht nutzen konnte, um ihn das zu fragen, was sie ihn unbedingt fragen musste, dann war es sicherlich an der Zeit, wegzugehen.

Aber ihr wurde klar, dass sie seltsamerweise keine Angst vor Nick hatte. Sondern eher vor sich selbst. Das Bild ihres eigenen blutverschmierten Gesichts in dem Badezimmerspiegel schoss ihr durch den Kopf und sie blieb still und zitternd auf dem Sofa sitzen.

Sie hatte nicht wirklich darüber nachgedacht, was in jenem Augenblick passieren würde. Sie hatte nur aus Zorn und Schmerz reagiert. Und als sie jetzt darüber nachdachte, kam sie zu der Erkenntnis, dass sie sich über das Waschbecken geworfen haben musste, weil ein Mensch normalerweise nicht so einfach mit dem Kopf an einen Badezimmerspiel schlagen konnte. Aber Caía erinnerte sich nicht an sehr viel davon. Später im Krankenhaus hatten die Ärzte Glasscherben aus ihrem Haaransatz geholt, als wenn sie den Spiegel wie ein wütender Bulle gerammt hätte. Es war verrückt, ganz gleich, wie man die Sache betrachtete. Ebenso wie das hier ...

Einen Augenblick später schüttelte Nick seine Bierflasche und als er merkte, dass sie leer war, stand er auf, um sich eine weitere zu holen. Ohne ein Wort nahm er eine Flasche aus dem Kühlschrank, öffnete sie und setzte sich dieses Mal, ohne Caía zu fragen, ob sie noch eine wollte.

Caía zog die Decke um sich, vergrub sich wie in einem Kokon und trank von ihrem Bier. Die Spannung in der Luft war fühlbar. Im Haus war es still und Caía dachte, dass Marta und ihre Tochter schon zu Bett gegangen waren. Der sprudelnde Springbrunnen verursachte ein andauerndes Geräusch drinnen. Und plötzlich strömte Nicks Beichte heraus wie bei einem Vulkan, der viel zu lange ruhig geblieben war. „Ich habe einen Jungen getötet", sagte er so leise, dass es kaum zu hören war.

Aber Caía hörte es und erstarrte. Ihr Hals verengte sich und hinderte sie am Sprechen. Er tippte sein Cruzcampo an seine Armlehne und sagte: „Es war nicht meine Absicht."

Caía suchte nach seinen Augen in der Dunkelheit und merkte, dass sie glitzerten.

„Er war noch ein Kind", sagte er und starrte auf seinen Schoß. „Er hatte sein ganzes Leben noch vor sich."

Es war unerträglich. Caía hatte sowohl Angst, mehr zu hören als auch Angst, dass er aufhören würde. Sie schluckte schwer und wagte zu fragen: „Wie?"

„Autounfall." Er schüttelte den Kopf, als wenn er die Existenz seiner eigenen Erinnerung leugnen wollte. „Ich war auf dem Weg nach Hause von der Arbeit ... er war ..." Er drehte den Kopf, als wenn die Spannung dort schmerzhaft wäre... „Auf einem Skateboard ... mein Telefon hat geklingelt."

Unter der Decke faltete Caía die Hände wie zum Gebet und versuchte aufzuhören zu zittern. Sie ballte die Hände zu Fäusten und widerstand dem Zwang, sich auf ihn zu stürzen, wie sie es sich immer vorgestellt hatte. Seine Augen auskratzen und ihn anschreien. *Warum, warum, warum?*

„Ich bin nicht rangegangenen. Das hätte ich nicht getan. Aber ich habe mich abgewendet ... einen Augenblick lang." Er setzte sich aufrecht, lehnte sich vor und das Mondlicht erleuchtete jetzt sein ganzes Gesicht. Er hielt sein Bier zwischen seinen Beinen, starrte auf die Fliesen auf der Terrasse und vermied Caías Blick. „Ich schwöre es vor Gott", sagte er. „Es war nur ein Bruchteil einer Sekunde."

Tränen schossen Caía in die Augen. „Was dann?", hörte sie sich fragen und ihre Stimme war grob und krächzend vor Gefühl.

Er zuckte mit den Schultern und erwiderte Caías Blick und sie war überrascht, dass ihm die Tränen in den Augen standen. Dieser Anblick verwirrte sie. Er schien fast ebenso von Jacks Tod gepeinigt zu sein wie sie. „Die Straße war frei ... und dann ..." Er schloss die Augen und ein langes unbehagliches Schweigen folgte.

Oh Gott. Was, wenn es tatsächlich ein Unfall war? Unvermeidbar gemäß seiner Definition. Was, wenn er so gut gefahren war, wie er es konnte? Was, wenn es einen guten Grund gab, dass die Polizei ihn nie angeklagt hatte? Was, wenn es die Schuld ihres Sohnes war?

Nein, alle Menschen hatten die Pflicht, die Kinder zu beschützen. Caía konnte sich keinen Gott vorstellen, wenn es denn einen gab, der die Unschuldigen im Stich lassen würde.

Sie wusste nicht, was sie sagen sollte oder wie sie es sagen sollte. Sie konnte sich nicht dazu überwinden, Nick zu trösten, aber wie konnte sie einen Mann hassen, der dasaß und ihren Sohn beweinte? *Mit aufrichtigen, echten Tränen.*

Gregg musste auch geweint haben, obwohl Caía dies nie gesehen hatte.

Zuerst vielleicht, weil er versuchte, stark für sie zu sein und später tat er es einfach nicht. Erst jetzt, wo alles vorbei war, konnte Caía nicht mit Sicherheit behaupten, dass Gregg von Jacks Tod nicht genauso zerrissen worden war wie sie. *Wie Nick Kelly es scheinbar war.* Ein Teil von Caía wollte ihn anflehen, weiterzusprechen ... ihr bis ins kleinste Detail zu erzählen, was er an jenem Tag gesehen hatte, aber sie hatte nicht die Kraft, ihm weiter zuzuhören.

Wusste er, wer sie war?

Sie blickten einander an und Caía glaubte es nicht. Seine Beichte war in keiner Weise gekünstelt. Er musste sich aufrichtig von einer Last befreien und die Tatsache, dass Caía die denkbar ungeeignetste Person auf Erden dafür war, war ihm nicht bewusst.

Und dann passierte etwas Unerwartetes.

Caía erforschte ihr Herz. Sie konnte den Hass, den sie gepflegt hatte und von dem sie erwartete hatte, dass sie ihn bei Nicks Beichte fühlen würde, nicht spüren. Tatsächlich hatte sie ihren Zorn wie eine seltene und wertvolle Blume gepflegt. Unerklärlicherweise war sie jetzt müde und verwelkt. Und an ihrer Stelle wuchs eine tiefe Trauer heran.

Ein Teil von ihr weigerte sich aber immer noch, sich von dem Zorn zu trennen ...

Weil Zorn nicht so kräftezehrend wie Trauer war. Sie rang um Worte. „Manchmal habe ich das Haus verlassen und bin an meinem Ziel angekommen, ohne mich an die eigentliche Fahrt erinnern zu können. Vielleicht waren Sie abgelenkt?"

Er runzelte die Stirn. „Nein", sagte er verärgert.

Und dann wurde Caía klar, wie voreilig sich ihre Frage angehört haben musste. „Es dauerte nur einen Bruchteil einer Sekunde", sagte er abwehrend und sein Blick auf sie durchbohrte die Dunkelheit. „Mehr nicht." Er schüttelte den Kopf und trank noch einen Schluck Bier. „Es tut mir leid, Caía. Ich weiß nicht, warum ich mich gezwungen fühlte, Ihnen davon zu erzählen." Er strich mit dem Daumen unter jedem seiner Augen entlang. „Es tut mir leid."

„Nein, entschuldigen Sie sich nicht", sagte Caía.

Unerwartet wandte sich sein Zorn nach innen. „Ich denke andauernd, dass sie kommen und mich einsperren und das habe ich wahrscheinlich auch verdient."

„Sie haben Sie nicht angeklagt."

Es war keine Frage, aber er schien es nicht zu merken. „Nein."

Tränen stiegen Caía in die Augen. „Manche Gefängnisse trägt man mit sich herum", sagte sie leise.

„Das wird so sein", sagte er. Und dann fügte er hinzu: „Ich weiß, dass es nicht fair ist, aber ich habe das Gefühl, als hätte ich mein eigenes Kind verloren. Ich kann es nicht erklären, Caía. Vor dem Unfall wusste ich nichts über ihn ... wo er hinwollte ... ich wusste nur, dass der Junge mich in jenen letzten Sekunden anschaute, als wollte er, dass ich ihm sagte, dass alles gut werden würde. Weniger als eine winzige Sekunde später sah ich, wie sich seine Augen verdunkelten und ich wusste ... dass nichts jemals wieder gut werden würde." In Caías Seele brach ein Damm.

Bei diesem Treffen war nichts so gelaufen, wie sie es erwartet hatte. Tränen liefen ihr in Strömen über die Wangen. Sie schluchzte. Sie hob die Hände an ihr Gesicht und weinte offen vor dem Mann, der ihren

Sohn getötet hatte. Sie hörte ihn auch weinen und so weinten sie zusammen.

Sie waren allein auf der Terrasse. Nick streckte die Hand aus und berührte Caías Wange mit dem Handrücken, wobei dieser von ihren Tränen nass wurde. Instinktiv lehnte Caía sich an und plötzlich nahm er Caía an die Hand und zog sie in seine Arme.

Caía ließ es wortlos mit sich geschehen und klammerte sich an den einzigen Menschen, mit dem sie sich in diesem Augenblick verbunden fühlte. Verbunden durch Jack und seinen Tod. Vor diesem Augenblick hatte es keine physische Anziehung zwischen ihnen gegeben - zumindest keine, die sie in Worte hätte fassen können. Aber der Tod hatte eine unfassbare Kraft und Caía ein Loch im Herzen.

Sie schlang die Arme um Nicks Taille und tat etwas, dass sie sich niemals hätte vorstellen können. Sie drückte ihre Lippen auf Nick Kellys Mund und weinte leise, wobei er ein kehliges Stöhnen von sich gab. Sie schmeckte das Salz seiner Tränen und er schleckte ihre ab ... bis es unmöglich war, zu sagen, wessen Trauer sie schmeckte.

Wie der Unfall ihres Sohnes passierte auch dies sehr schnell. Einen Augenblick trauerten sie zusammen und im nächsten begrabschten sie einander in der Dunkelheit der Terrasse. Warme Hände auf kalter Haut an Stellen, wo Caía seit Jahren niemand berührt hatte. Sich vermengende Zungen. Sie schmeckte Alkohol ... und Tränen. Ihre Küsse wurden fiebrig. Nick streckte die Hände nach unten und griff ihr mit seiner offenen Handfläche zwischen ihre Beine, wobei er ihr die Möglichkeit bot, nein zu sagen.

Aber sie sagte nicht nein. Stattdessen griff Caía nach unten und drückte seine Finger fester an sie, um ihren Körper zum Leben zu erwecken. Sie drückte ihre Brustwarzen gegen seine warme Brust und ihre Lippen an seinen Hals und sie biss ihn erst strafend und dann heilend. Und in der nächsten Minute hob er Caía hoch in seinen Armen und trug sie ins Haus, direkt nach links in Richtung ihres Zimmers, wobei sie den Kuss nicht unterbrachen.

Sex war lebensbejahend. Tod war endgültig. Vergnügen war ein Leuchtturm in der Dunkelheit.

12

Alle, die wir von Herzen lieben, werden ein Teil von uns.

— HELEN KELLER

„Kaffee?"

Nicks Stimme ließ Caía innehalten, als sie die Hand nach ihrer Handtasche ausstreckte. Sie wandte sich zu ihm und war schockiert, dass „nein" nicht die erste Antwort war, die ihr einfiel. „Ich dachte, du wärst schon weg", sagte sie.

„Marta hat Laura heute Morgen zur Schule gebracht. Eltern-Lehrer-Besprechung, glaube ich."

Sex war das eine, aber Caía zog eine richtige Unterhaltung bei einer Tasse Kaffee mit Nick in Erwägung. Der Gedanke war furchterregend und verführerisch zugleich. Deswegen war sie schließlich hergekommen, aber wie auch immer man das von letzter Nacht nennen wollte ... der Ausrutscher hatte sie in eine seltsame Lage gebracht. Er sollte sich nicht wiederholen. Es hätte schon beim ersten Mal nicht passieren sollen.

Zweifellos war Nick vom Tod ihres Sohnes tief betroffen und das schweißte sie zusammen auf eine Art und Weise, die die Caía niemals hätte voraussehen können ... aber hier zu sitzen und mit ihm bei einer dampfenden Tasse Kaffee zu reden, als wenn nichts passiert wäre, schien ihr schlecht durchdacht zu sein.

Und doch ... wie konnte man mit einem Mann schlafen, mit dem man nicht bereit war Kaffee zu trinken? Sie schwang ihre Tasche über die Schulter. „Sicher ... hört sich gut an." Aber es fiel ihr schwer, ihm ins Gesicht zu schauen. „Hast du an einen bestimmten Ort gedacht?"

„Eigentlich schon." Sie standen sich einen Augenblick unbehaglich gegenüber und in dem Augenblick, wenn er wahrscheinlich ihre Hand wie bei jedem normalen Pärchen hätte ergreifen können, neigte er den Kopf zur Tür und sagte: „Nach dir."

Caía schoss zur Tür, bevor sie ihre Meinung ändern könnte. Draußen hatte der Tag eine völlig surreale Qualität. Der Himmel schien viel zu blau zu sein. Vögel flatterten vom Balkon zu den Ästen des Ahornbaums und wieder zurück und zwitscherten fröhlich. Im Allgemeinen erschienen ihr die Farben heller zu sein. Ein süßer Duft lag in der Luft, der ähnlich dem Orangenduft war, aber eher nach Pollen roch.

„Hier entlang", sagte Nick und schaute auf Caías linke Hand.

Caía steckte beide Hände in die Taschen und folgte ein wenig hinter ihm. Wie sich herausstellte, führte er sie nicht weit weg, nur auf die andere Straßenseite.

„Drinnen oder draußen?", fragte er.

„Drinnen", sagte sie, weil sie es seltsam gefunden hätte, Zeugen bei ihrem Date dabei zu haben, obwohl es sich ja nur um einen gemeinsamen Kaffee handelte.

Es war kein Date. Jeder würde denken, dass es völlig normal war, sie zusammen in einem Café auf der anderen Straßenseite zu sehen. Schließlich lebten sie ja unter einem Dach und ... letzte Nacht ...

Denke nicht daran.

Drinnen war das Café leer. Nick zeigte auf einen Zweiertisch und ließ Caía Platz nehmen, während er zur Theke ging und eine Unterhaltung mit dem Eigentümer, einem ruhigen Herrn mit Glatze, der seinem Blick nach zu urteilen seinen Kaffee sehr ernst nahm, führte und seine Bestellung runterratterte. Tatsächlich unterhielten sie sich längere Zeit über Café, während Caía lauschte - irgendetwas darüber, wie er dem „guiri" zeigen wollte, wie man eine Bestellung aufgab.

„Bitte sehr; Zeit für eine Lektion", sagte Nick, als er mit zwei kleinen Tassen in den Händen zurückkam. Er stellte beide Tassen auf dem Tisch ab, stieß sie dabei aneinander und schaffte es, nicht einen Tropfen zu verschütten.

„Eine Lektion?"

Er grinste. „Über Kaffee."

Caía verdrehte die Augen. „Ich kenne Kaffee."

Nick schüttelte entschieden den Kopf. „Nicht, wenn man nach dem Kaffee geht, den du trinkst. Also, das läuft so", sagte er und setzte sich. „Du und ich", er zeigte erst auf sie und dann auf sich selbst, „wir werden als „guiris" bezeichnet."

„Guiris?"

„Ausländer."

„Ja?"

„Ja. Wenn du also", er zeigte auf Caía, „einen café con leche bestellst, nehmen sie an, dass du ein Schwächling bist und du bekommst irgendeinen dünnen Kaffee mit diesen Zuckertütchen." Er hob eines der kleinen, länglichen, rotweißen Tütchen von der Untertasse hoch und schüttelte es.

Caía hatte ihn außer mit Laura noch nie so angeregt gesehen. „Also?"

„Also frage ich dich: Möchtest du Kaffee in deine Milch? Oder möchtest du Milch in deinen Kaffee?"

Caía hob eine Augenbraue. „Was ist der Unterschied?"

„Komisch, dass du fragst." Er schob eine Tasse über den Tisch zu ihr hin und Caía nahm sie an, wickelte ihre Hände um sie, holte sie zu sich heran und wärmte ihre Hände daran.

Der Kaffee duftete stark und überraschte sie mit seinem starken Aroma und Caía hob die Tasse an ihre Lippen und war wieder überrascht, dass auch der Geschmack sehr angenehm war.

„Das ist café cortado", erklärte er.

„Café cortado?"

„Kaffee mit einem Hauch von Milch." „Hmm, wo liegt der Unterschied?"

„Der Geschmack", sagte er mit einer französischen Handbewegung. Caía lachte über die Albernheit seiner Geste. „Nein, wirklich." „Wirklich", beharrte er. „Es ist der Geschmack. Was du da trinkst, ist eigentlich ein café solo mit ein klein wenig Milch. Was du normalerweise trinkst, wird von echten Kaffeetrinkern als café manchada bezeichnet und das ist eher ein wenig Kaffee mit ganz viel Milch."

Caía lachte erneut. „Ich verstehe."

„Und dann hast du natürlich immer noch die Möglichkeit, einen descafeinado zu bestellen. Aber pass auf - bestelle eine descafeinade de maquina, sofern du keinen schlechten löslichen Kaffee in einer Tasse mit heißer Milch haben möchtest."

„Hört sich kompliziert an", sagt Caía. „Das Leben ist kompliziert", entgegnete er. „Wem sagst du das."

Nick trank von seinem Kaffee und zwinkerte ihr zu. „Das habe ich jetzt wirklich gebraucht nach letzter Nacht."

„Kater?"

„Ein bisschen. Und ich nehme an, dass ich mich entschuldigen sollte, aber das will ich nicht."

Er grinste und Caía tat es ihm nach.

„Dann tu es nicht."

„In Ordnung, dann nicht."

Caía atmete scharf ein, während er sie über den Rand seiner kleinen, weißen Tasse anschaute.

„Aber im Ernst ... bereust du es?"

Caía dachte einen Augenblick über seine Frage nach und war überrascht, dass sie keine Reue empfand. Eigentlich schon, aber nicht wegen dem, was letzte Nacht zwischen ihnen passiert war. „Aber du hast nie erklärt, warum du ausgerechnet nach Spanien gekommen bist?"

Caía lächelte. „Doch, aber vielleicht hat dir meine Antwort nicht gefallen. Ich habe dir am ersten Tag, als wir uns kennengelernt haben gesagt, dass es ein Ort sei, der so gut wie jeder andere wäre, um mich von meiner Scheidung zu erholen."

„Am ersten Tag?" Er schien einen Augenblick darüber nachzudenken und nickte dann. „Also keine Freunde hier, stimmts?" Er trank weiter aus seiner Tasse und musterte Caía über den Rand hinweg.

Caía schüttelte den Kopf und fühlte sich unbehaglich angesichts der Richtung, in die ihre Unterhaltung steuerte.

„Keine Familie?"

„Nein", sagte sie trotzig. Viele Leute verreisten

ohne familiäre Beziehungen. Was sollte das schon beweisen?

Dann lächelte Nick und stellte seine Tasse ab. „Glaubst du an Schicksal, Caía?"

Caía spielte mit dem Griff an ihrer Tasse und drehte sie ein wenig. „Ich weiß es nicht." Sie schaute ihn argwöhnisch an. „Und du?"

Nick zuckte mit den Schultern. „Ich glaube, dass jede unserer Handlungen Konsequenzen nach sich zieht. Aber nein, ich glaube nicht an das Schicksal an sich. Manchmal werden wir jedoch wie Magneten von Menschen angezogen, die ... so etwas wie eine ähnliche Seele haben. Was war beispielsweise der Grund, dass du und Marta euch im Markt so verbunden gefühlt habt?"

Du.

Das einzelne Wort lag Caía auf der Zunge. Sie trank einen Schluck aus der Tasse, schaute über den Rand in Nicks Augen und hatte das Gefühl, dass er die Frage nicht zufällig gestellt hatte. Könnte er endlich gemerkt haben, wer sie war?

Aber nein, sie hatte eher das Gefühl, dass er sie irgendwie einer Prüfung unterzog. Es gab nur einen Weg, dass er wissen könnte, wer sie war und zwar nur, wenn er in ihrem Zimmer in ihrem iPad geschnüffelt hatte. Selbst dann war sie sich nicht sicher, ob er die Verbindung herstellen könnte, weil Caía einen anderen Nachnamen als Jack trug. Das hatte sie so gehalten, während sie mit Gregg verheiratet gewesen war und juristisch hatte sie ihren Geburtsnamen nie ändern lassen. Sie war jetzt froh darum, dass sie keine weiteren Verbindungen mehr zu Gregg hatte. Und überhaupt, was für eine Art von Name war Paine?

Paine. Pain, was so viel wie Schmerzen und Qualen bedeutete.

Es war, als wäre Herzschmerz mit einem solchen Namen vorbestimmt für sie. Lindsey konnte ihn und Gregg gerne haben. Sie hoffte, dass die beiden glücklich werden würden. Sie vermisste den Mann in keinster Weise und so sehr sie auch geglaubt hatte, dass sie den Mann, der vor ihr saß, hasste, fühlte sie sich doch mit ihm mehr verbunden, als sie es sich jemals mit Gregg gefühlt hatte.

Caía wollte Nick die Wahrheit sagen, aber wozu? Wem würde es etwas nützen? „Ich weiß nicht. Wir sind uns einfach ... über den Weg gelaufen."

„Buchstäblich? So wie man sich über den Weg läuft, alles fallen lässt und dann beschließt, glücklich bis ans Ende seiner Tage zu leben?"

Einfach so? Glaubte er, dass es eine einfache Entscheidung war, glücklich zu sein? „Wohl eher nicht. Ich wollte ein wenig Fisch kaufen und wollte wissen, warum Marta von dem Händler weggegangen war."

„Und hat sie es dir gesagt?"

„Nein."

Nick beobachtete sie. „Das könnte Jose Luis sein. Er ist der jüngere Bruder von jemandem, mit dem Marta ausging, bevor sie meinen Bruder heiratete. Sein Bruder hat das Geschäft weitergegeben, aber aus irgendeinem Grund geht Marta da immer noch hin. Vielleicht hofft sie, ihn zu sehen. Ich glaube nicht, dass Jose Luis das will."

„Sie sind ein bisschen zerstritten."

„Da bin ich mir sicher. Nachdem Jimmy starb, hat Jose Luis Marta eingeladen und dadurch wurde die Sache erst kompliziert. Sie war noch nicht so weit und ich denke, dass er sich persönlich angegriffen fühlte. Aber ich glaube nicht, dass sie Interesse an ihm hatte ... eher an seinem Bruder."

„Nun ja ... so etwas passiert."

„Ich hoffe, es macht dir nichts aus, wenn ich frage ... ist deine Scheidung endgültig?" „Bis auf das Weinen", scherzte Caía.

Sein Tonfall war nüchtern. „Und ... weinst du?"
Nicht deswegen.

Caía schüttelte den Kopf. Dieser einen Sache war sie sich sicher. Gregg hatte ihr Leben verlassen, insbesondere jetzt, wo kein Kind sie mehr zusammenhielt.

„Gut", sagte Nick und hob seine Tasse zu einem Trinkspruch:. „Was auch immer der Grund war, ich bin froh, dass du Spanien gewählt hast. Auf Neuanfänge, Caía. ¡Viva españa!"

Caía zögerte einen Augenblick, hob dann auch ihre Tasse und stieß vorsichtig mit Nick an. Aber sie wiederholte den Trinkspruch nicht, da sie intuitiv wusste, dass dies der Anfang vom Ende war - ein Gedanke der sie eine Leere fühlen ließ, die sie so nicht erwartet hatte.

Caía saß in der Badewanne umgeben von flackernden Kerzen und sie versuchte sich an eine Zeit zu erinnern, als Freude ihre bevorzugte Droge war, denn Gefühle waren schließlich wie Drogen. Zorn war eine Droge. Traurigkeit. Droge. Menschen wurden von ihrem Schmerz abhängig. Für Caía war es der Zorn, an den sie sich geklammert hatte und den sie ergriffen hatte wie eine starrköpfige Bulldogge, die sich verbissen hatte und sie mit einem Gefühl der Sinnhaftigkeit erfüllte.

Jetzt ... passierte etwas.

Sie hatte begonnen, sich von dem Zorn abzunabeln, Vergnügen in kleinen Erschütterungen, wie winzige Wellen an einer flachen Linie auf einem Bildschirm, wiederzubeleben.

Der Geschmack von Essen, der Klang von Kinderlachen, stille Augenblicke der Freundschaft ... dies waren kleine Ereignisse, die wie Defibrillatoren funktionierten und ihre Sinne ins Leben zurück schockten.

Aber es war Marta, die diese Tür buchstäblich und bildlich für sie geöffnet hatte. Zusammen mit Laura. Und Nick. Wie ein kosmisches Ereignis trieben Trauerpartikel in der Atmosphäre und Caía war von diesen Menschen angezogen worden wie Ionen in einem Energiefeld.

Sie bewegte sich am Rand eines Abgrunds. Wenn sie sich in eine Richtung neigte, würde sie vielleicht hinunterfallen und nie wieder den Weg aus dem Abgrund herausfinden.

Oder sie könnte eine andere Entscheidung fällen ...

So, wie man sich über den Weg lief, seine Sachen fallen ließ und beschloss glücklich bis ans Ende seiner Tage zu leben?

Reinen Tisch machen oder nicht ... das war die Frage - zumindest für Caía. Wenn sie es sich erlaubte, dies zu tun, könnte sie vielleicht den Weg zurück finden ...

Es gab sicherlich auch hier Dinge, an denen sie sich festhalten könnte und sie könnte ein Leben im Luxus leben.

Da war zum einen diese großartige, alte Badewanne. Sie nahm ein Stück Seife - eine Zitronenseife, die viel Schaum produzierte. Der Duft ermutigte sie, tief einzuatmen und ihre Lungen zu füllen. Sie strich die Seife über ihre Haut und hielt zwischen ihren Brüsten inne und ließ sie dann zwischen ihre Oberschenkel gleiten.

Oh ja, Seife war herrlich ...

Sex auch . . . selbst, wenn er gar nicht passieren sollte. Oder vielleicht war er besser, weil er nicht passieren sollte?

Tabus und all das Zeug.

Caía riss ihre Gedanken von dem Mann los, der oben lag und wahrscheinlich tief und fest in seinem Bett schlief. Sie lechzte nach etwas, aber es war nicht Vergeltung, nicht Befriedigung, nicht Liebe - nein ... dies war etwas völlig Primitives. Sie spürte, dass eine Sucht in ihren Adern kochte, die sie jetzt dazu trieb, aus der Badewanne zu steigen. Selbst jetzt, als sie vom warmen Wasser umhüllt war, rief die Hitze seiner Haut nach ihr.

Denk nicht daran.

Pizza, dachte sie. Pizza könnte sensationell sein - eine *Chicago deep dish*, nicht diese *Pizza House* Sorte mit dem zähflüssigen Käse, der noch nicht einmal echt war.

An jenem letzten Abend mit Jack, als Gregg mal wieder „spät arbeiten" musste, hatte sie ihn zu Pizza mit ganz vielen Sardellen überredet.

Also waren sie zu dem Restaurant in der North Clark Street gegangen, das ihm so gefiel und Caía hatte die größte Pizza bestellt, die sie hatten, mit einer doppelten Portion Sardellen.

Es stellte sich heraus, dass ihr Sohn gar keine Sardellen mochte. Verärgert hatte Caía sie alle abgesammelt, da sie wusste, dass Jack wahrscheinlich den größten Teil der Pizza essen würde. Und das war gut so, beruhigte sie sich, weil es bedeutete, dass sie die Sardellen für sich allein hätte. Da sie nicht wirklich hungrig war, hatte sie sie alle auf einen Teller gelegt und zur Seite gestellt; sie wollte sie dann auf ihr Stück Pizza legen, falls noch etwas übrig war, wenn sie von der Toilette zurückkam. Aber der Teller war weg, als sie zurückkam und anstatt mehr zu bestellen, setzte sie sich hin und bemitleidete sich selbst; tatsächlich hatte sie um den Verlust der Sardellen so sehr getrauert, wie um den Verlust ihrer Ehe. Sie feierte eine regelrechte Selbstmitleidsorgie deswegen und Jack saß ihr die ganze Zeit gegenüber und zog ein langes Gesicht, weil er vergessen hatte, dem Kellner Bescheid zu sagen, dass er den Teller mit den Sardellen stehen lassen sollte.

Aber das war das Problem mit Erwartungen. Sie führten so oft zu einer Enttäuschung. Caía hatte erwartet, dass ihre Ehe sie erfüllen würde. Sie hatte erwartet, dass das Leben in Chicago aufregend sein würde. Sie hatte erwartet, dass ihr Sohn all die Dinge mögen würde, die sie mochte, einfach weil Caía sie mochte.

Aber man ließ keine Pizza stehen, nur weil keine Sardellen darauf waren. Also aßen sie die verdammte Pizza und Caía mochte sie tatsächlich. Schließlich war es völlig akzeptabel, eine Pizza ohne Sardellen zu genießen. Als sie das lange Gesicht ihres Sohnes sah, beschloss sie ganz bewusst, dem Verlust der Sardellen nicht weiter nachzutrauern und in dem Augenblick, als sie die Sache aus der Welt geschafft hatte, lächelte Jack wieder.

Wenn man es recht überlegte konnte ein Verlust ein wenig wie jene Pizza mit Sardellen sein. Nur weil sie abgesammelt worden waren, hieß das nicht, dass sie nicht noch nachklangen.

„Das war die beste Pizza, die ich je gegessen habe, Mami", hatte er gesagt und sich die Finger geleckt. Er kratzte unter seinen Nägeln und Caía brachte es nicht über's Herz, ihm zu sagen, dass er es unterlassen sollte. Sein Lächeln war einfach zu herrlich.

Caía seufzte sehnsüchtig. Auch für Caía war es die beste Pizza, die sie je gegessen hatte und zwar nicht wegen irgendeines Belags. Sie hatte den ganzen Abend mit ihrem Sohn verbracht und sich keinerlei

Gedanken um Gregg gemacht. Es ging nur um sie beide - Mutter und Sohn - genau mitten in diesem Augenblick und eine Zeit lang war niemand wegen irgendetwas wütend oder enttäuscht.

Caía streckte einen Fuß aus und legte ihre Zehen um den Wasserhahn und drehte ihn an, um warmes Wasser nachlaufen zu lassen, obwohl sie sich wegen des Krachs schuldig fühlte. Abgesehen von dem laufenden Wasser war das Haus still und das Wasser schien in Stereo zu klingen.

Inzwischen schliefen sicherlich alle. Caía war sich dessen sicher trotz der Tatsache, dass sie normalerweise sowieso niemand hörte. Die Bewohner oben waren isoliert und nur hin und wieder hörte sie, wie ihre Balkontüren geöffnet und geschlossen wurden. *Meistens seine.* Obwohl Martas Zimmer direkt über ihrem lag, hörte Caía nur selten Schritte über sich.

Sex war gut, dachte Caía wieder - *richtig gut*. Sie hob die Hand mit der Seife an ihre linke Brust, ließ sie um ihre Brustwarze kreisen und ließ sie dann dort liegen, um ihren Herzschlag unter der Handfläche zu spüren. Und während sie da lag, spürte sie einen kleinen, hellen Punkt am Rand ihrer Dunkelheit.

Warum kannst du nicht einen anderen wollen? Warum muss er es sein? Aber sie wusste bereits die Antwort auf die Frage, weil sie in dem Grund, warum sie nach Südspanien gekommen war, enthalten war.

Caía konnte der Versuchung nicht widerstehen und stand auf. Sie griff nach einem Handtuch, trocknete sich ab und zog ihren Bademantel an. Sie überlegte, ob sie vielleicht im Schlafzimmer halt machen, sich auf ihr Bett legen sollte, sich beruhigen und einschlafen sollte, aber sie tat es nicht. Sie hielt lange genug inne, um ihr Haar abzutrocknen, damit das Wasser nicht überall auf den Boden tropfte und sie verriet und dann warf sie das nasse Handtuch auf das Bett und es war ihr einerlei, dass sie später eine nasse Stelle vorfinden würde.

Tief in ihrem Inneren war sie sich nicht sicher, was sie nach oben lockte, aber sie hatte auch keine Lust, dies zu analysieren. Dass sie auf dem Weg keinen Kerzenständer mitnahm, war vielversprechend.

Im Schlafzimmer könnte sie es mit einem Kerzenständer vollbringen.

Der Gedanke ließ sie säuerlich lächeln. Im Verlauf der letzten paar Wochen, hatte Caía über das Haus fantasiert wie bei einem Spiel Cluedo. *In der Küche verwendete sie Gift.* Oder es passierte im Büro mit einem Gewehr. Außer, dass sie gar kein Gewehr besaß und sie begann den Verdacht zu hegen, dass Vergeltung sie gar nicht zu diesem Augenblick geführt hatte. Obwohl sie sich nicht sicher war, warum sie ihre Entdeckung riskierte, indem sie sich in den ersten Stock schlich, tat sie genau das.

Das Haus war dunkel, aber Caías Augen passten sich schnell an. Heute Abend waren alle Balkontüren geschlossen. Lauras Schlafzimmertür war geschlossen. Das galt auch für die ihrer Mutter; beide lagen am anderen Ende des Flurs von Nicks Zimmer. Sie schaute in Richtung Küche und sagte sich, dass sie auf ein Glas Wasser aus war. Das wollte sie auf jeden Fall zu Marta sagen, falls diese sie überraschte. Oder Eugenia, aber Eugenia kam nur selten nach unten.

Sie konnte das Tröpfeln des Wassers unten im Pool hören. Es gab nur einen Grund, nach rechts abzubiegen ... ein Schlafzimmer in der Richtung - das und der Salon, wo sie und Marta sich schon so eingehend unterhalten hatten. Aber dies war das erste Mal, dass Caía sich traute, nachts allein nach oben zu gehen, weil sie zuvor Angst hatte, dass sie in sein

Zimmer marschieren und ihn in seinem Bett erwürgen würde.

Wie oft hatte sie sich vorgestellt, wie sich ihre Finger um seinen Hals legen würden? Wie schwierig könnte es sein, einen Mann zu erwürgen? In Filmen sah es immer so einfach aus. Man legte einfach die Hände um seinen Hals und drückte zu. Sie könnte aber auch ein Kissen verwenden.

Caías nackte Füße ließen nun die kalte Marmortreppe hinter sich und liefen leise über altes Holz. Es war ein langer, endloser Flur und trotz seiner Neigung zu einem Echo, schaffte sie es, keinen Mucks zu machen.

Sie ging nicht direkt ins Wohnzimmer. Stattdessen bog sie links ab in sein Apartment, schlich sich im Flur vor seinem Schlafzimmer vorbei, wo sich seine Schränke befanden, blieb dann stehen, lehnte sich gegen den Türrahmen und blickte in sein Zimmer, wobei sie überrascht war, dass er bei offenen Balkontüren schlief; dies waren diejenigen, die zur Straßenseite gingen.

Wenn sie ihm also jetzt wehtun wollte, wäre es einfach zu fliehen. An seinem Fenster befanden sich im Gegensatz zu unten keine Gitter. Eine leichte, kühle Brise wehte herein und kühlte Caías feuchte Haut. Der Duft von Orangen schwebte herein ... niedrig hängende Früchte.

Warum bist du hier, Caía?

Die Antwort lag ruhig in der Mitte des Betts und sein Anblick ließ Caías Herz ein wenig schneller schlagen. Verwirrt und verunsichert wandte sie sich zum Gehen.

„Caía?"

Der Klang seiner Stimme hielt sie auf. Sie hob die

Hand an ihren Hals und der Bademantel öffnete sich und ihre Brustwarzen wurden hart im Luftzug.

Caía wusste nicht, was sie sagen sollte. Was sollte man denn sagen, wenn man erwischt wurde, wie man sich in jemandes Zimmer mitten in der Nacht schlich? „Oh je, es tut mir leid, ich habe mich verlaufen." Sie gehörte gar nicht in dieses Stockwerk. Sie gehörte nicht in dieses Haus ... und doch war sie hier ...

„Caía", sagte er erneut und sie wandte sich zu ihm um, ohne sich die Mühe zu machen, ihren Bademantel zu schließen. Sie wollte, dass er sie sah, wollte, dass er erfuhr ...

Sie spürte, wie ihr Körper wieder zum Leben erweckt wurde und wider besseren Wissens trat sie näher. Sie atmete nun leise keuchend und versuchte, den Willen aufzubringen, wegzugehen.

„Ich habe an dich gedacht", sagte er. „Und habe gehofft, dass du kommst."

Caía bekam plötzlich eine Gänsehaut und sie schlüpfte aus ihrem Bademantel, den sie zu Boden gleiten ließ. Zielstrebig ging sie zum Bett. Als sie in Reichweite war, ergriff Nick ihre Hand und zog sie den Rest des Weges heran.

13

Um gegen das Universum der Trauer zu protestieren
... Glück erschaffen.

— ALBERT CAMUS

Richtig. Falsch.
Dies waren Konzepte, die Caía auf einer Basisebene verstand. Ihr jetziger Wohnort kam der anderen Seite des Zauns gefährlich nah.

Es war nicht, als hätte Sex alles geändert, aber das sollte es. *Oder etwa nicht?*

In ihrer Verbindung war keinerlei Zärtlichkeit. Der Sex war verzweifelt und sogar blindwütig und wenn Nick verstand, was sie getan hatten - oder viel mehr gerade taten - ließ er dies nie durchblicken. Sie waren wie Teenager, die nachts herumschlichen und die Zimmer tauschten. Wenn er in Caías besseren Nächten in seinem Zimmer geblieben wäre, dann wäre es nicht weitergegangen.

Bei Tag beichtete keiner von ihnen Marta etwas, aber sie war nicht dumm. Man konnte die Pheromone in der Luft riechen oder zumindest glaubte Caía dies.

Sie konnte den ganzen Tag Sex riechen. Und

schlimmer noch, ihr Körper reagierte auf Nicks Stimme. Wenn er das Zimmer betrat, wurden ihre Brustwarzen hart.

Nachdem sie letzte Nacht fertig waren, hatte er sie zärtlich auf die Stirn geküsst, während Caía vorgab zu schlafen und dann hatte er sich aus ihrem Zimmer in das dunkle Haus geschlichen. Lange bevor er die Marmortreppe erreicht hatte, machte sich eine anhaltende Leere breit, wo kurz zuvor noch etwas anderes gewesen war ... etwas, was Caía sich nie hätte träumen lassen.

Erst als sie sicher war, dass er weg war, war sie aufgestanden und hatte sich hinter der Palme vor ihrem Zimmer versteckt und zu seinen Balkontüren geschaut.

Wusste Marta Bescheid? War sie wach und sah, wenn seine Badezimmerlampe anging?

Seine Balkontüren öffneten sich und Caía spürte, dass er dastand und zu ihrem Zimmer und zu ihr hinabschaute, aber dann ging er weg und sie stellte sich vor, wie er befriedigt und erschöpft ins Bett ging. Nach einer Weile ging Caía zurück in ihr eigenes Bett und zog die Decke über den Kopf.

Hatte sie sich selbst verraten? Oder Jack? Bestimmt nicht Gregg, weil er keine Teilhabe mehr an ihrem Leben hatte. Vielleicht sollte es so sein, dass sie mit Nick zusammen war? Nicht langfristig, aber vorerst. Vielleicht war das die Art und Weise, wie sie beide gesund werden würden.

Am nächsten Morgen schlief Caía lang. Als sie aufwachte, griff sie sofort nach ihrem iPad, blieb im Bett liegen und klickte die Fotos von Jack an, wobei sie sich bei jedem einzelnen viel Zeit nahm und versuchte, sich die Augenblicke vor und nach der Aufnahme des Fotos vor Augen zu führen.

Es war seltsam, wenn man bedachte, wieviel Zeit sie damit verbracht hatte, ihre Bibliothek hochzuladen, insbesondere angesichts der Schnelligkeit, mit der sie ihren restlichen Haushalt eingelagert hatte. *Viele Stunden länger im Vergleich.* Was Gregg nicht hatte mitnehmen wollen, hatte Caía eingepackt und eine Umzugsfirma beauftragt, alles einzulagern. Im Augenblick wusste sie noch nicht einmal, wo sich der Schlüssel zu der Lagereinheit befand. Vielleicht in einer der Taschen ihres Koffers. Aber ihre Fotobibliothek enthielt mindestens hunderttausend Bilder. Angesichts der Fülle an ähnlichen Posen brachte Caía es nicht übers Herz, einige der Bilder zu löschen. Allein in einem Satz waren fast einhundert Bilder mit Jacks Gesicht mit allen möglichen Mienen und aus jedem erdenklichen Winkel auf digitalem Film aufgenommen und diese bedeuteten ihr jetzt viel mehr als das Naturwunder, das sie besucht hatten.

„Klasse!", hatte Jack gesagt, als er über den Grand Canyon schaute. Er hatte sich wie ein Adler im Flug mit ausgebreiteten Armen auf die Zehenspitzen gestellt.

„Sei vorsichtig, Jack."

„Lass ihn, Caía."

Sie war eine „Hubschraubermutter" behauptete Gregg manchmal und dass sie Jack die Luft zum Atmen nehmen würde. Caía sah das anders. Sie war sicher, dass er „Hubschrauberehefrau" hatte sagen wollen und dass sie Gregg nicht genug Raum ließ, um zu tun, was er wollte.

„Kann man sich kaum vorstellen, dass jemand darüber springen will, Jack." Jack runzelte die Stirn bei der Aussage seines Vaters. Er schaute ihn an. Caía hielt dies bildlich fest. *Klick. Klick. Klick.*

„Evel Knievel", sagte Gregg.

Klick. Klick. Klick.

„Nö", stritt Caía ab, „es war sein Sohn, Robbie. Sein Vater hat es nie gemacht." Sie hatte natürlich Recht, aber Caía war es wichtiger zu beweisen, dass Gregg falsch lag, als dass sie ihren Sohn aufklären wollte.

Für Gregg musste jedoch der Vater als der Held einer jeden Geschichte erscheinen und Caía sah dies genau anders herum. *Klick. Klick. Klick.* Ihr Sohn würde ein viel besserer Mann werden, als Gregg es je hätte werden können. Schon jetzt besaß er ein besseres Verständnis von Recht und Unrecht und wusste, dass er nicht lügen sollte - etwas, bei dem Gregg keine Bedenken hatte.

Klick. Klick. Klick.

„Ja, wie auch immer", hatte ihr Mann gesagt. „Es geht ja nur darum, dass überhaupt jemand gesprungen ist, oder?" Und dann schaute er Caía voller Verachtung an und sie legte die Kamera weg. Tief in ihrem Inneren verspürte sie eine gewisse Befriedigung, dass sie seine Geschichte auf den Kopf gestellt hatte.

Jetzt berührte sie den Bildschirm mit einer Fingerspitze und zeichnete das Kinn ihres Sohnes nach.

Auf diesem Bild war er zwölf. Oder vielleicht elf. Es wurde kurz nach Greggs zweiunddreißigstem Geburtstag aufgenommen, denn er trug die rote Jacke, die Caía ihm im Jahr zuvor geschenkt hatte - der North Face Anorak, den er sich monatelang gewünscht hatte. Warum hatte sie sich die Mühe gemacht?

Weil sie sich immer noch vormachte, dass die Dinge anders sein könnten. Weil sie ihren Sohn hinter ihren Zorn gestellt hatte, statt sich über alles klar zu werden. Den Zorn hatte sie schon lange vor Jacks Tod gehegt und gepflegt.

Jene gleiche hässliche Erinnerung flatterte an den Rändern ihres Bewusstseins und drohte, ihre Stimmung wieder zu verdunkeln.

Es klopfte leise an der Tür und Caía legte das iPad weg und drehte es um, damit der Bildschirm nicht sichtbar war. „Ja?"

Nick öffnete die Tür. Er trat ein und ein herzliches Lächeln umspielte seine Lippen, als wenn er sie jetzt liebevoll betrachtete. Es ließ sie sich schuldig fühlen.

„Marta sagte, dass sie dich eingeladen hätte, mitzukommen?"

Caía runzelte die Stirn.

„Zahara", sagte er und erinnerte sie.

„Ach." *Es ging um das Wochenende.* Caía schaute auf das iPad, das auf dem Bett mit dem Bildschirm auf die Decke gerichtet lag und dessen Bild in ihrem Kopf eingeprägt war.

„Kommst du mit?"

Unerwartet schossen Caía Tränen in die Augen. Verwirrung breitete sich in ihr aus wie der Anfang eines Krebsgeschwürs.

„Caía?" Mit sorgenvollem Gesicht betrat Nick das Zimmer und setzte sich auf den Bettrand. Caía griff nach ihrem iPad und zog es außerhalb seiner Reichweite - eine Geste, die er sehr wohl bemerkte, aber nichts dazu sagte. Stattdessen streckte er die Hand aus, um nach Caías Knöchel zu greifen, als wenn er spürte, dass sie irgendwie im Begriff war zu fallen und er sie retten wollte. „Bist du sicher, dass du keine Reue empfindest?"

„Nein." Das Wort rutschte Caía raus, bevor sie darüber nachdenken konnte. Aber ihr war sofort klar, dass es der Wahrheit entsprach. Sie hatte sich in den letzten paar Wochen lebendiger gefühlt als schon seit Jahren nicht mehr. Nein, sie bereute überhaupt nichts - eine Tatsache, die ihr den Magen verknotete.

„Hat Marta dir erzählt, warum wir fahren?"

Caía schüttelte den Kopf und Tränen standen in ihren Augen.

„Weißt du", sagte er, „in Zeiten wie diesen muss ich wirklich an etwas Größeres als uns glauben. Ich weiß nicht, was uns zusammengeführt hat, Caía, aber es fühlt sich ...", er suchte nach dem richtigen Wort, „schicksalhaft an."

Nein, dachte Caía, fiebrig. Ihr Kennenlernen hatte nichts Schicksalhaftes. Sie war ihm hierher gefolgt mit wenig edlen Absichten, aber wie könnte sie ihm das jetzt sagen?

„Wir haben alle jemand verloren ... dein Sohn, mein Bruder, Lauras Vater ... wir bringen Jimmys Asche an einen Ort, der ihm gefallen hätte. Wir - ich", verbesserte er, „möchten, dass du mitkommst."

Caía konnte nicht nein sagen, obwohl sie es versuchte. Das Wort kam ihr einfach nicht über die Lippen, ganz gleich, wie sehr sie sich anstrengte. „Okay", sagte sie.

"¡Belén, campanas de Belén!
Que los ángeles tocan
¿Qué nueva me traéis?"

LAURA SANG UNVERFROREN auf dem Rücksitz neben ihrer Mutter. Sie trällerte ihr kleines Weihnachtsliedchen mit falschen Tönen und fächerte sich dabei die ganze Zeit Luft zu mit dem spanischen abanico, den Caía ihr geschenkt hatte.

„Magst du mein Lied, tiíta?"

Caía brauchte einen Augenblick, bis ihr klar wurde, was Laura gesagt hatte und sie sich ins Gedächtnis rufen konnte, dass nur zwei Frauen im Auto saßen, von denen eine ihre Mutter und die andere nicht ihre Tante war. Caía wandte sich um, um sicherzustellen, dass sie sich nicht verhört hatte. Laura schaute sie an und lächelte kokett hinter ihrem schwarzen Fächer mit den aufgemalten Rosen.

Ihre Mutter bemerkte die Geste auch und als sie Caías erstauntes Gesicht sah, schimpfte sie ihr Kind leise. „Caía ist nicht deine tiíta, Laura."

„Aber ich will, dass sie meine tiíta wird", sagte das Kind. „Weil ... " Sie hob ihre Handfläche in die Luft. „Ich nicht wirklich eine habe."

Trotz ihres vorübergehenden Entsetzens biss Caía sich auf die Lippe, damit sie über diese durchaus vernünftige Erklärung nicht lachte. Nick warf Caía einen kurzen Blick zu, einer der zu wenig und zu viel aussagte in diesem kurzen Augenblick, bevor er sich einen Sekundenbruchteil später wieder der Straße zuwandte.

Ich schwöre es vor Gott, hatte er gesagt.
Nur ein Sekundenbruchteil.
Nur ein Sekundenbruchteil.

Krankhaft stellte Caía sich bildlich vor, wie das Auto von der Straße abkam, in eine Schlucht stürzte und auf Nimmerwiedersehen verschwand. Aber natürlich wünschte sie sich dieses Schicksal weder für Laura, noch für Marta oder Nick.

Riesige Olivenhaine dominierten die Landschaft. Direkt an der engen Bergstraße wuchsen Sukkulenten, Kakteen und Rosmarin. Der Ausblick zeigte seltsamerweise nach Südwesten und die Landschaft war trocken und fleckig mit durstigen grünen und braunen Stellen. Sie beobachtete Nick beim Fahren, wie er selbstsicher das Steuer in der Hand hielt; so gar nicht, wie die Haltung, die ihr Mann so oft angenommen hatte, sondern eher, als wäre er hinter dem Steuer geboren worden und das Auto nur eine Erweiterung seiner selbst wäre.

Jack würde diese Gelegenheit nie bekommen. Dies war etwas, was Caía niemals über ihren Sohn erfahren würde - ob auch er solch ein selbstsicheres Verhalten an den Tag legen würde

Auf dem Fahrersitz schweiften Nicks Augen nur selten von der Straße ab; das war gut so, denn die Landschaft wurde zerklüftet, als sie sich ihren Weg in die Sierras suchten.

„Caía, möchten Sie meine tiíta sein?", beharrte Laura mit schmollender Stimme.

Wieder schaute Caía unbehaglich zu Nick. Der Augenblick hatte etwas Surreales - als wenn nichts davon überhaupt passieren könnte ... als wenn sie einen verdrehten Traum träumte. Gott, vielleicht war sie noch in dem Krankenhaus eingesperrt und wartete unendlich lange, dass Gregg endlich kam.

„Caía?"

„Laura", schimpfte ihre Mutter. „¿Que pesada!"

„Es ist schon in Ordnung", sagte Caía. „Wir können so tun, als ob ... für heute." „Nein", sagte Laura und trat mit den Füßen gegen Nicks Sitz.

„Nicht für heute", stritt sie. „Morgen und jeden einzelnen Tag, *vale*?"

Ihre Mutter lachte und es war ihr wahrscheinlich peinlich. Auch Nick schmunzelte, obwohl Laura seinen Sitz malträtierte. Aber auch hier hielt er seinen Blick auf die Straße gerichtet.

Es war schwierig, sich nicht über Lauras Impulsivität zu amüsieren oder davon verzaubern zu lassen, insbesondere, wenn der Gedanke doch so entzückend war. Aber sie wurde müde. „Laura", sagte ihre Mutter wieder und Nick streckte seine Hand aus, um Caías als stilles Dankeschön zu drücken. Die Geste ließ Caías Herz schneller schlagen. Sie zog ihre Hand unter seiner heraus und fühlte sich bei diesem Zeichen der Zuneigung unwohl. Caía schaute aus dem Fenster und dachte dabei an ihren Vater und ließ sich von den Olivenhainen hypnotisieren und mit jedem Olivenbaum, an dem sie vorbeikamen, verpasste sie eine weitere Gelegenheit, das zu sagen, was sie hätte sagen sollen - mit einem Olivenzweig ein Friedensangebot zu machen.

Es tut mir leid, Jack.
Es tut mir leid, Laura.
Es tut mir leid, Nick.
Es tut mir leid, Marta.
Es tut mir leid, Papa.
Es tut mir leid, Gregg.

14

Je dunkler die Nacht, desto heller die Sterne ...

— Fjodor Dostojevsky

Chicago, Mittwoch, 15. Juni 2016, 10:00

Caía

„Hallo, Mama?"

Caía starrte auf den Computer-Bildschirm. Sie hörte Jack rufen, konnte aber ihre Benommenheit nicht abschütteln.

„Mama?"

Er hörte sich irritiert an. Schließlich schaute Caía zu ihm hoch und traf den Blick aus den aufgebrachten blauen Augen ihres Sohnes. Er ähnelte seinem Vater so sehr, dass ihr Herz schmerzte. Es war schwierig, ihn jetzt anzuschauen und nicht Gregg zu sehen und in letzter Zeit schaute sie manchmal gar nicht so genau hin.

Es war auch nicht besonders hilfreich, dass er Greggs Einstellung angenommen hatte. Mit dreizehn war Jack bereits einen Kopf größer als Gregg, aber schlaksig, als wenn er seit Wochen nicht richtig gegessen hätte. Aber im Gegenteil, er aß wie ein Scheunendrescher und nahm an einem Tag mehr Kohlenhydrate zu sich, als Caía in einem ganzen Jahr. Eine Tüte Chips. *Weg.* Die restlichen Makkaroni mit Käse überbacken von gestern. *Weg.* Pizza. *Weg.* Jetzt stand er in der Tür mit einer Limo in der Hand und Caía hatte nicht die Kraft, ihn zu fragen, woher er sie hatte, weil sie es bereits wusste. *Sein Vater.* Gregg untergrub ihre Autorität bei jeder sich bietenden Gelegenheit und machte Caía auf jede erdenkliche Art und Weise klein. Es war, als müsste er beweisen, dass er der Mann in diesem Haus war und er deswegen auch das Sagen hatte.

Das hasste sie am meisten an ihm, insbesondere, wo es ihren Sohn betraf. All die Dinge, die sie einst geliebt hatte - den charmanten Georgia-Dialekt, seinen unerschütterlichen Männlichkeitswahn - hasste sie nun. Sie schaute auf die Dose. „Hat dein Vater dir das gekauft?"

Jack schaute auf seine Limo und strich seinen Pony lässig beiseite wie der Star einer Boy-Band. „Ja", antwortete er und trank einen Schluck, während Caía zuschaute und schluckte ihn hinunter, wie es sein Vater vielleicht getan hätte. Als wäre es eine Herausforderung.

Wo war ihr süßer kleiner Junge geblieben?

Wo bist du, Jack?

„Du weißt, dass ich es nicht mag, dass du die trinkst, Jack."

Sie sagte seinen Namen auf die gleiche Art und Weise, wie sie oft den seines Vaters aussprach. Er zuckte zusammen. „Es ist doch nur eine. Mama! Herrgott!"

Caías Geduld hing am seidenen Faden. „Du sollst den Namen des Herrn nicht missbrauchen, Jack."

„Warum nicht? Es ist ja nicht, als würde es dir etwas ausmachen. Wir glauben nicht an Gott."

Er hatte *wir* gesagt, als gäbe es da eine Übereinkunft. *Wir* glauben nicht an Gott. Aber in diesem Haus gab es kein *wir*.

„Dein Vater glaubt nicht an Gott. Ich glaube nicht an Religion. Da gibt es einen Unterschied, Jack."

„Wie auch immer", antwortete Jack und reizte Caía.

Kein anderer Spruch zerrte so an ihren Nerven wie der. *Wie auch immer*. Gregg sagte ihn so häufig und jetzt schwappte er schon in das Vokabular ihres Sohnes. Sie warf einen Blick auf den Bildschirm ihres Computers. Wenn ihre Blicke töten könnten, hätte sich der Computer an Ort und Stelle pulverisiert.

„Was willst du, Jack?"

„Kann ich in den Park gehen?"

„Ist dein Zimmer aufgeräumt?"

„Ja", antwortete er und als wollte er seine Aussage noch unterstreichen, nahm er sein funkelnagelneues Smartphone aus seiner Tasche - das, welches Caía ihm verboten hatte. Natürlich schenkte sein Vater ihm eins, obwohl Jack sein letztes auseinandergebaut hatte. Es war kein Geburtstagsgeschenk. Gregg behauptete, er habe ein neues Diensttelefon, aber Caía vermutete, dass er einen anderen Plan verfolgte; er wollte, dass sie seine Gesprächsverbindungen nicht mehr prüfen könnte. Sie starrte ihren Sohn an und hasste es, dass sie ihm nicht glaubte. Sein Vater hatte sich zu einem geschickten Lügner entwickelt. Vielleicht lag es in den Genen.

„Geh und schau nach, wenn du willst. Ich will jetzt einfach nur gehen. Kann ich jetzt bitte gehen?"

Caía atmete tief durch und schaute auf ihrem Computer auf die auf ihrem Bildschirm geöffnete E-Mail, die ihr irrtümlich zugeschickt worden war. Vielleicht war es gar kein Irrtum. Der Unterschied lag in nur einem einzigen Buchstaben: *c.paine@webmail.com* anstelle von *g.paine*. Aber auf der Tastatur wäre es ein absichtlicher Fehler. „Ich habe frei", stand da. „Keine Termine heute Nachmittag. Wir treffen uns um zwölf. Village Tap. Küsschen, du weißt schon wohin. In Liebe L."

Das Village Tap war hier in ihrer Nachbarschaft, ganz in der Nähe ihres Hauses. Dass er und sie so dreist waren, sich direkt vor ihrer Nase an einem Ort zu treffen, wo ihre Nachbarn nach der Arbeit ein Bier tranken ... ärgerte Caía wirklich.

Er hatte ihr versprochen, dass es vorbei sei und Caía war geblieben, weil sie nicht wollte, dass aus Jack ein Scheidungskind wurde. Aber in Wahrheit war keiner von ihnen glücklich und Jack veränderte sich auf Grund der Situation. *Geh, nimm ihn mit, jetzt*, trieb eine kleine Stimme sie an. *Bevor es zu spät ist.*

„Mama?"

Caía blickte hoch zu ihrem Sohn und bemerkte die Wut in seinen hellblauen Augen. Voller Frustration in der Stimme sagte sie: „Ja, geh."

Er wandte sich so schnell um, dass Caía keine Gelegenheit hatte, noch etwas hinzuzufügen. Sie hörte, wie sich die Haustür öffnete und wieder zugeschlagen wurde; dann starrte sie wieder auf den Bildschirm und fühlte sich alt und müde. Und zurückgewiesen. Und hässlich. Und verurteilt. Aber natürlich. Warum lief es jedoch darauf hinaus, dass sie sich nicht gut genug fühlte? Als wenn Gregg ein besonderer Preis wäre.

„Hey, es ist vorbei", hatte er gesagt. „Es ist aus."

Und dann hatte er Caía in den Arm genommen, ihren Kopf an seine Schulter gedrückt und getätschelt, als wäre sie sein Haustier. „Da ist nichts, Caía", hatte er gesagt und sich selbst widersprochen. „Nichts ist passiert. Glaubst du mir?"

Ihre Beweise waren bruchstückhaft. Das musste sie zugeben. Selbst diese E-Mail war vage. Soweit Caía wusste, legte Lindsey sich mit ihrem Chef an. Sie hegte keinen Zweifel, dass die E-Mail unangemessen persönlich war. Sie stammte zweifellos von ihr. Sie war von ihrer E-Mail-Adresse geschickt worden. Aber wenn sie sie Caía absichtlich geschickt hatte, dann wollte sie Caía wissen lassen, dass sie sich trotz Greggs Beteuerungen immer noch trafen.

Und darüber hinaus wollte sie, dass Caía sie erwischte. Scheinbar war Gregg ein Lügner und weder Caía noch Lindsey besaßen die Fähigkeit, ihm den Laufpass zu geben. Aber Lindsey irrte in diesem Fall, weil Caía nur die Wahrheit wissen musste und dann mit reinen Gewissen weggehen könnte.

Sie könnte bei ihrem Vater wohnen und Jack mitnehmen. Ihr Vater würde sich freuen. Er war verloren ohne ihre Mutter und hatte ein gutes Verhältnis zu Jack. Aber bis Caía Gregg und Lindsey nicht mit eigenen Augen zusammen sah, musste sie versuchen, ihrem Mann zu glauben ... um Jacks Willen.

Es wäre einfach zu beweisen. Wenn sie zum Village Tap ging und Gregg und Lindsey da waren, wäre es vorbei. Wenn sie nur Lindsey antraf, könnte dies möglicherweise ein letzter Versuch der hinterhältigen Schlampe sein.

Und wenn keiner von beiden da war ... was dann? Würde sie dann einfach ihren Computer schließen, weggehen, kein Wort darüber verlieren und es weiter versuchen?

Caía schaute auf die Uhrzeit auf dem Bildschirm: Es war 11:17. Wenn sie sich beeilte, könnte sie wieder zuhause sein, bevor Jack aus dem Park zurückkam. Sie sprang von der Couch auf, ließ ihren Computer auf, dachte aber dann an Jack und ging zurück und schloss den Bildschirm langsam.

※

Zahara de la Sierra, Spanien, Gegenwart

Hoch oben in den Hügeln lag das weiße Dorf Zahara weniger als anderthalb Autostunden von Jeréz entfernt. Ursprünglich war es von den Mauren besetzt gewesen. Es lag über einem Tal mit einem ausgedehnten blauen See. Überall waren Überreste seiner maurischen Geschichte zu sehen, insbesondere in der Festung auf dem Hügel. Sie waren jetzt auf dem Weg dorthin - ein steiler, felsiger Aufstieg, bei dem Caía ihre Gesundheit hinterfragte.

Entlang des engen, gepflasterten Weges gab es Kakteen statt Handläufe. Dies war sicherlich kein Ort für kleine Kinder. Am Anfang des Weges hätte ein Schild stehen sollen mit der Aufschrift: „Für Kinder nicht geeignet." Was das betraf, hatten Erwachsene hier auch nichts zu suchen - zumindest nicht ohne ordentliche Ausrüstung, die Caía natürlich nicht hatte. Selbst ihre Doc Martens waren fragwürdig hier, wobei ihre Sandalen regelrecht mörderisch wären. Sie hatte das Gefühl, als würde sie auf Skiern von einer Klippe gleiten. Hin und wieder trat sie auf glatten Stein und rutschte rückwärts, wobei sie wie auf Schlittschuhen taumelte. Es war, als würde sie auf eines der Hindernisse im Fitnessstudio klettern, wie diejenigen dort, wo Gregg und Caía um die Wette geübt hatten, nur dieser Parcour ging immer weiter und war viel steiler.

„Sehr gut", hatte Lindsey gesagt und Gregg angefeuert. *Klatsch. Klatsch. Klatsch.* Einige Zeit später bat Gregg Caía, nicht mehr mitzukommen und behauptete, dass sie ihn aufhalten würde.

Sie hatte ihn wohl wirklich aufgehalten.

Außer Atem und eher unsicher auf den Beinen hielt Caía nichtsdestotrotz mit und war entschlossen, sich nicht von einer Fünfjährigen überholen zu lassen. Ganz zu schweigen von ihrem Onkel, der von dem steilen und engen Kletterpfad völlig unbeeindruckt zu sein schien. Es war ein trauriger Tag, an dem Caía es zuließ, dass ihre Aktionen an denen eines Kindes gemessen wurden. Aber so war es nun mal.

Auf dem Weg nach oben erteilte Nick eine Geschichtsstunde, wobei seine Stimme beständig und sicher war ohne jegliches Anzeichen, dass er durch seine Lektion jemals außer Atem geraten könnte.

Im Gegensatz dazu musste Caía immer mal stehen bleiben, wobei sie vorgab, den großartigen Ausblick genießen zu wollen, während sie nach Luft rang.

Einfach um dies zu unterstreichen machte sie Bilder mit ihrem Handy und beabsichtigte, diese alle später wieder zu löschen. Sie brauchte keine Erinnerungen an den heutigen Tag - nicht, wenn sie sowieso weggehen müsste. Und selbst wenn sie nicht alles zerstörte und Nick die Wahrheit sagte, könnte diese Sache kein glückliches Ende nehmen. Lügen waren eine schlechte Art und Weise, eine Beziehung zu beginnen. Das galt insbesondere für Lügen von diesem Ausmaß.

„Hey, Nick. Du hast meinen Sohn getötet und ich bin dir hierher gefolgt - warum? Weil ich darüber phantasiert habe, wie ich dich töte."

Nein, das Ganze war eine in der Schwebe befindliche Katastrophe - mehr noch als diese Kletterpartie den Hügel hinauf. Tatsächlich würde es ein besseres Ende nehmen, wenn sie auf dem Weg nach oben an einer Herzattacke starb oder wenn Nick hinfiel und sich das Genick brach. Die Lage war so entsetzlich und es schien keinen einfachen Ausweg zu geben.

„Als die Mauren Zahara hielten", erklärte Nick seiner Nichte, „war die Stadt nur von Männern bewohnt."

Die Stimme der Fünfjährigen war voller Neugier. „Wo waren ihre Mütter, Tiíto?"

„Zuhause", sagte er, als wüsste er es genau.

„Aber warum? Warum waren sie zuhause, Tiíto Nick?"

„Weil es nur Männern erlaubt war, hierherzukommen", erklärte er mit mehr Geduld als Caía im Augenblick besaß. Sie wollte aufgeben, wieder nach unten gehen ... nach Hause gehen ... ihre Koffer packen ... „Siehst du die Burg da oben?"

„Ja."

„Sie wurde im dreizehnten Jahrhundert erbaut - vor mehr als achthundert Jahren. Das ist lange her. Sie heißt la Torre del Homenaje, weil die Leute dort den Herrschern des Hauses von Ponce de León huldigten."

„Ich kenne die Leute nicht, Tiíto. Y no sé qué es un *omage*."

„Nun ..." Er dachte darüber nach. „Das ist, wo Ritter - du weißt doch, was ein Ritter ist, oder?" Sie nickte. „Das ist, wo sie ihrem König - el rey - die Treue schworen und versprachen, seine Gesetze einzuhalten."

„Wie, wenn ich Mami verspreche, artig zu sein?"

„So ähnlich." „Mi papá me dijo que mami es la reina de mi casa."

Ihre Mutter sei die Königin ihres Hauses. Es musste schön gewesen sein, so verehrt zu werden. Caía dachte an Gregg und versuchte sich zu erinnern, wie es zu Beginn gewesen war. Sie war so verliebt gewesen und so dankbar für seine Aufmerksamkeit, dass sie ihm die Welt versprochen hatte. Traurigkeit überkam sie - Trauer um die jungen Leute, die sie einst gewesen waren. Reue war solch ein hässliches Gefühl. Es gab so vieles, was Caía beim nächsten Mal anders machen würde, aber vielleicht war es an der Zeit, sich selbst und Gregg zu verzeihen und weiterzumachen. Caía blieb wieder stehen und betrachtete die Aussicht angesichts der Überdosierung der bittersüßen Vertrautheit der Unterhaltung. Sie atmete tief ein und langsam wieder aus. Überall wuchsen Olivenbäume - hier noch mehr als in Jeréz und selbst jetzt im November erfüllte der Duft der Orangenblüten die Luft.

Am Wegrand wuchsen wilde Gurken. Caía hatte noch niemals so winzige wild wachsen sehen. Sie wären ideal zum sauer einlegen. Sie wollte stehen bleiben und eine pflücken, um sie genauer anzuschauen, aber sie hatte schon zu lange getrödelt und da sie nicht zurückgelassen werden wollte, beeilte sie sich, um die anderen einzuholen und ließ die Gurken für später zurück. Sie zog ihre Jacke zu, um warm zu bleiben und ging hinter Nick, denn je höher sie kletterten, desto windiger wurde es und er eignete sich hervorragend als Windschutz. Im Augenblick fror sie an den Zehen und was noch schlimmer war, wenn sie nicht rutschte, stieß sie ihre Zehen an den Steinen.

Auf halber Strecke zwischen dem Aussichtspunkt und dem Turm kamen sie an etwas vorbei, das aussah wie ein Haufen alter Ruinen. Da er wahrscheinlich gemerkt hatte, dass sie kämpfte, kam Nick und nahm Caía an die Hand. „Beduinenhütten", sagte er und zeigte auf die Ruinen, wobei er sie den Weg hochgeleitete. Marta sah die Geste und lächelte und nahm ihre Tochter an die Hand und eilte voraus, um ihnen ein wenig Privatsphäre zu gönnen.

Caía versuchte ihre Hand zu befreien, aber Nick hielt sie fest. „Es ist steil hier", sagte er.

„Ich bin schon groß", versicherte ihm Caía und schüttelte ihre Hand frei, wobei sie sich halb schämte und sich vielleicht halb über sich selbst ärgerte wegen des Chaos, das sie geschaffen hatte.

Vor ihnen kroch Laura wie eine Spinne auf vier Beinen. Marta hob sie hoch und trug sie ein Stück. Caía fühlte sich wie ein Störenfried in einem besonderen Moment und blieb wieder stehen, da ihre Gefühle sie überwältigten. Vom Gipfel des Hügels wollten sie Jimmys Asche in chinesischen Himmelslaternen aufsteigen lassen. Sie hatten auch ein Picknick dabei, das Nick in seinem Rucksack trug. Aber sie sollte gar nicht hier sein. Was tat sie nur, dass sie seine Hand hielt? Zugegebenermaßen war der Ausblick von dieser Höhe spektakulär, besonders mit dem Sonnenlicht auf dem hellblauen See. Ein Blick auf das türkisblaue Wasser des Embalse de Zahara und es war schwierig, sich vorzustellen, warum Prinz de León jemals woanders nach dem Jungbrunnen suchen sollte. Sie schaute den Berg hinauf zu Marta und ihrem Kind. Sie verschwanden gerade beide um eine Ecke.

„Selbst große Mädchen brauchen hin und wieder Hilfe", sagte Nick. „Große Jungs übrigens auch." Er legte einen Arm um Caías Taille, zog sie an sich heran und küsste sie auf die Nase.

Sie hasste sich zwar dafür, aber Caía gab dem Verlangen, umarmt zu werden nach. „Soll das heißen, dass du mich brauchst, um dir die Hand zu halten?"

Er lächelte. „Vielleicht."

Einen glücklichen Augenblick lang stand Caía da und schaute Nick an - sein gewinnendes Lächeln und die jungenhaften Augen und ihr wurde klar, dass sie ihm niemals etwas antun könnte. Selbst jetzt am helllichten Tag und mit Marta und Laura vor ihnen wollte sie ihre Hände aus den Taschen nehmen, ihre Arme um seine Taille schlingen und ihn festhalten. Ihr wurde klar, dass ein Verlust ein Prüfstein für eine Depression war. Depression war eine Art Wahnsinn. Sie kannte sich gut mit der Art von Geisteskrankheit aus, aber in ihrer dunkelsten Stunde, als es schien, dass es keine Erleichterung geben würde, zeigte sie sich an einem völlig unerwarteten Ort ... in den Armen des Mannes, von dem sie glaubte, dass sie ihn töten wollte.

Was waren sie doch für ein Paar.

Wie sollte es jetzt weitergehen?

Nur in eine Richtung.

Nach unten.

Nick wandte ihr den Rücken zu und schaute in die Ferne. Sie waren jetzt schon so weit oben, dass ein Adler vorbeiflog, aber die Festung lag noch weiter oben.

Nick stand mit dem Rücken zu Caía und gab ihr Zeit zum Ausruhen. Er trat so nah an den Rand und schaute hinunter, als wollte er sie herausfordern, ihn hinunterzustoßen.

Sie kam näher ... so nah, dass sie ihm die Hand auf seinen Rücken hätte legen können ... aber sie tat es nicht. Sie nahm noch nicht einmal ihre Hände aus den Taschen. Ein Teil von ihr sehnte sich danach, Nick zu trösten, aber sie traute sich nicht. Ihre Gefühle waren noch näher am Abgrund als er es war. „Es ist so schön", sagte sie.

„Großartig." Er drehte sich, um sie über seine

Schulter anzuschauen. „Hier oben hat Jimmy Marta einen Heiratsantrag gemacht", sagte er und zeigte auf die Festung auf dem Gipfel. Der schmale Pfad wand sich um den Hügel herum. Marta und Laura waren jetzt auf der anderen Seite des Berges und wenn sie hier lange genug blieben, würden sie auf einer höher gelegenen Stufe wiedererscheinen.

Sukkulenten, Kakteen und Rosmarin gediehen hier, aber sonst kaum etwas. Es war eher wie ein zerklüfteter, steiniger Felsvorsprung mit Wegen, die gefährlich nahe am Abgrund verliefen - ähnlich wie die Stelle, wo Nick jetzt stand. Aber trotz seiner desolaten Erscheinung war das Land, das unter ihm lag, wunderschön. Ruhig. Unendlich. Meilenweit Olivenhaine.

Es erschien durchaus sinnvoll, dass Marta hierherkommen wollte, um sich von Jimmy zu verabschieden.

Es war an der Zeit, dies auch mit Jack zu tun.

Caía schaute hinauf zur Festung, zog ihre Jacke fester um sich und wünschte sich, dass die Dinge anders gelaufen wären. Und wieder fiel ihr Blick auf die kleinen, wilden Gurken zu Nicks Füßen. Sie nahm eine Hand aus der Tasche und streckte sie aus, um eine aufzusammeln und sie zu inspizieren und hoffte dadurch auf einen Themenwechsel. „Was sind das?"

„Explodierende Gurken", sagte er in dem Augenblick, als Caía eine berührte. Plötzlich sah sie, wie Nicks Auto die Straße entlang fuhr ... wie ihr Sohn sich in perfekter Abstimmung dem Fußgängerüberweg näherte - ein perfekter Sturm.

Samen platzten aus der Gurke und schossen in Caías Augen. Der Aufprall war heftig wie ein Geschoss ins Auge. Caía kreischte, sprang zurück und verlor ihren Stand. Das hintere Ende ihrer Sandale blieb an einem Stein hängen. Durch die Tränen in ihren Augen sah sie die Angst in Nicks Blick und streckte die Hand nach ihm aus - zu spät.

Nicks Arm schoss nach vorn und griff in die Luft, während Caía nach hinten stürzte und sich im freien Fall befand, bis sie nach einem dornigen Kaktus greifen konnte, der die Haut an ihrer Hand zerriss.

Heulend vor Schmerzen ließ sie ihn wieder los ... und blickte hoch in Nicks Augen. Und dann dachte sie, bevor sie den Aufprall spürte, dass dies das letzte Gesicht gewesen war, das ihr Sohn vor seinem Tod gesehen hatte.

Caía hatte nicht gewollt, dass alles so endete. Aber so war es ja nun mal, oder? Die Dinge enden notwendigerweise nicht so, wie man glaubt, dass sie es tun sollten. Wie man vielleicht glaubt, dass man ein Leben lang glücklich sein würde und plötzlich ist man es nicht. Oder man glaubt vielleicht, dass man Vergeltung braucht und es sich herausstellt, dass dem gar nicht so ist. Man brauchte und wollte nur jemanden, der mit einem trauert und der versteht.

15

Und wir weinten, dass ein so schöner Mensch solch ein kurzes Leben hatte.

— William Cullen Bryant

Chicago, Mittwoch, 15.Juni 2016

Caía

Oh Gott! Jacks Geburtstagskuchen.
Caía sollte ihn bis 14 Uhr abgeholt haben. Sie hatte ihn fast vergessen und er fiel ihr erst wieder ein, als sie auf die Eingangstür des Village Tap starrte. Auf dem grünen Neonschild über der Glastür stand: Biergarten. Die Fenster waren sauber. Draußen war niemand.

Keine Lindsey. Kein Gregg.

Sie war so sehr mit Lindseys E-Mail an diesem Morgen beschäftigt gewesen, dass sie noch nicht einmal daran gedacht hatte, ihrem Sohn zum Geburtstag zu gratulieren. Kein Wunder, dass er verärgert war. Er dachte wahrscheinlich, dass sie ihn vergessen hatte. Sie hatte ihn nicht vergessen, obwohl sie zugegebenermaßen momentan sehr viel vergaß. Sie war so sehr mit dem Scheitern ihrer Ehe beschäftigt. Sie und Gregg gingen durch ihr Haus wie Fremde, schauten sich so gut wie nicht mehr an und ertrugen sich kaum, und ihr Sohn war ein hungriger Geist geworden.

Wenn alles vorbei war, wollte Caía es für ihn wiedergutmachen. Aber jetzt musste sie ihn erst einmal anrufen und ihm gratulieren. Das Problem war, dass sie bereits zwei Bier getrunken hatte und diese auf Grund ihres geringen Gewichts ihre Wirkung hinterließen. Und ihr ganzes Leben stand am Rand einer Veränderung.

Von Caías Aussichtspunkt hinten in der Bar konnte sie jeden sehen, der zur Tür hereinkam. *Mittag* hatte in der E-Mail gestanden. *Mittag*. Sie schaute nach der Uhrzeit auf ihrem Handy. Noch fünf Minuten und dann würde sie nach Hause gehen, selbst wenn sie dann doch kamen. Es ging darum, dass sie Caía sahen und Caía sie sah. Aber sie würde es natürlich Jack nicht erzählen. Zumindest heute nicht. Sie würde hier weggehen, seinen Kuchen abholen, nach Hause gehen und ihm sein Geschenk überreichen und dann ... und dann ... was, wenn sie beim Anruf lallte? Was, wenn er fragte, wo sie war? Caía war eine schreckliche Lügnerin. Sie legte das Telefon wieder ab und wartete noch einen Augenblick ... und dann nahm sie es wieder in die Hand und wählte die Nummer ihres Sohnes.

Die Kellnerin kam zu ihr und Caía legte eine Hand an ihren Hals und machte das Tötungszeichen. So oder so würde sie in fünf Minuten hier weg sein. „Nun geh schon dran, Jack", sagte sie und hielt den Blick auf die Tür gerichtet. Als er nicht dranging, schaute sie wieder nach der Uhrzeit - 12.02. Sie legte auf, wartete einen weiteren Augenblick und versuchte es noch einmal. Diesmal schaltete es sofort auf die Mailbox. Endlich, endlich! Lindsey spazierte herein und Caía merkte, dass sie nicht gehen wollte. Sie bestellte noch ein Bier und spürte in ihrem Inneren, dass Gregg jetzt jeden Augenblick folgen würde. Sie verbarg ihr Gesicht, als Lindsey an ihr vorbei nach hinten in Richtung Biergarten ging. Der war so gemütlich mit den Sonnensegeln über der Terrasse. Wilder Wein an der Mauer. Früher hatten sie und Gregg es sich oft in einer Ecke gemütlich gemacht.

Jetzt gleich wird alles vorbei sein.

Aufregung überkam Caía, denn jetzt endlich - endlich würde sie die Wahrheit erfahren. Sie würde einen Grund haben zu gehen.

Jack.

Er liebte das Geräusch, wenn seine Räder über den Bürgersteig rollten, ebenso wie das Donnern unter seinen Füßen. Es war kein Geräusch, das jemand imitieren konnte.

Eine Erinnerung kam ihm in den Sinn - wie seine Mutter auf dem Wohnzimmerboden saß und „Brumm, brumm, brumm." gemacht hatte. Er musste lächeln, aber nur einen kurzen Augenblick lang und dann erinnerte er sich wieder.

Alles war Scheiße.

In letzter Zeit war er nur glücklich, wenn er auf seinem Skateboard unterwegs war.

Er war nicht dumm. Er wusste genau, was los war. Seine Eltern schauten sich an, als würden sie einander hassen. Und seine Mutter, auf die er sich am meisten verließ, schaute ihn manchmal an, als wäre er eine Spinne, die von unter dem Bett hervorkrabbelte.

Es war der gleiche Blick, mit dem sie auch seinen Vater bedachte und das machte ihn wütend. Aus diesem Grund stellte er sich manchmal auf die Seite seines Vaters, weil er genau wusste, dass es sie ärgern würde.

Heute Morgen war sie so sehr auf irgendetwas Blödes auf ihrem Computer fixiert gewesen, dass sie ihn noch nicht einmal direkt anschaute und als sie es dann tat, maulte sie nur: „Jack, Jack, Jack. Hast du dein Zimmer aufgeräumt, Jack? Wo hast du die Cola her, Jack?" *Jack, Jack, Jack.* In diesem fürchterlichen Ton, in dem sie manchmal seinen Namen sagte, als wenn er schuld an allem wäre.

Es war alles nur Lärm, mehr nicht.
Hey, ich habe heute Geburtstag.

Er wünschte, dass er alles hinter sich lassen könnte. Er wünschte sich, dass seine Mutter aufhören würde, so zu tun, als ob. Ja, er wollte sie ärgern, weil das der einzige Zeitpunkt war, wenn sie ihn nicht an einen Zombie erinnerte, wie sie mit dem toten Blick im Gesicht herumging. Es würde ihr nicht passen, dass er heute zum Millennium Park gegangen war und sie dachte wahrscheinlich, dass er irgendwo mehr in die Nähe ihres Hauses hingegangen war, aber was machte das schon aus? Bis sie gemerkt hatte, dass er weg war, wäre er schon wieder zuhause.

Früher, als die Dinge noch anders waren, hatte sie ihm schon zum Geburtstag gratuliert, bevor er überhaupt aus dem Bett aufgestanden war und jetzt konnte sie es sich noch nicht einmal mehr merken.

Was war mit ihr? War sie schon achtzig oder so? Was stimmte nicht mit ihrem Kopf? Sogar Papa hatte ihn auf seinem funkelnagelneuen Telefon angerufen, um ihm zu gratulieren.

Wieder summte das Telefon in seiner Tasche und Jack überlegte, ob es seine Mutter war. Ein Teil von ihm wollte sie im Unklaren lassen, aber er wusste auch, dass er das nicht tun würde.

Während er weiter skatete, angelte er das Handy aus seiner Tasche, starrte auf die Nummer auf dem Display und achtete nicht auf die Fußgängerampel, die ihm sagte, wann es Zeit war, die Straße zu überqueren.

Es war zwei nach zwölf.

Sie war dran und wollte wahrscheinlich, dass er schon jetzt nach Hause kam. Vielleicht hatte sie in seinem Zimmer nachgeschaut. Oder vielleicht wollte sie ihm endlich zum Geburtstag gratulieren. Oder vielleicht wollte sie ihn auch nur noch ein bisschen anschreien. Jack schaute hoch und schrie.

Der Aufprall stieß ihn von seinem Skateboard. Während er nach oben über die silberne Haube des Autos flog, hörte er das Knacken von Holz unter einem Reifen. Irgendwie schaffte er es, sein neues Telefon festzuhalten, aber als er mit dem Kopf aufprallte, flog es ihm aus der Hand. „Mama", sagte er.

Es war das letzte Wort, das er je von sich gab.

16

Vergebung ist das Attribut der Starken.

— Mahatma Gandhi

Chicago, Samstag, 18. Juni 2016

Caía

Caía spürte, wie eine Hand leicht über ihre Schulter strich. Sie erkannte die Berührung ihres Vaters und eine Träne glitt an ihrem Schutzwall vorbei. Er sagte nichts. Er sprach nur, wenn er etwas Wichtiges zu sagen hatte; ansonsten hatte er so eine tröstende Art an sich, bei der er nichts sagen musste, um seine Liebe zu vermitteln.

Stark und ruhig, unerschütterlich und loyal war ihr Vater ihr ganzes Leben lang ihr Fels in der Brandung gewesen. Er tröstete sie jetzt so wie an jenem Tag vor langer Zeit, als Caía wegen Robbie Bowles heulend nach Hause gekommen war. Bis jetzt war es so gewesen, dass Caía immer wusste, dass sie sich auf ihren Vater verlassen konnte, damit sie sich aufrichten und weitermachen konnte.

Aber dieses Mal war es nicht so.
Niemand kann mir dieses Mal helfen.

„Er kann mich nicht hören", sagte sie leise. „Er kann mich nicht mehr hören, Papa. Ich rede und rede und rede ... aber er kann mich nicht hören." Sie weinte leise.

Ihr Vater zog sie mit mehr Kraft fest an sich, als es für seine gebrechlichen Arme im Alter von siebenundneunzig möglich erschien. Und mit ihrem Papa an ihrer Seite brachte Caía den Mut auf, die Hand auszustrecken und den glänzenden Teak-Sarg zu berühren in der Hoffnung, dass sie ihren Sohn spüren würde.

Er war kalt und glatt wie Glas ...

Jemand am Unfallort hatte sie zuerst angerufen. Caía war nicht ans Telefon gegangen. Weil sie die Nummer nicht erkannt hatte. Als Nächstes hatten sie seinen Vater angerufen und Gregg hatte sich natürlich sofort auf den Weg gemacht. Daher war er gar nicht zum Village Tap gekommen. Er hatte Caía auch angerufen, aber Caía war so auf Lindsey fixiert, dass sie sich nicht getraut hatte, ein Gespräch ihres eigenen Mannes entgegenzunehmen. Wie lange saß sie da und wartete auf Gregg? Sie hielt sich an einem weiteren Bier fest und wartete, wartete, wartete ... auf was?

Sie war so sicher gewesen, dass Gregg kommen würde. So sicher. Und so hatte sie dagesessen und die ganze Zeit über die schrecklichen Dinge nachgedacht, die sie zu ihm sagen wollte. In der Zwischenzeit wurde der leblose Körper ein paar Häuserblöcke weiter südlich in einen Krankenwagen geschoben.

„Möchtest du mit ihm fahren?", sagte ihr Vater. Er hörte auf, sie zu tätscheln und ließ seine Hand leicht zitternd auf ihrem Arm liegen. Er war zu alt, um noch zu reisen, dachte sie wie betäubt. Sie hatte ihm gesagt, dass er nicht kommen sollte, weil sie fest vorhatte, nach der Beerdigung zu ihm nach Hause nach Georgia zu fahren. Zumindest eine Zeit lang. Caía schluckte, antwortete aber nicht, da sie instinktiv wusste, dass ihm das, was sie zu sagen hatte, nicht gefallen würde. Gregg war auf der anderen Seite des Raumes und telefonierte immer noch. Zweifellos mit ihr. Aber zumindest war er so anständig gewesen, sie nicht hierher einzuladen. Und wenn er es getan hätte, war Caía sich nicht so sicher, dass es ihr etwas ausgemacht hätte. Ihr Inneres war betäubt.

Kalt.

Tot.

Wie ihr Sohn.

„Caía", sagte ihr Vater ruhig. „Dein Platz ist hier." Caía blickte wieder durch das Zimmer zu Gregg.

Nicht bei ihm. „Es gibt hier nichts mehr für mich, Papa", sagte sie und hob ihr Taschentuch an die Nase im sicheren Wissen, dass ihr Vater unmöglich verstehen konnte, wie sie sich fühlte, ihre Verzweiflung saß viel zu tief. Und sie meinte ja nicht nur hier in Chicago. Sie meinte überall. Sie konnte sich ein Leben ohne ihren Sohn nicht vorstellen.

Sie strich mit der Hand über den kalten Sarg, so wie ihr Vater ihr über den Rücken gestreichelt hatte und dann blickte Caía in die hellblauen Augen ihres Vaters, die aufgrund seines Alters verschwommen waren.

Sie wiesen Anzeichen auf, dass sich ein grauer Star bildete. Warum war ihr das noch nicht aufgefallen? Natürlich hatte er Jack, seinen einzigen Enkel, vergöttert und nichts hätte ihn davon abgehalten, zur Beerdigung zu kommen. Aber zum ersten Mal in ihrem Leben sah Caía, dass ihr Vater nicht mehr gesund und munter war. Er war nicht mehr der stille, alles überragende Riese, der er einst gewesen war. Einen Augenblick lang war sie verloren, als sie in den Spiegel der Augen ihres Vaters blickte. Und dann bemerkte sie es ... er wusste genau, was sie fühlte. Er liebte sie, aber er wollte bei ihrer Mutter sein. „Hier ist kein Ort, wo man sich unterhalten kann", sagte sie und blickte wieder auf den Sarg.

Wie konnte er sie bitten zu bleiben, wenn er selbst nicht hier sein wollte?

„Ach Caía. Du glaubst, dass du jetzt nichts mehr hast, keine Tränen mehr zu vergießen, aber Tropfen um Tropfen wird es noch einen ganzen Ozean deiner Tränen geben, bevor du diese Welt verlässt. Und eines Tages wirst du wissen, was es bedeutet, dableiben zu wollen."

Caía schluckte und hatte einen Kloß im Hals. „Du weißt nicht, was du da sagst, Papa." Sie schwiegen einander an. Bruchstücke geflüsterter Unterhaltungen schwebten zu ihnen herüber und zwangen sich durch Caías Panzer.

„Scheinbar gibt es Probleme im Paradies." „Schauen Sie doch, wie er da drüben mit seinem Handy beschäftigt ist." „Es ist ja so traurig." „Nun ja, aber ich hätte meinen Sohn niemals bei solchem Verkehr skaten lassen."

„Caía", sagte ihr Vater und zog sie zurück.

Caía konnte ihn nicht anschauen. Sie wollte niemanden anschauen. Tief in ihr baute sich ein Tsunami auf und wenn sie losließ, würde sie weinen und würde nicht aufhören, bis dieser Raum sechs Fuß unter Wasser lag.

„Caía", wiederholte er sehr nüchtern, „ich hätte nie gedacht, dass ich dir dies jemals aufbürden würde ... aber ich sehe jetzt, dass es einen Zweck erfüllt. Als deine Mutter und ich Polen verließen ... ließen wir einen Jungen zurück ..."

Einen Augenblick lang dachte sie, dass sie ihn nicht richtig verstanden hätte und dann traf ihr Blick den ihres Vaters und ihre Augen weiteten sich vor Entsetzen angesichts der Auswirkung seiner Beichte. „Was soll das heißen, ihr habt einen Jungen zurückgelassen?"

Seine Augen glitzerten vor unvergossener Tränen. „Ein Sohn", sagte er und biss die Zähne zusammen, aber er wandte den Blick nicht ab. Es war ein stoischer, trauriger Blick, den Caía schon hunderttausend Mal bei ihrem Vater gesehen hatte, aber nicht einmal war es ihr in den Sinn gekommen, dass er ein Kind betrauern könnte. Er schürzte die Lippen, aber das ging nicht, weil sie so zitterten.

Caía blinzelte. „Papa ... willst du mir damit sagen, dass ich einen Bruder hatte?" Er nickte und sah dabei aus, als würde er ersticken. Und dann räusperte er sich. „Deine Mama und ich ... wollten dableiben. Aber deine Baba sagte, wir sollten gehen." Während er erzählte, war er weit weg und Caía erschauerte. „Sie sagte, sie würde Stefan schicken, wenn es sicher wäre."

Stefan. Gänsehaut breitete sich auf Caías Armen und Beinen aus. Trauer legte sich über sie und versank in ihrem Herz wie Bleigewichte. Und gerade, als sie glaubte, dass Ihr Kummer nicht noch größer werden könnte ... kam das hier ...

„Sie haben es nie geschafft."

Es war keine Frage. Sie kannte die Antwort bereits. Es hatte nirgendwo Bilder von dem Jungen, von Stefan, gegeben, aber wie auch? Es war ein Kind gewesen, das im Krieg von einem Paar empfangen wurde, das selbst noch nicht erwachsen war. Ihr Vater und ihre

Mutter waren so vernünftige Menschen gewesen, die Caía ihr ganzes Leben lang abgöttisch geliebt hatten. Aber sie hatten natürlich ihr einzig überlebendes Kind beschützen wollen - sogar vor der Wahrheit.

Sie hatten Caía immer nur ein gutes zuhause bieten wollen. All ihre ruhigen Abende, ihr stoisches Schweigen und ihre innigen Blicke ... das Bild von Baba auf der Anrichte, das einzige in ihrem Haus. Jetzt ergab alles einen furchtbaren Sinn.

„Sie haben es nicht geschafft", sagte ihr Vater und sein ganzes Gesicht schien vor lauter Gefühl zu beben. Seine papierartige Haut wurde durchsichtig pink. „Aber wir hatten einander, Caía. Und wir hatten dich."

Sie verstand, was er sagen wollte und Caía hätte sicherlich einiges dazu sagen sollen, aber ihr fiel nichts ein. Sie konnte an nichts denken. Wie war er gewesen? Dieser Junge, Stefan? Hatte er die gleichen blauen Augen?

Ihr Vater wechselte in seine Muttersprache. „Komu pora, temu czas." *Wenn es an der Zeit ist, muss man gehen.* „Aber noch nicht", sagte er. „Andererseits gibt es für einen alten Mann keinen Grund, länger zu bleiben." Auch er blickte durch den Raum zu Gregg, der sich mit seinem Handy in einer Ecke versteckt hatte.

„Bądź odważny", sagte ihr Vater und tätschelte sie zärtlich. „Sei tapfer." Und dann umarmte er sie lange fest, bevor er mit rotem Gesicht und von ihrer Unterhaltung physisch erschöpft, wegging. Caía ließ ihn gehen, damit er sich eine Ecke suchen konnte, um sich zu erholen. Es gab noch so viel zu sagen. So viel, was gesagt werden musste. Aber nicht hier und nicht jetzt.

Am nächsten Tag bestand ihr Vater darauf, seinen Rückflug nach Athens anzutreten. Caía versicherte ihm, während sie ihn an den Flughafen brachte, dass sie ihn bald besuchen würde; sie konnte nicht mehr weinen, selbst als sie sich am Gate von ihm verabschiedete. Sie war sich so sicher gewesen, dass nichts weiter passieren könnte. Aber da hatte sie sich ziemlich getäuscht.

Knapp einen Monat später starb ihr Vater und hinterließ Caía mehr Fragen als Antworten.

Es war, als wäre eine Bombe beim Kaffee geplatzt und man Antworten bekam, um damit abzuschließen. Man erwartete nicht, dass man herausfand, dass man einen Bruder hatte und dann war die einzige Person, die deine Fragen beantworten könnte ... *puff. Weg.*

Zorn war einfacher zu verarbeiten.

Wie konnte ihr Vater sie mit diesem Wissen verlassen? Wie konnte er sie verlassen, ohne alles fein säuberlich mit einer kleinen Schleife zu versehen? Wie konnte er sie hier allein lassen?

Allein!

Spanien, Gegenwart

Es gab Augenblicke im Leben, die fürchterlich ironisch waren. Dies war einer davon, bemerkte Caía, während sie in Nick Kellys Gesicht schaute. Wie hoch war die Chance, dass sie und ihr Sohn in den letzten Augenblicken ihres Lebens den gleichen Mann anblickten?

Außer dass Caía noch lebte, den Schmerzen in ihren Rippen nach zu urteilen ... und ihrem Arm ... und ihrem Kopf ... und ihrem Herz. Sie hatte eine Gehirnerschütterung, ein Kniefraktur, für die sie aber wohl nur Krankengymnastik würde machen müssen, ein ausgerenktes Handgelenk und ein paar tiefe Kratzer, wo sie sich auf ihrem Weg nach unten an dem knorrigen Kaktus festgehalten hatte. Glücklicherweise hielt der Kaktus ihren Sturz insofern auf, dass ihr Knie nicht die volle Wucht ihres Gewichts nach einem Sturz über sechs Fuß tief aushalten musste, als sie darauf landete. Nichtsdestotrotz spürte Caía den Aufprall und wurde ohnmächtig. Sie purzelte weitere acht Fuß nach unten und stieß mit dem Kopf gegen das Fundament einer der Beduinenhütten.

„Herzlich Willkommen zurück", sagte Nick.

Bartstoppeln verdunkelten den klar umrissenen Kiefer. Seine dunkelgrünen Augen waren eher schwarz und seine Pupillen vergrößert. Nick hatte Marta und Laura zurückgelassen und war nach unten den Hügel hinunter zu dem Aussichtspunkt geeilt und hatte dort um Hilfe gerufen. Caía erinnerte sich nur noch verschwommen an die Fahrt auf dem Rücksitz seines Autos ins Krankenhaus. Sie warteten nicht auf den Krankenwagen, weil Caía scheinbar den Kopf von allein gehoben hatte und mit glasigem Blick wegen ihres iPads verrückt gespielt hatte. „Fass es nicht an!", hatte sie geschrien. „Wo ist mein iPad?"

Vielleicht hatte sie geglaubt, dass sie es mitgenommen hatte und dass es bei ihrem Sturz vielleicht kaputt gegangen war. Aber Caía konnte sich nicht wirklich erinnern, was sie gedacht hatte. Abgesehen von der Tatsache, dass ihr iPad den Zugriff auf ihre Fotos enthielt, hing sie ansonsten nicht sonderlich an dem Gerät. Sie hatte die Möglichkeit seines Verlustes einkalkuliert und alle ihre Fotos in die Cloud hochgeladen und nur einige ausgewählte und ihre Lieblingsbilder als Hintergrund für den Sleep-Modus auf dem Gerät gelassen.

Nick schaute ihr direkt in die Augen und legte das

iPad auf ihr Bett direkt neben sie. Caía griff nicht danach. Sie konnte es nicht. Sie versuchte es gar nicht. Sie wusste nicht, was sie sagen sollte. *Danke?*

„Er hat deine Augen", sagte er.

Die Muskeln in Caías Hals spannten sich an. Sie brachte kein Wort heraus.

In seinem Blick war keine Verurteilung zu sehen, nur Traurigkeit. „Ich habe es angeschaltet, um zu sehen, ob wir Telefonnummern ... finden könnten, um deine ... nächsten Angehörigen ..." „Zu kontaktieren?"

Er lächelte sie halbherzig an. „Nein, der Arzt brauchte die Zustimmung zur Behandlung und wir wussten nicht, wen wir anrufen sollten."

Caía wandte sich ab. „Und?" „Und was?"

„Hast du jemanden ... erreicht?"

„Ja", sagte er leise und Caía wandte sich mit den Augen voller Tränen zu ihm. *Wen*, wollte sie fragen, aber ihr Stolz ließ das nicht zu. *Wer war denn noch da? Niemand.*

Seine dunklen Augen waren wie Siegel, die Caías Leid widerspiegelten. „Ich habe ihn sofort erkannt", brachte er heraus, wobei der Kloß in seinem Hals offensichtlich war.

„Jack", sagte sie und testete den Namen. „Sein Name ist Jack ... mein Sohn ..."

Er nickte ernst. „Ich hatte so ein Gefühl, dass ich dich kenne, Caía." „Es tut mir leid", sagte sie aufrichtig. Sie drückte ihren Kopf zurück ins Kissen und hatte schreckliche Schmerzen - nicht nur in ihrem Körper, sondern auch in ihrem Herz und ihrer Seele.

„Ich verstehe", sagte er.

Das Leben war schwierig, dachte Nick, während er die Frau in dem Krankenhausbett musterte. Sie war auf Arten und Weisen verletzt, von denen er glaubte, dass die Ärzte sie nie wieder reparieren könnten.

Tief in seinem Inneren musste er gewusst haben, wer sie war. Die von ihnen geteilte Seelenverwandtschaft war viel tiefgründiger, als er bei einer Frau hätte spüren sollen, nur weil sie zufällig aus der gleichen Stadt kam wie er. Stur mied sie seinen Blick und starrte zur Tür, als wenn sie hoffte, dass sich diese öffnen und jemand hereinstürmen würde und so ihre Unterhaltung verhinderte.

„Wolltest du es mir jemals sagen, Caía?"

Sie machte eine leichte Bewegung, die für ihn wie ein Schulterzucken aussah. „Ich weiß es nicht", beichtete sie und als sie sich ihm wieder zuwandte, glitzerten Tränen in ihren Augen. „Wie lange weißt du es schon?"

„In dem Augenblick, als ich dein iPad anschaltete", antwortete er. „Ich werde sein Gesicht für den Rest meines Lebens nicht vergessen."

Dann begann Caía ernsthaft zu schluchzen und drehte ihr Gesicht so weit zu einer Seite, dass es schien, als würde sie ihr Genick brechen. Nick streckte die Hand aus und berührte ihren linken Arm leicht, wobei er sich unsicher war, was ihr nicht wehtat. Wenn er es nicht mit eigenen Augen gesehen hätte, hätte er nicht gewusst, dass dies die gleiche Frau war. Ihr Gesicht war geschwollen und ihre Haut grün und blau. Unter ihrer Gesichtshaut befand sich eine ödemartige Schwellung und in ihrem linken Auge eine Orbitalbodenfraktur. Ihr Haar war auf einer Seite abrasiert worden, um eine Wunde zu nähen. Der Blutverlust machte ihm Angst. Erst später beruhigte man ihn, dass Kopfverletzungen manchmal schlimmer aussahen, als sie es waren, weil die Kopfhaut mit Blutgefäßen gespickt war. Glücklicherweise hatten sie Recht und es sah schlimmer aus als es war. Caías Rippen würden schnell heilen. Ihr Handgelenk ebenso. Das Knie würde Zeit und Therapie benötigen. Nick tätschelte ihren Arm und wartete, dass sich ihr Schluchzen beruhigte. Schließlich schluckte sie und fragte: „Weiß Marta Bescheid?"

„Ja."

„Hasst sie mich jetzt?"

„Nein."

Sie schluckte wieder. „Laura?" „Sie weiß es nicht, Caía."

Und dann drehte sie ihr Gesicht wieder zur Tür, wobei ihr die Tränen über die Wangen liefen und starrte mit zitternden Lippen darauf.

Nick wollte es nicht zulassen, dass sie ihn ignorierte. Was auch immer ab hier mit ihnen passierte, es war besser, nichts ungesagt zu lassen. „Ich muss es wissen, Caía ... was hattest du vor?"

Caía schüttelte den Kopf. Sie schürzte die Lippen, um weitere Schluchzer zu verweigern. Sie sah aus, als wäre sie kurz davor, einen Anfall zu bekommen; ihr Gesicht war rot und ihr Körper bebte fürchterlich. „Ich weiß es nicht", sagte sie. „Ich weiß es nicht." Und dann traf sie seinen Blick und Nick sah in ihren Augen, was er hatte sehen müssen. Sie weinte und er ließ sie und dann sagte sie: „In erster Linie musste ich wissen, dass er nicht vergessen worden war."

Nick nickte und dachte zurück an den sonnigen Mittwoch im Juni - ein Tag, den noch nicht einmal eine Leukotomie ihn vergessen lassen würde. Tief in seiner Seele war es ein Gräuel, dass er jenen Tag bis zu seinem Tod immer wieder durchleben würde, selbst wenn er nicht aktiv darüber nachdachte. Es machte ihn nun aus, jede seiner Entscheidungen und jede Bewegung. „Ich erinnere mich", sagte er. „Ich werde mich immer daran erinnern, Caía."

Sie blinzelte ein paar Tränen aus den Augenwinkeln weg und wischte sie dann ab. „Er war ein guter Junge ... Jack war ... er war ... mein ganzes Leben." Mehr Stille, herzzerreißende Tränen. Und dann sagte sie nach einer Weile mit gebrochenem Herzen: „Wusstest du, dass es sein Geburtstag war?"

Nick spürte einen Stich in seiner Brust, aber es war die Art Stich, mit der er jeden Tag lebte, an manchen Tagen intensiver als an anderen Tagen. Er schüttelte den Kopf. Auch ihm stiegen die Tränen in die Augen.

Nicht einmal während ihrer gemeinsamen Zeit hatte sie ihn aufgefordert, Einzelheiten des tatsächlichen Ereignisses zu erzählen - all die schmutzigen Details. Wenn sie ihn jetzt fragte, würde er es ihr erzählen, aber es gab nichts Wesentliches, was er hinzufügen könnte, damit sie sich besser fühlte. Er fuhr an jenem Tag nicht zu schnell. Er überfuhr auch keine rote Ampel. Er telefonierte nicht, obwohl er für den Bruchteil einer Sekunde auf sein Telefon schaute. Jack Lawrence Paine - ein hübscher Junge aus Roscoe Village mit dunkelblondem Haar wie seine Mutter und ausdrucksstarken Augen war ihm direkt vor das Auto geskatet.

Nick erinnerte sich an vereinzelte Dinge von diesem schicksalshaften Augenblick - das metallische Glitzern eines Handys in Jacks Hand und am meisten erinnerte er sich an das letzte Öffnen seines Mundes - wie sein Mund eine Silbe bildete, die vielleicht ein schmerzhaftes Stöhnen war, aber Nick glaubte, dass er nach seiner Mutter rief. Einen schrecklichen Augenblick, nachdem sein Auto vollständig zum Stehen kam, starrte er auf Jacks Gesichtshälfte, die so still auf seiner Windschutzscheibe lag, wobei Blut aus einem Mundwinkel tropfte. Einen Bruchteil einer Sekunde lang sah er das Leben in den Augen des Jungen und als wenn jemand einen Schalter umgelegt hätte, war es weg. Als Nick verwirrt und völlig verängstigt aus seinem Auto stolperte, hatte sich schon eine Menschenmenge versammelt.

„Oh mein Gott", sagte eine Frau. „Oh mein Gott! Ist er tot?"

„Ein Arzt!", schrie jemand. „Wir brauchen einen Arzt!" Jemand hielt Nick am Arm fest, vielleicht weil er scheinbar wackelig auf den Beinen war.

„Ich habe alles gesehen", sagte irgendeine Frau. „Er ist direkt vor Ihr Auto gesktet. Einfach so. Oh je, Sie hätten gar nicht anhalten können. Niemand hätte so schnell anhalten können. Keine Angst, ich bleibe und sage bei der Polizei aus. Wie schrecklich. Wie schrecklich."

All die Monate über hatte Nick sich die Schuld gegeben, obwohl er logischerweise zugeben musste, dass es jedem hätte passieren können. Es machte Sinn, dass die Mutter des Jungen ihm auch die Schuld geben würde ... außer, dass er in Caías Augen keine Verurteilung mehr erkennen konnte. Jetzt sah er nur noch das Antlitz der Niederlage ... eine Frau mit Schmerzen. Er strich mit der Hand über ihre verletzte und angeschlagene Hand und legte sie in ihre Handfläche. Sie schloss die Finger um seine und versuchte, zuzudrücken.

„Wie geht es jetzt für uns weiter?"

Das war eine gute Frage. Nick dachte einen Augenblick darüber nach. Wie könnte es denn überhaupt mit ihnen weitergehen? „Wir vergeben uns, vergeben einander und vielleicht fangen wir noch einmal an ... als Freunde?" „Das würde mir gefallen", sagte Caía und sie saßen in der dann folgenden Stille zusammen - sie in ihrem Krankenhausbett und Nick auf dem Stuhl neben ihr, wobei er still ihre Hand hielt.

DAS GERECHTE LEBEN

Mit mehr als drei Millionen Rollstühlen, die allein in den USA benutzt werden, kann man sicher behaupten, dass nein, das Leben ist gar nicht so gerecht. Wenn Caía wollte, könnte sie seitenweise Dinge aufzählen, die es nicht waren und niemals als gerecht beschrieben werden könnten. *Der Holocaust. Armut. Hunger. Missbrauch.* Schlage an jedem beliebigen Tag eine Zeitung auf und füge noch zwanzig Posten zu der Liste hinzu.

Dies war eine bittere Pille zu schlucken für ein naives Mädchen aus Athens, Georgia, deren Eltern sie so vollständig geliebt hatten, dass das Leben nur gerecht sein konnte.

Aber Caía sah ihre Eltern jetzt in einem ganz anderen Licht - die Glanzpunkte in ihren Augen, die wie bei Marta sowohl glücklich als auch traurig gewesen waren. Diese Gefühle müssen völlig paradox erscheinen, aber ehrlich gesagt waren sie Facetten eines Diamanten, dessen Funkeln dadurch nicht verringert wurde. Im Gegenteil, sie intensivierten es.

Ihre Trauer um das verlorene Kind minderte niemals die Liebe, die sie für Caía empfanden. Und Caía verstand jetzt, dass ihre Liebe für sie niemals die Trauer für Stefan verringert hatte. Ihre Eltern hatten es sich zur Lebensaufgabe gemacht, sicherzustellen, dass Caía nie an ihrer Liebe zweifeln würde - so wie Marta es für Laura gemacht hatte. Caía hatte sich in ihrem und in Stefans Anteil an Liebe gesonnt. Aber so verhielt es sich bei der Liebe - und dies war keine Binsenweisheit - je mehr man gab, desto mehr hatte man zu geben.

Liebe, wie auch Zorn oder Angst, war eine Wahlmöglichkeit, bei der man sich entscheiden musste.

An jenem Tag auf dem Hügel hatte Caía einige Wahlmöglichkeiten und es hätte ein anderes Ergebnis geben können.

Wenn sie Nicks angebotene Hand genommen hätte, wären sie vielleicht ganz unspektakulär auf den Gipfel des Hügels spaziert und hätten einen ergreifenden Augenblick mit einem kleinen Mädchen und ihrer trauernden Mutter geteilt.

Zusammen hätten sie vielleicht Jimmys Asche verstreut und sie dem Wind in den Lampions übergeben. Caía konnte sich das tatsächlich im Kopf vorstellen ... drei Lampions, die bei Sonnenuntergang nach einem Picknick auf dem Gipfel steigen gelassen wurden. *So dramatisch.* Natürlich hätte es Tränen gegeben, aber auch Gelächter, weil es schwierig war, sich in Trauer zu suhlen, wenn eine frühreife Fünfjährige umhersprang. „¡Mira! ¡Mira!", hätte Laura gerufen, während die Lampions im Wind getanzt hätten. „¡Adi-os, Papá! ¡Adios!" Oh Gott, auf dem Hügel wäre kein Auge trocken geblieben.

Und wenn Caía ihre Hand auf Nicks Rücken gelegt und sie an seine Seite gestreckt hätte und ihn so ermutigt hätte, sich umzudrehen. Vielleicht hätte sie dann ihre Arme um ihn geschlungen, ihn geküsst und gesagt: „Ich vergebe dir. Kannst du mir jemals verzeihen?"

Wer weiß, wie die Dinge dann weiter gegangen wären. Es war noch so viel zu sagen ... so viele Beichten, die abgelegt werden mussten. Es musste noch so viel geredet werden, aber ihr Vater hätte gesagt: „Milcz i caluj." *Rede nicht. Küsse einfach nur.*

Er hätte vielleicht auch gesagt: „Gdyby kózka nie skakala, to by nózki nie zlamala", was grob übersetzt bedeutete: „Wäre die Ziege nicht gesprungen, hätte sie sich nicht das Bein gebrochen." Im gleichen Atemzug hätte er hinzugefügt: „Wäre die Ziege nicht gesprungen, hätte sie ein erbärmliches Leben gehabt."

Was stimmte also?

Beides!

Ein gebrochenes Bein war ein kleiner Preis für ein glückliches Leben. *Richtig?*

Aber es gab so viele „was, wenn´s". Wie beispielsweise, was wenn Caía ihrem Sohn mehr Aufmerksamkeit geschenkt hätte? Was, wenn sie nein gesagt hätte, als er gefragt hatte, ob er zum Park gehen dürfte? Was, wenn Gregg ihm das Handy nicht geschenkt hätte? Was, wenn sie ihn nicht von der Bar aus angerufen hätte? Was, wenn Jack den Anruf nicht angenommen hätte? Was, wenn Nick nicht genau zu der Zeit auf dem Weg nach Hause gewesen wäre?

Und später; was, wenn sie Nick nicht nach Spanien gefolgt wäre? Was, wenn sie sich an jenem Tag im Markt nicht an Marta gewendet hätte?

Was, wenn sie weiter zuhause gesessen und nur noch geheult und das Bett nicht mehr verlassen hätte? Was, wenn ihre Mutter nicht gestorben wäre? Was, wenn ihr Vater nach ihrem Tod nicht so tief betrübt gewesen wäre? Was, wenn Caía bei ihm gewesen wäre und ihm die Hand gehalten hätte, als er starb und zu seiner Frau und zu seinem Sohn ging? Was, wenn Caía Gregg nicht gedrängt hätte nach Chicago zu ziehen? Was, wenn sie nie geheiratet hätten?

Nun, Jack, dann wärst du nicht geboren worden ...

Es war so einfach, sich vorzustellen, wie sich diese Geschichte entwickeln sollte. Beziehungen gediehen nicht auf Lügen. Was könnte man also noch tun, außer weiterzumachen, nach Hause zu gehen und ein neues Leben zu beginnen, weil das, was man zurückgelassen hat, sich bereits seltsam anfühlte. Hoffentlich ging man verändert weg und verstand, dass unsere Uhr schon längst tickt. Man macht das Beste aus seinem Leben in dem einfachen Wissen, dass, selbst wenn das Leben nicht gerecht ist der Tod es sehr wohl ist. Er kommt schlussendlich zu jedem und jede Geschichte endet so ... ob man nun ein kleiner Junge in Polen ist, der darauf wartet, dass seine Eltern ihn nach Hause holen ... oder ein kleines Mädchen in Athens, Georgia, das glaubt, dass sich die Sonne um sie dreht.

Aber dies könnte auch ein anderes Ende nehmen: Ihr Vater pflegte auch zu sagen: „Swój ciagnie do swojego." *Gleich und gleich gesellt sich gern.* Was, wenn Lebewesen von der Energie um uns herum verbunden werden? Was, wenn wir den Verlauf unseres Lebens ändern können, indem wir den richtigen Frequenzen zuhören? Was, wenn nichts Zufall ist und alles miteinander verbunden ist? Selbst jene kleinen, seltsamen, explodierenden Gurken.

„Stella, nein!", rief Caía.

Laura nahm ihre vierjährige Kusine an die Hand, bevor sie eine der grünen Schoten anfassen konnte und sagte: „Keine Angst, Tiíta, ich habe sie."

Jetzt mit zwölf wurde Laura schon eine kleine Dame und trug Creolen, die ihr Gesicht erwachsener aussehen ließen. Sie hatte ihren Babyspeck verloren und war wie ein Hipster gekleidet mit ihrem Star Wars Rucksack über eine Schulter geschlungen. Ihre Mutter ging mit ihrem neuen Freund vorweg. Er war Italiener und schien sich in seiner Beziehung sicher genug zu fühlen, dass er Marta erlaubte, hierherzukommen und ihren Exmann zu zelebrieren.

Nick eilte vor und nahm seine Tochter hoch in seine Arme. Er setzte Stella auf seine Schultern. „Aufgepasst", sagte er und zeigte auf einen Adler, der in ihrer Nähe auf Augenhöhe flog. „Adler", sagte er. „Vogel."

Stella trat ihm gegen die Brust und hüpfte glücklich auf seinen Schultern. „Agua", sagte sie und zeigte stattdessen auf den See, der wie Diamanten glitzerte.

Laura begann mit einer Geschichtsstunde, wobei sie ihren Onkel noch überbot. „Onkel Nick? Erinnerst du dich, dass du gesagt hast, dass Torre del Homenaje im dreizehnten Jahrhundert gebaut wurde; also, das stimmt nicht. Die Festung wurde auf einem Nasrid-Wachturm aus dem achten Jahrhundert gebaut. Erst später wurde er von el casa de León benutzt und da wurde er auch als Turm des Tributs bezeichnet."

„Cool", sagte Nick und verwendete ihre Art der Sprache und Laura wechselte sofort das Thema.

„Können wir später schwimmen gehen? La playita ist geöffnet und Pepi hat gesagt, dass Rettungsschwimmer da sind und das Wasser so klar ist, dass man seine Füße deutlich auf dem Boden sehen kann."

„Warum nicht", sagte Nick, aber er schaute zu Caía. „Ist das in Ordnung für dich?"

„Natürlich", antwortete sie. „Wenn Marta nichts dagegen hat, ist es für mich in Ordnung." Und dann blieb sie stehen und drehte sich lange genug um, um ihre Umgebung zu betrachten.

Fünf Jahre hatten so viel verändert.

Erlösungslied

So weit oben schien es, als wären sie näher bei Gott. Es war unmöglich, nicht die Schönheit um sie herum wahrzunehmen und dabei nicht zu wissen, dass es etwas Größeres gab. Der Himmel war so verdammt blau. Die Wolken so bauschig und leicht. Einen kurzen Augenblick hörte sogar der Wind auf zu wehen, als wenn die ganze Welt ehrfürchtig die Luft anhielt. An diesem Ort fühlte sie sich am ehesten eins mit dem Universum.

Genau hier.

Caía widerstand dem Verlangen, ihr Handy aus ihrer Tasche zu nehmen und den Ausblick zu fotografieren; sie wollte noch ein wenig in diesem Augenblick verharren.

Hey, Mama ...

Caía lächelte.

Da bist du ja, Jack.

Schicke Ausrüstung.

Caía schaute hinunter auf ihre Wanderstiefel. Hardcore mit gutem Profil. Nick hatte sie für sie ausgesucht. Das Haus in Jeréz füllte sich schnell. Es gab jetzt ein dauerhaftes Kinderzimmer und sie hatten Stella erst vor kurzem in ihr eigenes Zimmer umgezogen. Caía tätschelte ihren Bauch und schaute auf den Ehering an ihrer linken Hand, ein einfacher Ring, auf dessen Innenseite ihre beiden Namen eingraviert waren.

Caía hatte beschlossen, als Dolmetscherin zu arbeiten. Sie sprach nun fließend Spanisch, Englisch und Polnisch und lernte noch Französisch, Italienisch und Deutsch.

Nick hingegen hatte sich noch immer nicht überlegt, was er machen wollte. Er war sehr zufrieden mit seiner Rolle als Onkel und Vater und er brachte Laura immer noch jeden Tag zur Schule. Das Geld, das er in

Chicago verdient hatte, war gut investiert und Caía glaubte nicht, dass er in der nächsten Zeit eine Entscheidung fällen würde. Mit den Entscheidungen, die er traf, erinnerte er sie jeden Tag, an die wirklich wichtigen Dinge. *Er würde dir gefallen*, sagte sie zu Jack und wusste, dass es stimmte.

Wenn ihr Sohn schon so sterben musste ... war es ein Trost, dass er als Letztes in Nicks Augen geblickt hatte. Sie verstand aus eigener Erfahrung, wie sich das anfühlte und sie wusste, was ihr Sohn in der Tiefe von Nicks Augen gesehen hatte ...

Alles wird wieder gut, Mama.

Caía atmete tief durch und Nick trat hinter sie, legte eine Hand um ihre Taille und streichelte ihren Bauch, sagte aber nichts und zog sie an sich. Stellas Schuh verhedderte sich in ihrem Haar.

Ein Handy klingelte entfernt und gedämpft und weder Caía noch Nick rührten sich, um ranzugehen oder überhaupt zu schauen, wer anrief.

Es hörte auf zu klingeln und dann hörte sie nur noch Atemgeräusche, Blätter rascheln, einen Adler kreischen; wie die Zeichensetzung in einem Satz ohne Worte und hin und wieder das Quietschen des Turnschuhs, der sich in ihrem Haar verheddert hatte.

DANKSAGUNG

Ein herzlicher Dank geht an Rose Hollander, Eric Gerstner, Mary Beth und Mike Acosta, deren Kameradschaft in Spanien *Erlösungslied* bereichert hat.

Und auch an Jose Maria, dessen wunderschönes Haus als Inspiration diente, auch wenn die Einzelheiten geändert wurden.

www.ingramcontent.com/pod-product-compliance
Lightning Source LLC
LaVergne TN
LVHW012041070526
838202LV00056B/5551